KB072811

FUSION FANTASTIC STORY

가프 장편 소설

9급 공무원 포에버

Forever

9급 공무원 포에버 2

가프 장편 소설

초판 1쇄 찍은 날 § 2015년 1월 19일
초판 1쇄 펴낸 날 § 2015년 1월 26일

지은이 § 가프
펴낸이 § 서경석

편집부장 § 권태완
편집책임 § 한준만

펴낸곳 § 도서출판 청어람
등록번호 § 제387-1999-000006호
등록일자 § 1999. 5. 31
어람번호 § 제1-2032호

주소 § 경기도 부천시 원미구 부일로 483번길 40 서경B/D 3F (우) 420-822
전화 § 032-656-4452 팩스 § 032-656-4453
http://www.chungeoram.com
E-mail § chungeorambook@daum.net

ⓒ 가프, 2015

ISBN 979-11-04-90073-0 04810
ISBN 979-11-04-90071-6 (세트)

※ 파본은 구입하신 서점에서 교환하여 드립니다.
※ 저자와 협의하여 인지를 붙이지 않습니다.
※ 이 책은 도서출판 청어람과 저작자의 계약에 의해 출판된 것이므로,
  무단 전재 및 유포 · 공유를 금합니다.

FUSION FANTASTIC STORY

가프 장편 소설

9급 공무원 포에버 *Forever*

2

도서출판 청어람

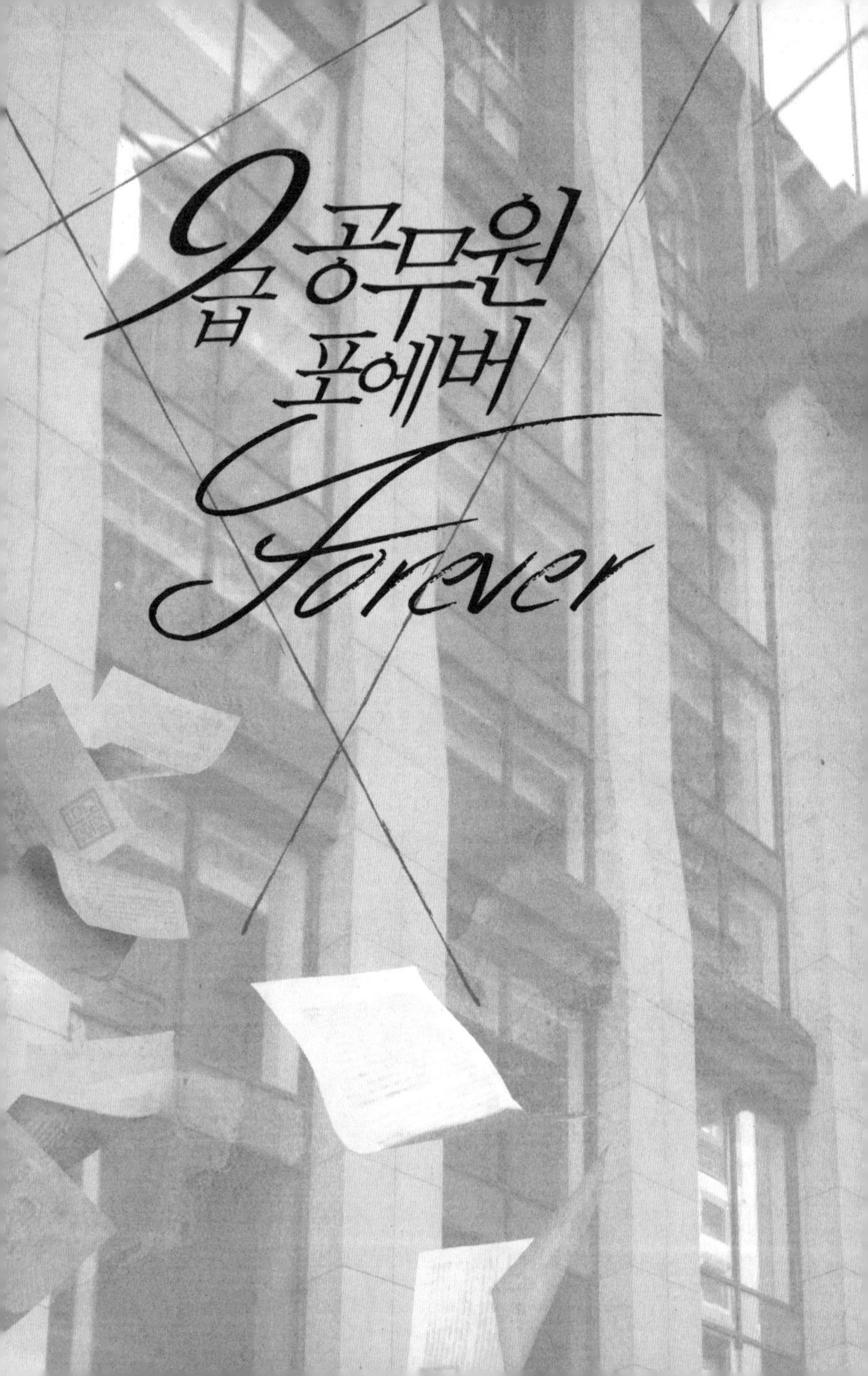
9급 공무원
포에버
Forever

CONTENTS

1장

스톤헨지로 가다

"What kinds of cocktails do you have?"

탁대가 스튜어디스를 불렀다. 기내 음료를 서빙하던 예쁜 스튜어디스가 돌아보았다. 하지만 그 다음 말은 좀 실망이었다.

"칵테일 드려요?"

오, 마이 갓. 외국 여자가 한국말이라니? 그렇잖아도 혹시나 다른 사람들이 들을까 봐 있는 혀, 없는 혀 다 굴려서 말한 탁대는 무안하기 그지없었다.

"와인도 있어요. 레드? 와잇?"

스튜어디스는 한국말을 자랑이라도 하듯 와인병을 흔들었다.

"칵테일 줘요."

탁대는 심드렁하게 대답하고 진토닉을 받아들었다. 해외로

가는 비행기는 간단한 양주와 와인, 칵테일을 구비하고 있다. 그러니 쫄지 말고 즐겨라.

해외여행에 일가견이 있다는 선배가 한 말이다. 그걸 한 번 써먹으려다 기분만 잡친 조탁대. 탁대는 옆을 돌아보았다. 70살쯤 된 할머니의 뱃살이 탁대의 옆구리를 밀고 있었다.

'내가 미쳤지.'

"통로 측 좌석요."

아일 시트. 입에서 영어가 맴돌았지만 탁대는 한국말로 좌석을 얻었다. 그때까지만 해도 유학생이거나 혹은 한국여행을 다녀가는 20대 아가씨가 옆에 앉기를 잔뜩 기대하고 있었다.

아니, 20대 아가씨는 몰라도 완숙한 30대 골드 미스나 유부녀까지도 접어줄 수 있었다.

But!

좌석에 떡하니 앉은 사람은 백발의 할머니였다. 게다가 100킬로그램은 넘을 것 같은 거구였다.

"Would you please change the seat for me?"

할머니의 영어는 기가 막힐 정도로 유려했다. 아니, 탁대의 귀에는 차라리 영어가 아까웠다.

'저 영어 나를 줬으면……'

얼마나 좋을까 하는 허튼 기대감을 안고 가볍게 거절했다.

"Sorry, No!"

그렇잖아도 직항도 아닌 비행기였다. 자그마치 두 번이나 경유하는 코스. 집 나서면 고생이라더니 첫 비행기부터 출발이 좋지 않았다.

'젠장, 내 복에 비행기에서 여자 꼬시겠냐?'

탁대는 붉은 표지의 책을 넘겼다. 그동안 열심히 번역했지만 아직도 남은 곳이 많았다. 게다가 일반 서적이 아니라 무시무시 (?)한 전문서적이라 이해가 안 되는 단어도 한둘이 아닌 까닭에 진도가 잘 나가지 않은 것이다.

그래도 어느 정도 골격은 세워졌다.

파라켈수스!

이 책의 저자는 그의 행적을 추적하고 있었다. 그가 모은 자료와 그가 관심을 가졌던 일, 혹은 그에 관한 사건들…….

아쉽게도 로르바흐에 대한 자료는 더 이어지지 않았다. 하긴 딱히 아쉬울 것도 없었다. 로르바흐와 파라켈수스는 자그마치 500여 년이나 차이 나는 세대의 사람들이다. 그건 마치 조탁대가 파라켈수스를 모르는 것과도 같았다. 더구나 그 이전 시대로 갈수록 기록이 빈약한 시대였다.

한 문장 한 문장 넘기다 보니 로르바흐가 떠올랐다. 며칠 후면 로르바흐의 실체를 접할 수 있다. 만약 그가 거짓이라면 남은 시간에 유럽 여행을 하면 그만이었다.

'하지만!'

탁대는 손바닥을 들여다보았다.

불덩이!

보이지 않지만 그 기운이 느껴졌다. 탁대의 불덩이를 맞은 수혁은 성기능에 장애가 생겨 평생 무슨 ~그라를 먹어야 할 지경이란다. 조금 심했나 하는 생각이 들었지만 죄책감 따위는 갖지 않았다. 그놈은 당해도 쌌다.

싼 게 비지떡!

탁대는 그 말을 잘 안다. 하지만 그 말의 속 뜻을 처절하도록 실감했다. 두 나라를 경유하는 비행기는 비지떡의 위력을 탁대의 몸에다 덕지덕지 풀어놓았다.

녹초!

더불어 그 뜻도 알게 되었다. 몸이 연체동물이 되는 기분이었다. 그나마 다행인 것은 비짓살 푸짐한 할머니가 두 번째 경유지에서 내렸다는 사실이다.

'이번엔 설마 할아버지 뚱뚱보가 오는 건 아니겠지?'

살짝 불안감이 밀려왔다. 같은 뚱보라면 그래도 할머니가 나았다. 할아버지들은 이상한 노린내를 풍기기 때문이다. 그 정체는 땀이 찌들고 산화된 것이다. 문제는 자기 자신은 그 냄새를 잘 모른다는 사실……

"Excuse me."

누군가 말을 붙여왔을 때까지만 해도 탁대는 심드렁했다. 기껏해야 스튜어디스가 지나가겠다고 하는 말이겠지. 그러다 고개를 들었을 때, '오, 마이 갓' 탁대의 입에서 그런 탄식이 저절로 새어 나왔다.

반전!

이보다 더 상큼한 반전이 또 있을까? 단정한 여행복을 차려입고 탁대 앞에서 웃고 있는 사람은 묘령의 여자였다.

"May I go through?"

물론이죠. 여기서 그걸 마다할 사람은 남자가 아니랍니다.

탁대는 미소로 답하고는 몸을 딱지처럼 접어주었다.

여자에게서 향수 냄새가 났다. 마치 초원을 옮겨온 것 같았다. 이거야 말로 사막을 헤매다 푸른 오아시스를 만난 기분이었다.

실망스러운 건 여자가 금세 잠이 들었다는 사실이다. 눈가리개를 쓴 묘령의 여자는 너무나 우아한 자세로 잠이 들었다. 탁대의 두근거리던 가슴이 조금씩 잦아들기 시작했다. 뭐 아무래도 상관없었다. 무엇을 하건 비짓살 할머니보다는 베리 베리 땡큐였으니까.

여자 덕분에 영국이 가까이 왔다.

남자의 인생에 있어 여자는 천국이자 지옥이다. 악이자 선이며 불행이자 행복이다.

잠든 여자 옆에서 탁대는 괜히 여자에 대해 도를 통한 것 같았다. 고생 끝에 낙이 온다더니 어쩐지 영국 땅에서도 좋은 일이 있을 것만 같았다.

영국은 활발했다. 동시에 약간 무거운 느낌이 났다. 탁대는 영국을 체험할 여유도 없이 벼룩시장으로 향했다. 그곳에서 튼튼한 자일을 샀다. 그건 로르바흐의 주문이었다.

스톤헨지로 향하는 버스에 올랐다. 영국인들의 파랗고 녹색의 눈, 그리고 칼처럼 도도하게 세워진 콧날이 더러 탁대의 시선을 끌었다. 그때마다 눈인사를 했다. 한국에서라면 어색했을 일이지만 낯선 행동조차도 자유롭게 느껴졌다.

스톤헨지는 장엄했다.

툭 트인 시야도 그렇지만 거대한 돌들이 의식이라도 치루는 듯 버티고 선 풍광은 사진으로 보는 것과 사뭇 달랐다.

'숭고할 정도로 장중하다.'

탁대는 그 압도감에 탄복했다. 오래된 것들이 빚어낸 먼 고대의 느낌이 아스라하게 전해왔다. 그 옛날 로르바흐도 여기서 마법을 연습했을까? 저 장엄한 바위 위를 훨훨 날아다녔을까? 그런 생각을 하니 로르바흐의 실체가 손에 잡힐 듯싶었다.

그곳에서 북쪽으로 이동하자 에이브베리가 나타났다. 유럽에서 가장 큰 환상열석들. 그 바깥을 이루는 100개의 선돌은 마치 마법사의 주문처럼 보였다.

탁대는 로르바흐가 예지한 장소를 찾았다. 오솔길과 작은 호수를 지나자 긴 초원이 나타났다. 마법사의 비밀 수련장은 그 초원 끝의 아스라한 절벽에 있었다.

'허얼!'

탁대는 한숨을 쉬었다. 끝이 보이지 않는 절벽. 그건 새가 아니면 넘볼 수 없는 곳처럼 보였다.

'과연 자일이 없으면 꿈도 못 꿀 곳이네.'

겁이 났다. 하지만 로르바흐가 말한 포인트에 이르자 묘한 설렘이 느껴졌다.

RORBACH.

넓은 바위의 측면, 탁대는 로르바흐가 남겼다는 증거를 발견했다. 풍파에 깎이고 비에 젖으며 보낸 천년 세월. 그래도 그 흔적은 알아볼 수 있었다.

'당신은 개꿈이 아니야.'

탁대는 숭고하게 중얼거렸다.

물과 전등, 자일과 장갑, 그리고 가방을 갖춘 탁대는 가까운 마을에서 저녁 식사를 했다.

로르바흐가 말한 시간은 자정. 낯선 나라에서 심야에 움직이는 게 못마땅했지만 별수 없는 일이었다.

식사 후에 커피를 한 잔 뽑아들고 골동품 가게를 구경했다. 그때 누군가가 옆구리를 부딪쳐 왔다.

"헤이!"

늙은 집시였다. 그녀는 비행기의 할머니를 원심분리하다 중간에 꺼낸 것처럼 앙상한 몰골이었다.

"이방인이군. 환영하오."

그녀가 주먹을 내밀었다. 탁대가 망설이자 받으란 듯이 재촉했다. 초라하지만 할머니의 성의를 무시하는 것도 좋지 않은 것 같아 손을 내밀었다.

"으헉!"

할머니가 내민 것을 받아든 탁대가 놀라 움찔 물러섰다. 그 틈에 손바닥에 올려진 것들이 우르르 쏟아졌다. 그건 작은 새들의 해골이었다.

"아, 씨……."

짜증이 폭발했지만 할머니는 이미 사라진 후였다. 그런데 웃지 못할 일이 벌어졌다. 한 꼬마가 다가와 혀를 차며 한 말 때문이었다.

"That′s candy!"

'캔디?'

그 말을 확인이라도 시켜주려는 듯 개 두 마리가 다가와 신나게 해골을 집어먹었다.

어이상실 넋을 놓고 있는 탁대에게 꼬마가 가게를 가리켰다. 진열대에 엄청난 양의 해골 모양 사탕이 보였다. 탁대는 머쓱해질 수밖에 없었다.

탁대는 해골 모양 사탕을 샀다. 조카들도 그렇고 친구들에게도 장난치기 딱 좋은 아이템이었다.

밤 9시가 되자 탁대는 거리에서 예약한 현지인을 만났다. 원래 택시 운전사였다는 그는 그곳 지리에 빠꼼이라고 했다. 가이드 비용도 많이 요구하지 않았다. 탁대로서는 행운이 아닐 수 없었다.

"하나 씹어요."

팔뚝에 누런 털이 송송한 가이드가 자이리톨 껌을 내밀었다.

"괜찮습니다."

"먹어둬요."

사양했지만 가이드는 팔을 거두지 않았다. 너무 사양하는 것도 예의가 아닐 것 같아 받아넣었다.

"이 밤에 그 계곡에 가는 사람은 드문데… 무슨 볼일이 있소?"

덩치 큰 가이드는 콧노래를 흥얼거리며 물었다.

"그냥… 거기 야경이 기가 막히다고 해서요."

"뭐 오싹하기는 하지. 거기서 떨어져 죽은 사람도 많고."

"죽어요?"

"한때는 자살 계곡으로 불리기도 했다오. 먼 과거에는 주술사들의 해탈의 장소이기도 했고."

'사람 겁 주나?'

"하긴 오늘은 달이 밝아 나름 운치가 있을 것도 같소만……."

덜컹!

차가 심하게 흔들린다 싶더니 그대로 멈춰 버렸다.

"다 온 건가요?"

"아마!"

가이드가 히죽 웃으며 차에서 내렸다. 그의 누런 이가 갑자기 시야를 차고 들어왔다.

'왜 이래?'

탁대는 동공이 확 풀리는 걸 느꼈다. 움직이려고 해도 몸이 말을 듣지 않았다. 온몸이 나른한 늪에 빠지는 느낌이었다.

"동양인 놈!"

가이드의 손뚜껑 같은 손이 뒷문을 열더니 탁대를 들어 올렸다.

"듣자니 동양인들이 현금을 많이 가지고 있다고 하더군. 너는 얼마나 가지고 있는지 확인 좀 해볼까?"

탁대를 풀밭에 팽개친 가이드가 다가섰다. 하지만 그는 탁대의 주머니를 뒤지기 전에 동그런 불빛을 먼저 발견해야만 했다.

"이거나 처먹으셔!"

탁대는 손바닥에 떠오른 불덩이를 가이드의 얼굴을 향해 날렸다.

"끄아아!"

느닷없이 불을 맞은 가이드는 수염에 불이 붙은 채 오두방정을 떨었다.

"꺼져. 확 경찰을 부르기 전에."

탁대는 가이드의 엉덩짝을 걷어찼다. 기가 죽은 가이드는 차까지 버려둔 채 도로를 향해 줄행랑을 쳤다.

"미친놈. 남이 주는 거 덜컥덜컥 받아먹지 말자는 우리 집 가훈이다. 알간?'

탁대는 가방을 챙겨들었다.

사실 탁대가 껌을 사양한 건 이빨 때문이었다. 공무원 공부 초기에 졸음을 쫓으려는 생각으로 자극적인 껌을 몇 개씩 씹어 댔던 탁대. 덕분에 어금니가 살짝 맛이 가는 바람에 껌을 입에 넣었다가 바로 뱉어버린 것이다.

숲을 나오자 초원이 나타났다. 그나마 목적지에 가까운 곳이라 다행이었다.

'로르바흐!

느껴지는 것은 암흑과 바람뿐인 계곡 벼랑 위에 펼쳐진 초원. 탁대는 자일을 꺼내 나무에 묶었다. 밴드로 된 랜턴을 이마에 조이고 장갑을 끼는 것으로 준비는 끝났다.

잠시 마음을 가다듬으며 마법사의 말을 떠올렸다.

꿈이라고 생각할 것!

그의 세계는 탁대의 세계와 다르다고 했다. 엄청난 충격을 받을 수도 있다고 했다. 아니, 어쩌면 그 세계에서 심장마비로 죽을 수도 있단다.

그걸 벗어나는 길은 마음가짐뿐이었다. 담대할 것. 무수한 마법결계들은 침입자를 겁주기 위한 것이지 해치려는 것은 아니라는 설명이었다.

'까짓것 악몽 한 번 제대로 꿔보지, 뭐.'

탁대는 가방을 다시 점검했다. 나무에 묶은 자일 외에도 또 하나의 보조 자일이 보였다. 비상용으로 마련한 것이다. 마법사의 말로는 자기의 세계에 들어가면 나올 길이 따로 있다고 했다. 그러니 비상용은 필요 없었다.

탁대는 보조 자일을 들고 잠시 고민에 빠졌다. 로르바흐를 믿는다면 이 따위 것은 필요 없다. 그러나 만약을 위해서라면 챙겨야 했다.

'여기까지 와서…….'

탁대는 자일을 내려놓았다. 그를 믿지 않는다면 계곡으로도 내려가지 말아야 했다.

어둠이 파닥이는 밤. 숲에서는 비릿한 풀냄새가 끼쳐왔다. 어디선가 박쥐 떼가 날아올랐지만 주변에는 아무도 없었다. 하긴 아무도 없어야 했다. 낯선 땅에서 이상한 동양인 놈이 심야에 깎아지른 계곡을 내려간다면 당장 경찰이 출동할 일이었다.

'간다!'

탁대는 마침내 계곡을 내려가기 시작했다.

15미터!

슬슬 팔이 아파오기 시작했다.

25미터!

두 번째 발을 헛딛어 그대로 바람이 될 뻔했다.

30미터!

올려다보니 마치 지옥을 바라보는 느낌.

31미터!

탁대는 자일에 표시된 길이를 확인했다. 나무에서 벼랑 끝까지의 길이를 빼고 딱 31미터가 되는 지점이었다.

'미치고 환장하겠네.'

하지만 탁대가 닿는 곳은 그저 벼랑의 한 지점이었다. 동굴이나 출입구 같은 것은 흔적도 보이지 않았다.

'닥치고 믿어라!'

로르바흐가 한 말을 압축하면 딱 그 짝이었다. 31미터 되는 지점에 그가 수련하던 동굴, 즉 던전이 있다. 물론 결계로 막혀서 보이지 않는다. 하지만 믿고 여는 자에게 열릴 것이다.

'만약 여기가 아니면?'

도움닫기로 벼랑을 걷어찼다가 출입구가 아니라면 발목이 작살날 판이었다. 탁대는 심호흡을 들이마셨다. 많이도 내려왔다. 여기까지 내려와서 시도도 안 해본다면 그것 또한 미련으로 남을 일이었다.

'기왕에 버린 몸.'

탁대는 안에 가득한 들숨이 터지기 전에 그대로 벼랑을 차며 허공으로 물러섰다. 그런 다음에 마치 유리창이라도 깨고 들어가려는 듯 요란한 비명과 함께 들이쳤다.

"이야아!"

소리만 요란했다. 막상 벼랑이 불쑥 가까워지자 발을 내밀어 계곡 벽을 짚으며 멈췄다. 불안한 마음에 몇 번 차보았다. 그 질감은 바위가 분명했다.

'미치겠네. 만약 마법사의 말이 틀리면 그냥 빈대떡 되는 건데……'

다시 반작용을 이용해 물러섰다. 탁대는 어둠 속에서 그네를 타듯 서너 번 다가서다 물러서기를 반복했다.

'에라, 나도 모르겠다.'

허공으로 물러서는 순간, 결심이 섰다. 설마 죽기야 하겠어, 하는 마음으로 탁대는 힘껏 벼랑을 차며 물러섰다.

"우워어!"

벽과 충돌하는 순간, 탁대는 팔을 오므려 얼굴을 보호했다.

펑!

소리가 났다.

눈을 감았던 탁대는 조심스럽게 눈을 떴다.

"으악!"

그러다 기겁을 하고 손목에 힘을 주는 탁대. 자칫하면 자일을 놓을 뻔했다. 반작용으로 물러난 자일이 다시 계곡 벽으로 다가섰다.

계곡 벽!

마치 장막처럼 버티고 서 있던 계곡 벽.

탁대는 보았다. 31미터 지점의 계곡 벽에 아른거리는 무지개. 느닷없이 나타난 무지개 사이로 공간이 엿보였다.

"으합!"

다시 벽에 닿는 순간 자일을 놓았다. 탁대는 엉성하게 동굴 안으로 착지했다. 살았다. 그 말이 미추를 지나 경추까지 차곡차곡 올라왔다. 정신을 차린 탁대는 통로를 따라 걸었다. 안쪽에 좀 더 넓은 공간이 보였다. 탁대는 거기서 걸음을 멈췄다. 그런 다음 재빨리 반지를 보았다.

'로르바흐?'

통로 위의 바위에 새겨진 필체. 그건 반지의 필체와 일치하고 있었다.

'아아……'

감탄과 감격이 뒤섞인 마음으로 글자를 더듬을 때 뒤에서 섬뜩한 느낌이 다가왔다.

'억!'

돌아보던 탁대는 헛걸음을 치며 물러섰다.

쿠워어!

두 분, 아니 두 마리, 아니 두 존재? 하여간 기괴망측한 괴물이 출입문을 가로막고 탁대를 노려보고 있었다. 그것도 한순간에 불과했다. 흡사 절구통을 살짝 늘여 놓은 듯한 돌 방망이가 날아왔다.

"으악!"

비명을 지르며 주저앉았다. 괴물들은 성큼성큼 거리를 좁혀 왔다. 그러더니 이번에는 둘이 동시에 방망이를 휘둘렀다.

퍼억!

한 대는 제대로 맞았다. 놀란 탁대가 턱을 만져보았다. 멀쩡했다. 원래는 얼굴 반쪽이 날아갔어야 옳았다.

'아하, 꿈!'

탁대는 로르바흐의 말을 떠올렸다. 이것들은 허상이다. 말하자면 악몽처럼. 두 괴물이 휘두른 돌 방망이를 피한 탁대는 던전의 좁은 문 안으로 뛰어들었다. 그리고 재빨리 문을 닫아걸었다.

깨애액!

문 안쪽으로도 어두운 굴이 이어지고 있었다. 검은 굴 저편에서 뭔가가 미친 듯이 날아들었다.

'그래봤자 악몽이라며?'

라고 널널하게 생각하는 순간, 수많은 발톱이 탁대를 할퀴며 지나갔다.

"뭐, 뭐야?"

탁대는 가방을 벗어 마구 휘둘렀다. 소리의 실체가 하나둘 바닥에 떨어졌다. 박쥐 떼였다.

"아, 씨… 이런 게 있으면 있다고 말을 하지. 그럼 파리약이라도 가져왔을 텐데……."

다행히 박쥐 떼들은 이내 사라졌다. 숨을 돌린 탁대는 동굴 안을 살폈다. 발 앞의 돌 테이블 위에 굵은 초가 보였다. 불을 밝히자 긴 세월 동안 세월에 사위어가던 공간이 모습을 드러냈다.

'이게 다 뭐야?'

거대한 공간을 가득 채운 건 허술한 책과 양피지, 그리고 나무 조각이었다. 하나를 빼 들자 먼지가 구멍 뚫린 밀가루 포대처럼 흘러내렸다. 양피지와 나무 조각들은 로르바흐의 마법 수련 과정이었다. 무수한 마법시동어와 마법원리를 그린 그림에 알 수 없는 문자가 가득했다.

Class 1.

고개를 젖히자 천장에 새겨진 글자들이 보였다. 아마 초보 마법사 때 공부하던 방인 모양이었다. 클래스 1이라면 입문 과정이다. 하지만 달랐다. 초보마법사의 수련 공간이지만 온갖 신비와 숭고한 느낌, 거기에 더해 처절한 노력의 흔적이 탁대를 압도했다.

'괜히 마법사가 아니었군. 책에서나 보았기 때문에 거의 구라라고 생각했는데……'

Class 1의 숫자를 쓰다듬었다. 그러자 숫자 1에서 희미한 빛이 터져 나왔다. 이어 신기하게도 벽의 한 모퉁이가 갈라지며 다른 공간이 드러났다.

'죽인다!'

탁대는 벌어진 입을 다물지 못했다. 두 번째 방은 어마어마한 책들의 공간이었다. 비록 사서 직업을 갖지는 못했지만 문헌정보학을 전공한 탁대. 그의 마음 한구석에 자리하고 있는 책에 대한 숭고한 사명감이 책을 향해 손길을 뻗게 했다.

'응?'

책은 꼼짝도 안 했다. 힘을 조금 쓰자 아예 한쪽 면이 우르르 무너졌다. 이것도 환상이겠거니 하던 탁대는 물체가 책이라는 생각이 들자 미친 듯이 뛰었다. 그래봤자 오징어가 되기는 마찬가지였지만.

"아, 진짜……."

탁대는 산더미 같은 책을 밀고 나왔다. 책도 책이지만 먼지가 너무 많아 코가 막힐 지경이었다.

"푸헤취!"

재채기를 하며 책을 넘기던 탁대는 그 자리에서 숨을 멈추었다. 그 많은 책들은 죄다 필사본이었다. 그러니까 한 권 한 권을 로르바흐가 피땀으로 쓰고 익히고 공부했다는 뜻이다.

'이게 인간이야? 이 많은 책을?'

슬쩍 들어 올려졌던 갈비뼈가 단숨에 내려앉았다. 새삼스럽게 로르바흐가 존경스러워졌다.

'인증샷을 한 방?'

핸드폰을 꺼냈다. 그런데…….

'응? 배터리는 빵빵한데 켜지질 않네?'

신기했다. 저녁 먹고 교체한 배터리. 아무리 애를 써도 핸드폰은 켜지지 않았다.

'포기!'

탁대는 쿨하게 로르바흐의 법칙에 따랐다. 그의 실체를 훔쳐 가지 말라는 명령 같았다.

세 번째 방도 열렸다. 천장에는 'Class 3'이라는 글자가 보였다. 그곳은 온갖 마른 풀이 가득 채집된 곳이었다. 식물도 공부했나 싶을 때 마른 풀들이 노깨비처럼 일어섰다. 그들이 해일처럼 덮치자 탁대는 다음 방으로 뛰었다. 그게 꿈인지 실체인지를 체험해 볼 생각은 전혀 없었기 때문이다.

동물들이 박제가 된 공간을 지나고 온갖 광물과 기괴한 물체들의 방에 이르자 혼이 빠질 지경이었다. 무생물들이 달려들 때는 정말이지 그대로 동굴을 나가고 싶었다.

몬스터들의 방도 마찬가지였다. 영화에서나 보던 트롤과 오우거, 오크와 고블린들이 깨어나자 탁대는 뒤도 보지 않고 뛰었다. 다행인 것은 꿈처럼 다리가 흐물거리지 않는다는 사실이었다.

하지만!

텅 빈 일곱 번째 방에서 숨을 돌리던 탁대는 그 자리에 주저 앉고 말았다. 소리 없이 등장한 그 방의 주인들은 지금까지 보았던 것들 중에서도 국가 대표급만 가려 모은 악령의 방이었다.

Class 7!

희미하던 그 빛도 악령들의 그림자에 사라졌다.

끼에에!

악령들이 탁대를 향해 요란한 비명을 지르며 달려들었다. 그때 악령의 머리 위에 거대한 그림자가 나타났다. 달려들던 악령들을 단숨에 처박으며 등장한 것은 드래곤과 트롤과 오우거에 오크를 합친 듯 가공스러운 존재였다. 에일리언과 프레데터의 천만 배쯤 무시무시한 버전이랄까?

놈은 핏물인지 똥물인지 모를 체액을 뚝뚝 떨구며 탁대에게 다가섰다. 그 밑에서 알짱거리던 고블린이나 골렘들은 아우성을 치며 녹아내렸다.

푸홧!

놈이 날갯짓을 하자 체액이 화살처럼 날아들었다. 화살이 입을 벌렸다. 입안에 입, 그 입안에 또 입. 무수한 촉수와 촉각을 앞세운 괴물의 분신들은 마치 정자가 난자를 향해 인해전술로 약진하듯 탁대를 노렸다.

"으아악!"

탁대는 두 손으로 머리를 감싸며 뒹굴었다. 순간 그놈이 탁대를 잡아 들었다. 가까이에서 본 놈은 지옥 그 자체였다.

눈인지 공포인지 모를 시각은 번득였고 붉은 혀는 날름거렸다. 게다가 그 입안에는 후끈한 열기가 새어 나오는 용암이 들끓고 있었다.

쿠워어!

광분한 놈이 진저리를 쳤다. 탁대는 기절 일보직전이었다. 이놈은 차마 쳐다보는 것만으로도 혼이 녹아버릴 듯한 공포의 절정이었다.

'꿈이야. 꿈. 별거 아니라고.'

탁대는 필사적으로 중얼거렸다. 그 어떤 악몽도 인간에게 직접적으로 해를 입히지는 못한다. 더구나 이것들도 로르바흐가 만들어둔 결계라고 했었다.

"꺼져, 꺼지라고!"

탁대는 목이 터져라 소리쳤다. 그러나 돌아온 건 어마어마한 고통의 음파였다.

고오오오!

예수의 면류관치럼 날카로운 돌기를 지닌 파동들이 수민 겹 탁대를 조여 왔다. 그 또한 이놈의 눈에서 튀어나온 무기였다.

"놔! 놓으라고!"

고통에 겨운 탁대가 주먹을 뻗어 놈의 얼굴을 직격했다. 그러자 놀라운 일이 벌어졌다. 반지에서 오색의 빛이 터지며 놈을 연기로 만들어 버린 것이다. 그걸 신호로 다른 악령들도 뒤틀린 비명을 지르며 시야에서 사라졌다.

쿵!

가공스러운 놈이 연기가 되자 허공에 들려 있던 탁대는 그대로 추락했다.

'나 오줌 싼 거 아니지?'

어찌나 놀랐는지 간이 공중에 뜬 것 같았다. 얼른 바지를 확인했다. 다행히 무사했다. 여덟 번째 방으로 들어설 때는 조심스럽기만 했다. 그런데 그 방은 느낌부터가 편안했다.

'모르지. 일단 긴장을 풀어놓고 확 조지려고 들지…….'

걸음도 조심스럽게 떼었다. 중앙에 설 때까지도 아무 일도 일어나지 않았다.

'여긴 그냥 휴게실인가?'

하고 고개를 돌릴 때 'Class 8'이 천장에 보였다. 이어 사방이 환하게 밝아왔다. 아, 탁대의 입에서 탄식이 새어 나왔다.

그 방은 정령들의 공간이었다. 말로만 듣던 페어리와 각종 요정, 그리고 엘프와 천사들, 그 외에도 한 번도 보지 못했던 신성한 존재들이 등장했다. 그들은 탁대의 몸을 쓰다듬기도 하고 미소를 짓거나 차를 내어주기도 했다.

탁대는 아름다운 요정이 주는 차를 받아들었다. 그걸 한 모금물자 천국은 사라졌다.

'마지막 방. 그럼 여기가 바로 인간이자 신이 된다는 궁극 마법 클래스 나인을 이룬 방?'

그 안에는 무엇이 있을까? 지금까지 긴장만 하던 탁대의 심장이 둥방거리기 시작했다.

맨 처음 무수한 마법원리 공부로 시작한 마법의 단계는 심도를 더할수록 온갖 몬스터에서부터 천상의 존재들까지 아울렀다. 그렇다면 그 천상의 존재들 위에 존재하는 건?

신(神)!

그것 말고 무엇을 상상할 수 있을까? 탁대는 옷맵시를 고치고 손가락을 이용해 머리카락도 쓸어 넘겼다. 조금 걸리는 곳에는 침을 묻혔다. 남자라면 한 번쯤은 써먹어봤을 방법이니 비난은 삼가주길 바란다.

어쩌면 하느님을 만날지도 모른다. 아니 부처님과 예수님이 사이좋게 천상의 감로주를 마시며 담론을 펼치고 있을지도 모르지. 그것도 아니라면 최소한 산신령이라도?

탁대는 두근거리는 가슴을 누르며 아홉 번째 방으로 들어섰다.

'응?'

한 발을 옮긴 탁대는 발을 내려 보았다. 발이 허공에 떠 있었다. 뒤를 돌아보았다. 분명 방으로 들어왔다. 그런데 바닥이 없는 것이다. 조심스럽게 발을 내딛어 보지만 추락하지 않았다. 그곳은 텅 빈 방이었다. 클래스 나인이라는 표시도, 벽도, 책도, 요정도, 몬스터도 없었다.

'잘못 들어온 건가?'

싶을 때 눈앞으로 신성한 우주가 열렸다.

초신성!

초무아!

초자아!

초불멸!

초순수!

그곳은 또 다른 하나의 우주였다. 아무것도 없으되 꽉 찬 세상. 만질 수 없으되 충만한 곳.

그 어떤 형용사로도 수식할 수 없는 맑은 순수함과 더불어 하나의 성스러운 빛이 내려왔다. 빛은 사방으로 출렁이더니 탁대의 눈앞에서 하나의 형체를 이루기 시작했다. 로르바흐였다.

"당신……."

탁대의 마른 입술이 들썩거렸지만 마법사는 아무 말도 하지 않았다. 자색빛이 감도는 로브 안에서 엿보이는 로르바흐는 숭고함 그 자체였다.

텅 빈 것 같으면서도 꽉 찬 그의 표정에서 과연 대마법을 이룬 무심과 해탈, 진리와 반열의 느낌이 전해왔다.

"당신……?"

탁대는 로르바흐를 바라보며 말꼬리를 붙었다.

"거짓말이 아니었군요."

로르바흐의 빛이 화답이라도 하듯 가볍게 출렁거렸다.

"당신……."

그 빛을 보며 탁대는 계속 속삭이듯 말했다.

"그렇게 신적인 존재가 되었군요. 나 따위는 감히 상상조차 할 수 없는……."

탁대의 말이 끝나자 로르바흐의 빛이 흩어지기 시작했다.

내 빛이 부서지면 맨 첫 번째 방으로 돌아갈 것.

로르바흐의 언질을 기억하는 탁대는 아쉬움을 두고 돌아섰다. 클래스 나인은, 말하자면 완벽한 비움이었다. 클래스 8까지 달려온 가득 채움. 그것을 송두리째 비워내는 게 대마법의 성취라는 걸 반증하고 있었다.

들어갔던 길을 역순으로 나오자 'Class 1' 이라고 쓰인 방에 도착했다.

우르릉!

탁대가 중앙에 서기 무섭게 동굴이 흔들리기 시작했다.

'뭐야? 나갈 때는 저절로 나오게 해준다더니?'

뒤돌아보지만 로르바흐는 보이지 않았다.

우릉!

그 사이에 동굴은 더욱 사납게 흔들렸다. 그 충격으로 벽에 가득하던 책과 양피지, 나무 조각이 무너져 내렸다.

"어어!"

놀란 탁대가 두 손을 뻗어 무너지는 양피지 무더기를 막았다. 순간, 양피지들이 푸른빛을 토하며 하나의 포탈을 형성했다.

"으아악!"

순식간에 포탈에 빠진 탁대가 비명을 질렀다. 그래도 가방은 악바리처럼 껴안았다. 이 안에는 여권이 들어 있다. 여권을 잃어버리면 골치 아파진다. 하지만 바람과는 달리 가방이 열렸다.

탁대는 발악을 하듯 허공을 쓸어 담았다. 여권과 함께 양피지 몇 장이 손에 잡혔다. 정신없이 가방에 쓸어 넣었다. 그중 한 장이 탁대 코앞에서 팔랑거리다가 빠져나갔다. 언뜻 '투시' 어쩌고 하는 글자가 보였지만 신경 쓸 겨를이 없었다.

사방은 팽이처럼 돌았다. 원심분리기 속이 이럴까? 체액 대신 혼이 층층 분리되는 어지러움 속에서 탁대는 비명도 지르지 못했다.

쿵!

"으악!"

한참 후에 어딘가에 충돌한 탁대가 비명을 지르며 굴렀다.

퍽!

둔탁한 소리와 함께 탁대가 멈춘 곳은 자일을 묶은 큰 나무 아래였다.

"아이고!"

온몸이 결려왔다. 탁대는 허리를 붙잡고 겨우 몸을 세웠다. 주변을 보니 처음에 자일을 매었던 그 자리. 하지만 자일은 사라지고 없었다.

'지금이 대체 몇 시야?

탁대는 핸드폰을 꺼내 들었다. 디지털 숫자는 밤 11시를 지나고 있었다.

'엥? 이게 어떻게 된 거야? 시간이 거꾸로 갔나?'

했지만 그건 탁대의 착각이었다. 그 사이에 3일이나 훌쩍 지나버린 것이다.

'말도 안 돼. 몇 시간이면 몰라도…….'

의아한 마음에 몇 번이고 확인하지만 날짜는 30일이 분명했다. 탁대는 핸드폰을 껐다가 켜보았다. 그래도 결과는 마찬가지였다. 최후의 방법으로 집으로 전화를 걸었다.

―30일 오후 3시 넘었다. 영국 음식은 먹을 만하니?

동창들을 불러다 한턱 쏘고 있던 마더가 전화를 받았다. 영국과 한국의 시차는 8시간. 그 사이에 3일이 지난 건 명백했다.

꼬르륵!

그걸 반증이라도 하듯 곱창이 메아리를 울려주었다.

탁대는 가방을 열었다. 여권은 무사했다. 출출할 때 먹으려고 넣어둔 초코바도 몇 개 남았다. 두 개를 꺼내 통째로 입에 밀어 넣었다. 겨우 허기를 면하자 로르바흐가 떠올랐다.

꿈속의 로르바흐.

그리고 그가 창조한 또 하나의 우주에서 만난 로르바흐.

'굉장했어.'

탁대는 반지를 쓰다듬었다. 환상인지 뭔지는 모르지만 괴물을 물리친 반지가 대견했다. 그런데 반지가 전과는 좀 달라보였다.

'글자가 좀 더 선명해졌어.'

그랬다, 희미한 형체였던 글씨가 깊어진 것 같았다. 이제는 얼핏 보아도 글자가 또렷하게 보일 정도였다.

'기왕 이렇게 된 거 여기서 3일을 더 기다렸다가 타자현몽인지 뭔지를 한 번 배워볼까? 기왕이면 로르바흐의 수련장 근처가 효과도 좋… 응?'

거기까지 생각하던 탁대의 눈이 찜질방 구운 계란만 하게 커졌다. 느닷없이 3일이 지났으니 오늘이 바로 그날이었다.

"으아악, 마법시동어, 시동어!"

탁대는 지갑을 마구 헤집었다. 다행히 주문어 메모는 얌전히 주인을 기다리고 있었다. 시계를 보았다. 11시 31분.

'시간도 분도 소수?'

우연이지만 신기했다. 게다가 메르센 소수 31은 왠지 행운을 줄 것만 같았다.

탁대는 계곡이 내려다보이는 초원에 책상다리를 하고 앉았다. 어둠 속에서 박쥐 떼가 기이한 울음을 내며 날아올랐다. 첫날 같으면 간이 쫄아서 엄두도 못낼 일이었지만 로르바흐의 비밀 수련장 일을 겪고 나니 그렇게 무섭지 않았다.

아홉 개의 마법시동어를 메르센 소수의 날에 한 번도 틀리지 않고 서른한 번 영창한다.

자그마치 서른한 번이다. 거기다 한 자라도 틀리면 꽝이다.

옛날 생각이 스쳐 갔다. 탁대가 초등학교 2학년일 때 담임이 구구단 뒤에서 외우기 미션을 내준 적이 있었다. 안 틀리고 하는 아이는 바로 보내고 틀리면 맞출 때까지 잡아두었다.

차례를 기다리는 탁대는 불안감에 간이 녹아버릴 것만 같았다. 구구단을 모르는 것은 아니지만 틀릴까 봐 두려운 마음이 너무 컸던 것이다. 더구나 탁대 옆에는 예쁜 짝꿍 은서가 있었다.

결국 은서를 의식하다가 틀리고 말았다. 자로 손바닥을 맞았다. 맞는 거 보다 은서가 보고 있다는 게 더 마음이 아팠다.

'지옥과 천국을 다 해탈한 로르바흐의 숨결이 내 옆에 있다.'

서른한 개의 잔돌을 모아온 탁대는 마음을 편안하게 먹었다. 그리고 소수 53분과 57분을 지나 마침내 31일 0시 31초가 되었을 때 탁대는 마법 시동어를 외우기 시작했다.

"셀하 사크 키진 윰 치아씨드 킨 위날 툴룸 파칼 치탈 본 스펙치 세네토 세그라도!"

첫 번째는 무사히 통과했다.

"셀하 사크 키진……."

두 번째도 문제가 없었다. 열 번을 넘을 때 발음이 살짝 꼬일 뻔했지만 용케 넘어갔다. 또 하나의 돌을 옮기자 두 개가 남았다.

스물아홉 번에서 서른 번으로 달려갈 때는 시동어마다 환상들이 아른거렸다. 그림 같기도 하고 문자 같기도 한 이상한 느낌들이 서로 한 몸이 되었다가 흩어졌다.

그리고 마침내 서른한 번째!

"셀하 사크 키진 윰 치아씨드 킨 위날 툴룸……."

계곡에 휘영청 뜬 달 옆으로 나무와 돌, 그리고 밤새들의 모습이 환상이 되어 뒤섞였다. 나무가 춤추고 돌이 합창을 한다. 새들은 그들 사이를 날며 숲의 동화를 연출해 주었다.

그 안으로 탁대가 날아올랐다. 몸은 대지에 있지만 훌쩍 솟구친 또 하나의 탁대. 그는 나무와 함께 춤을 추고 돌과 멜로디를 맞췄다. 꿈이 아니었다. 아니, 꿈이었다. 탁대에게는 현실이지만 사물의 꿈에 끼어든 것이다.

순간 계곡 위의 하늘이 푸른 오러를 그리며 탁대를 향해 무너졌다. 무엇인가 굉장한 것이 뼈마디를 치고 들어왔지만 마치 박하의 물결 안에 선 것처럼 시원했다.

'로르바흐!'

알 것 같았다. 그 속에 섞인 로르바흐의 체취. 그건 동굴 안에서 보았던 초신성의 빛과 닮아 있었다. 완전하게 푸른빛으로 물든 탁대는 두 팔을 벌린 채 의식을 잃었다.

'로르바흐, 로르바흐, 로르… 바흐……'

탁대는 아련해지는 의식 속에서 로르바흐를 세 번 불렀다.

*　　　*　　　*

깨어라!

어둠 속에서 장엄한 메아리가 들려왔다.

깨어라!

메아리는 다시 아련하게 반복되었다. 탁대는 겨우 고개를 들고 일어섰다. 그런데 놀랍게도 아랫도리가 인어처럼 흔적만 남고 보이지 않았다.

'뭐야?'

놀란 탁대가 허둥거릴 때 다시 메아리가 들려왔다.

"놀랄 것 없다. 그것은 그대가 타자현몽을 이루었다는 증거이니."

깊고 깊은 어둠 속에서 로르바흐가 걸어 나왔다. 검은 로브에 녹아든 자색 빛깔이 어쩐지 고귀해 보였다. 탁대는 그를 향해 큰절을 올렸다.

"그대, 이제 내 존재를 믿는 것이냐?"

"그렇습니다."

"고맙도다."

"굉장하더군요. 저는 한때 단테의 신곡 속 분위기가 신비하다고 생각했는데 당신의 세계는 그에 댈 것이 아니었습니다."

"딱히 그대의 칭찬을 들으려함이 아니로다. 무릇 한 공간에는 하나의 세계만이 존재하는 게 아니니."

"그동안의 무례를 용서해 주시길……."

"천만에. 고마움은 내가 전할 일이다. 그대가 내 존재를 확인했다고 해서 변할 것은 없음이라. 그대는 내 운명을 쥐고 있는 숙주요, 나는 그대의 꿈에 기생하는 꿈에 불과하니……."

"그걸 깰 수는 없나요? 필요하면 뭐든지 도와드릴게요."

탁대는 진심이었다.

"그 역시 고맙다만 그대의 힘으로 될 일이 아닌 것. 그대가 나를 위한다면 서둘러 4급 서기관이 되면 될 일이다."

"오직 그 길뿐인가요?"

"드래곤 패황이 정한 길임에랴. 그 이후에야 나는 비로소 대마법사 로르바흐의 길을 다시 갈 수 있음이다."

"믿기지 않는군요. 당신 같은 능력자를 꼼짝도 못하게 하는 패황이라면 대체 어떤 능력을 가졌길래……."

"나의 오만이 저지른 대가로다. 그러니 마음 쓰지 말라."

"그럼 제가 대오각성해서 행정고시에 도전해 볼까요? 그럼 4급도 쉽게 될 텐데……."

"마음은 고맙다만 과정을 건너 뛸 수는 없음이라. 한 살 아이가 어찌 한 해를 건너뛰어 세 살이 될까?"

"하지만 제가 4급이 되려면……."

탁대는 뒷말을 흐렸다. 정년이 다 되어서나 가능할지도 모른다. 아니다. 아예 꿈도 꾸지 못하는 게 더 현실적이었다.

"그대의 운명에 걸린 나의 운명. 패황의 의도는 오롯이 그것이니 꼼수는 허용되지 않노라."

"아쉽군요. 다른 길이 있으면 좋을 것을."

탁대는 수긍했다. 만약 다른 길이 있었다면 로르바흐가 이미 추구했을 일이었다.

"그나저나 한 가지 궁금한 게 있어요."

"말하라. 숙주여!"

"타자환몽이라는 마법 말입니다. 이걸 어떻게 써먹는 거죠?"

"그건 내가 이미 그대의 옛 연인에게 써먹었음이라. 그걸 상기하면 될 것이다."

"그러니까 잠자는 사람 피부와 5분 정도 접촉하면……."

"잠깐!"

별안간 로르바흐가 말을 가로막았다. 그는 불쑥 다가오더니 탁대의 반지를 바라보았다.

"저런."

"뭐가 잘못 됐나요?"

탁대도 반지를 보았다. 전보다 문자가 또렷해진 반지. 혹시라도 그게 나쁜 징조라면?

"그 반대로다. 마법 포탈을 통과할 때 동굴 안에 남은 마나가 반지에 흡수되었음이라."

"그럼 어떻게 되는 거죠? 좋은 건가요?"

"5분이 절반 정도로 줄어들 것이다. 아마!"

"그럼 2분 30초 정도?"

"그보다 더 빠를 수도 있겠지."

"그나저나 이 타자환몽 말입니다. 당신만 아는 거라면서 어떻게 붉은 책에 유출될 수가 있죠?"

탁대는 고개를 갸우뚱거렸다.

"그건 바로 저 계곡 때문임에랴."

'계곡?'

"처음 그 비밀 동굴을 수련장으로 삼아 밤낮없이 드나들 때, 혹여 꾀가 나면 무료함을 달래려고 천박한 마법을 만들었음에랴. 그때 바람이 들어와 양피지 한 장이 날아가 버린 적이 있었다. 그게 누군가의 손에 들어간 게지."

"아!"

"그 말썽은 오늘도 일어나고 말았구나."

로르바흐의 시선이 탁대의 아래쪽으로 꽂혀 왔다.

"말썽이라고요?"

"허어, 내 어찌 저것들을 버리지 않고 끼워뒀을꼬?"

'뭔데 이러시지?'

탁대가 고개를 돌리자 두 장의 양피지가 눈에 들어왔다. 그걸 집어 확인하려는 순간 강물이 벼락처럼 쏟아졌다.

"허푸!"

탁대는 허우적거리며 잠에서 깨어났다. 강물의 정체는 생수였다. 한 금발의 꼬마 아가씨가 탁대 얼굴에 과감하게 뿌린 것이다.

"아빠, 이 남자 깨어났어."

꼬마가 저편을 향해 소리쳤다. 그러자 모자를 눌러쓴 남자가 달려왔다.

"당신 괜찮아요?"

"I´m OK!"

탁대는 남자의 부축을 받으며 일어섰다. 날이 훤하게 샌 초원 위에는 관광객들이 군데군데 보였다.

"의사를 부를까요?"

꼬마의 영어는 제대로 귀에 박혀왔다. 남자보다 또박또박한 발음 때문이었다.

"땡큐, 땡큐!"

탁대는 가방을 챙겨 들었다. 로르바흐의 마지막 말이 궁금하긴 했지만 목표를 이룬 후였다. 탁대는 꼬마에게 손을 흔들며 돌아섰다. 원래 영국에 온 목적이긴 했지만 예상보다 이틀을 더 허비했다.

'한 코스는 빼고 프랑스로 넘어가야겠어.'

프랑스 국립도서관은 바티칸 도서관, 영국의 대영 박물관 도서관, 독일의 드레스덴 도서관과 함께 꼭 보고 싶은 곳이었다.

아침 햇살이 눈부셔 탁대가 잠시 눈을 감을 때 꼬마가 팔짝팔짝 뛰며 뭐라고 소리쳤다.

"Why?"

탁대가 걸음을 멈추자 꼬마가 달려왔다.

"이걸 놓고 갔어요."

꼬마가 두 장의 양피지를 내밀었다. 시간의 흔적이 역력한 것. 그러고 보니 포탈인지 뭔지에 빨려 들 때 필사적으로 움켜

쥐었던 것들이 생각났다.

〈순간접착〉

〈순간독심〉

양피지에 쓰여진 제목이 아침 햇살을 받아 반짝반짝 빛나기
시작했다.

*   *   *

건드리지 마라. 나는 대한민국의 9급 공무원이시다.

이태리 로마 땅을 밟을 때 탁대는 뿌듯했다. 머리카락에 살짝
눌러놓은 선글라스는 비록 '마데 인 차이나'였으되, 기분은 마
치 대통령의 특사쯤 되는 것 같았다.

왜 아닐까?

〈순간접착〉

〈순간독심〉

그건 보통 아이템이 아니었다. 물론 유레일 열차에서 다시 등
장한 로르바흐는 몸서리를 쳤다.

'마법사의 입장에서 보면 장난질에 불과한 천박한 마법.'

로르바흐가 몸서리를 친 이유였다. 그것 역시 그가 마법사에
입문했을 때 재미 삼아 시간을 죽이던 장난질에 속했다.

물론 그것 말고도 그가 흥미 삼아 만든 천박한 마법은 이루
헤아릴 수도 없이 많았다. 하지만 그런 것들이 밝혀질 경우 자
칫 엽기적인 마법사로 몰릴 수도 있어 대다수 처분했다고 한다.

그런데 세 가지가 유출 되었다. 하나는 타자현몽이고 나머지

둘이 바로 탁대가 포탈 안에서 부여잡은 그것이었다.

"설명해 주세요."

탁대가 물고 늘어졌다. 마법사에게는 장난이었으되 탁대에게는 천지가 개벽할 능력이 될 수도 있었다.

"끄응!"

마법사는 대답 대신 신음을 토했다.

"이것도 마법은 마법이죠?"

"…모르는 것으로 하시게."

로르바흐는 고개를 저었다. 하지만 탁대의 호기심은 가라앉지 않았다.

"어차피 천 년의 시간이 흘렀습니다. 당신이 원래 시대로 돌아간다고 해도 천 년 후에나 알 수 있는 사실 아닌가요?"

탁대가 논리적으로 들이대자 로르바흐의 눈자위는 더 구겨졌다.

"독심은 마음을 읽는 거겠지만 접착은 뭘 붙이는 건가요? 솔직히 타자현몽을 배웠지만 남의 꿈속에 들어가는 게 재미는 있을지언정 공무원 업무와는 무슨 상관이 있을지 모르겠습니다. 그것에 비하면 이 두 가지가 제가 있는 현실에서 더 유용할지도 몰라요."

"그 후자는 내가 마법이론서를 들고 있기 귀찮아 벽이나 허공에 잠시 붙이느라 쓴 것이고 전자는 수련장에 드나드는 미물들의 생각을 읽으려고 만든 것이라네. 즉, 둘 다 큰 효용이 없음이라."

"그렇게 따지면 타자현몽의 양피지를 주워 간 사람도 찾아가서 기억을 지우든지 해야 하는 거 아닌가요?"

"무슨 뜻이신가?"

"즉 남의 손에 들어갔으면 내 것이 아니다, 이거죠."

"그대……."

"제 꿈속에서 현대를 지켜봤으니 잘 아시겠지요? 9급 지방공무원이 4급되는 건 하늘의 별 따기만큼이나 어렵습니다. 하지만 뭔가 주특기가 있다면 도움이 될지도 모릅니다."

"그런 게 주특기가 될 수 있단 말인가?"

"있을 수도 있죠. 예를 들면 상사가 술 마시다 잔을 떨어뜨릴 때 순간접착, 시민들에게 안내문 발송할 때도 봉투 자동접착, 상사가 돌려 말할 때 그 본심을 순간독심, 이러면 총애를 받을지도 모릅니다."

"억지 예를 들어 나를 설득할 모양이네만 그 마법에는 대가가 따른다네."

"화염처럼 좀 피곤해지는 거요?"

"그것과는 달라. 화염은 내 본능과 같으니 약간의 피로도만 느끼겠지만 그 두 가지는 타인의 의지를 나의 의지로 다스리는 것일세. 내게는 숨쉬기 운동보다 쉬운 일이라 해도 마법을 수련하지 않은 그대는 정신을 잃을 수도 있어."

"저 이래뵈도 체력은 강합니다. 몸뚱이 하나로 먹고살거든요."

"……."

"진짜라니까요."

탁대는 물러서지 않았다.

"하는 수 없군. 내가 그대를 좌우하는 게 아니고 그 반대에 처함이니……."

"대신 당신의 이름은 절대 팔지 않겠습니다."

"내 이름을 외울 수는 있고?"

"그렇군요. 솔직히 뒤에 일곱 자밖에는……."

탁대는 뒷목을 긁었다. 그러면서 생각했다. 마법사의 부모님은 저 이름 제대로 기억하려나?

"마법 발현은 타자현몽과 똑같네. 반지를 쓰다듬으며 소원을 영창하면 될 것일세."

"얼마나 지속되죠?"

"모르지. 그대의 세상은 나의 공간과 여러모로 다름이니……."

그게 꿈속에 로르바흐와 나눈 대화였다.

사실 탁대는 이미 타자현몽을 사용해 보았다. 영국의 버스 안이었다. 탁대 옆에는 흑발의 늘씬한 아가씨가 앉았다. 한 번 실험해 보라는 듯 아가씨는 5분도 지나지 않아 졸기 시작했다. 처음에는 주저했다. 혹시 살을 댔다가 성추행범으로 몰릴 수도 있었기 때문이었다.

하지만 마법에 대한 호기심을 떨치기 힘들었다. 여자에 대한 호기심보다 '과연 그런 일이 가능할까' 하는 생각이 더 큰 떡밥이었으니 아가씨가 아니라 할머니라고 해도 시험해 볼 판이었다.

슬쩍 여자를 보았다. 시원하게 드러난 가슴골과 선명한 허벅지 골짜기. 늘씬하다는 단어의 실물을 보는 듯한 백인 아가씨…
봉긋 불거진 가슴을 보니 다시 망설여지는 탁대. 떨렸다. 꼭 도
둑질을 하는 기분이다. 아니, 어쩌면 여탕을 엿보려 하는 느낌
이 이런 건지도 몰랐다.

'에라, 모르겠다.'

그냥 마법을 실험하는 일이야. 탁대는 자신을 합리화하며 눈
을 질끈 감았다.

'나를 위해 네 꿈을 열지니.'

탁대가 눈을 감자 포근한 세상이 펼쳐졌다. 아련하다. 솜털
속 세상이 이럴까?

정신을 가다듬고 보니 흑발 아가씨의 꿈속이었다. 그 꿈에 흑
발 아가씨는 애인을 만났다. 시원한 해변이었다. 둘은 수영복
차림으로 파라솔에서 음료를 마시며 대화도 하고 은빛 백사장
을 걷기도 했다.

그러다 갑자기 장면이 바뀌었다. 해변의 방갈로였다. 비키니
차림으로 창가에 선 아가씨가 손가락을 까딱거렸다. 남자가 다
가가 여자를 안으려는 순간, 아가씨가 남자를 날려 보냈다.

맞았다. 발로 차거나 던진 게 아니다. 그건 정말 날려 보냈다
는 표현이 맞았다. 아가씨가 손을 내밀어 잡아당긴 건 탁대였
다. 뭐라고 말할 사이도 없이 아가씨는 키스 세례를 퍼부었다.
외국 모델 같은 여자와 하는 키스는 단맛이 났다.

'혹시 로르바흐가?'

그가 안겨 준 행운인가 싶어 돌아보았지만 그 꿈에 남은 사람
은 탁대와 아가씨뿐이었다. 아가씨는 탁대를 침대로 밀었다. 탁

대가 쓰러지자 그 위로 포개지는 아가씨. 아가씨의 부드러운 가슴이 느껴지자 남성에 혈액이 불끈 쏠려왔다.

'이건 나의 의지일까 아니면 이 여자의 의지일까?'

궁금해서 아가씨를 밀고 위로 올라갔다. 그런 다음, 아가씨의 턱을 가볍게 잡았다. 여자는 얌전하다. 그런데 순식간에 배경이 바뀌어 버렸다. 그 사이에 침대가 사라지고 파도 위에 떠 있는 것이다. 그건 여자의 의지였다.

탁대는 아가씨를 끌어 침대로 올라갔다. 꿈속은 또 하나의 판타지 세상이었다. 꿈을 꾸는 사람과 탁대의 의지에 따라 주변은 무궁무진하게 변하고 움직였다.

이번에는 주위가 해변의 파라솔로 변하자 아가씨가 탁대의 무릎에 앉았다. 아가씨는 탁대의 목을 잡고 애무를 시작했다. 언제 벗어던진 건지 아무것도 걸치고 있지 않았다.

아가씨가 탁대의 벨트를 잡았다. 그러자 단숨에 바지가 벗겨져 나갔다.

"헤이, 베이비!"

아가씨가 손가락을 까닥거렸다. 시작하라는 뜻이었다. 순간, 탁대는 뭔가 오싹한 느낌을 느꼈다. 돌아보니 아가씨의 남자가 무시무시한 나이프를 들고 서 있었다.

"우워어!"

남자가 미친 듯이 나이프를 내려쩍었다. 피하려했지만 여자가 탁대의 허리를 잡고 있던 까닭에 그대로 나이프를 받았다. 공포가 밀어닥쳤다. 그래도 피는 나지 않았다. 아프지도 않았다.

'이것은 꿈……'

바로 그때, 안내 방송과 함께 버스가 멈췄다. 그 소리에 놀란 아가씨가 잠에서 깨었다.

"마이 갓!"

탁대를 본 아가씨는 황급히 얼굴을 붉혔다. 꿈을 기억하는 모양이었다. 당혹스럽고 계면쩍기는 탁대도 마찬가지였다. 남의 꿈에 무임승차했던 탁대는 아가씨가 내릴 때까지 고개를 들지도 못했다.

'고맙고 미안합니다.'

탁대는 달아나듯 사라지는 아가씨의 뒤통수에 대고 중얼거렸다. 첫 실험치고는 조금, 아니 꽤 불손했지만 그건 운명으로 치부했다. 이렇게 타자환몽을 경험하리라고는 상상도 못했던 것이다.

'타자환몽……'

놀라웠다. 남의 꿈에 들어간다는 건 신세계에 다름 아니었다. 탁대는 안에서 비실거리던 날숨을 토해냈다.

타자환몽만으로도 나름 신기한 경험이었는데 두 개의 아이템이 더 있었다. 그것 또한 기대가 되었다.

'접착.'

탁대는 동전을 대상으로 접착 마법도 확인했다. 집념을 확 집중하자 동전은 버스 창에 붙었다. 동전은 몇 초 후에 흘러내렸다. 핸드폰도 붙여 보았다. 그건 좀 더 강력한 집중이 필요했다. 두 번 만에 성공하자 머리에 두통이 느껴졌다.

'밥 먹듯이 쉬운 일은 아니네.'

탁대는 잠시 휴식을 취한 후에 내렸다. 탁대는 벤치에 앉았다. 달콤한 생각에 빠진 탁대 곁으로 벗은 듯 만 듯한 금발의 여자들이 지나갔다.

당연히 아시겠지만 유럽 여자들은 일광욕을 즐긴다. 더 재미난 사실은 거의 다 벗고 다니면서 다른 사람들의 시선을 즐겁게 받아들이기도 한다는 것. 남자들에게는 정말 땡큐한 환경이 아닐 수 없겠다.

그걸 바라보는 탁대 뇌리에 엉뚱한 아쉬움이 스쳐 갔다.

'기왕이면 순간투시도 있으면 좋았을 걸.'

순간투시.

말 타면 종 앞세우고 싶은 게 인간이다. 탁대는 포탈 안에서 날아간 단어가 아쉬웠다. 그것까지 가방에 우겨넣었다면 투시 능력까지 생겼을지도 모른다.

물론 탁대가 지나가는 아가씨들의 미니스커트나 들여다보려고 그러는 건 아니다. 세상에 범죄가 좀 많은가?

투시를 할 수 있다면 유괴범의 트렁크를 발견할 수도 있다. 가방 속의 폭발물을 발견할 수도 있다. 응? 헛소리 뻥은 그만 치라고? 하긴 그런 능력이 생긴다면 참새가 방앗간을 어찌 지나치랴?

하늘이시어, 조탁대를 시험하지 마소서!

바티칸 도서관.

탁대가 보고 싶은 장소는 그곳이었다. 물론 이집트의 알렉산드리아 도서관이 첫손에 꼽히지만 바티칸도 세계 최고 도서관

중의 하나였다.

입구에 들어서는 순간. 탁대의 가슴이 설레었다. 흡사 첫사랑을 찾아가는 느낌이랄까? 툭 트인 공간과 함께 고대의 책 냄새가 물씬 풍기는 열람실 환경이 눈길을 끌었다.

한때는 도서관장이 되고 싶기도 했던 탁대는 왠지 꿈을 절반은 이룬 것 같았다. 공무원 시험에 합격했고 그렇게 염원하던 바티칸 도서관 안에 서 있다. 이 순간만은 부러운 게 없었다.

그렇게 보고 싶던 구텐베르크 성서도 보았다. 비록 유리 진열장 안에 들어 있는 거지만 손에 닿을 듯 가까웠다.

많은 사람들이 세계 최고(最古)의 금속활자본으로 알고 있는 구텐베르크 성서. 하지만 이는 잘못된 사실이다. 세계 최고의 금속활자는 바로 우리나라, 코리아에서 나왔다. 이 성서보다 자그마치 78년이나 앞서 제작된 '직지'가 그것이다. 아니, 실물이 전해지지 않아서 그렇지 문헌에 따르면 상정예문도 있다. 이 책은 1230년에 이미 금속활자로 제작되었다고 한다.

밖으로 나온 탁대는 노천카페에 앉아 커피를 주문했다. 고풍스러운 바티칸을 바라보며 마시는 커피는 우아했다. 여자들이 왜 그렇게 유럽, 유럽하며 목을 매는지 알 것 같았다.

선글라스를 끼고 앉아 우아하게 커피를 마시는 동양 여자. 유럽 남성들의 눈에는 한 폭의 명화가 될 수도 있었다.

잠시 망중한에 잠긴 순간, 길 가던 백인의 손이 불쑥 들어왔다. 그는 탁대의 가방을 냅다 낚아채고는 광장을 향해 튀기 시작했다.

"도둑이야!"

들었던 커피를 팽개친 탁대가 일어섰다.

"헤이, 커피값!"

주인이 팔짝팔짝 뛰든 말든 탁대는 백인을 추격했다. 그 놈은 빨랐다. 행인 사이를 요리조리 빠져 달리는 모습은 완전 전문가처럼 보였다.

"야, 가방 놓고 가. 거기 여권이 들었단 말이야. 마이 패스포트!"

달리기라면 별로 꿀리지 않는 탁대였다. 놈은 광장에서 단체 사진을 찍는 여자들 앞으로 뛰더니 일렬로 선 여자들의 가슴을 좌르륵 훑으며 뛰었다.

"Stealing, 잡아요!"

탁대가 소리치자 주변 사람들이 돌아보았다. 하지만 누구 하나 나서지는 않았다. 이러다가는 그냥 놓쳐 버릴 판이었다.

'순간접착!'

딱 필요한 순간이 왔다. 호흡을 가다듬은 탁대는 백인의 발을 집중하며 반지를 쓰다듬었다. 발을 지면에 붙이면 간단할 것 같았다.

"……?"

이십 여명 늘어선 관광객 아줌마들. 백인의 손이 행렬의 가운데 쯤 갔을 때 발현된 마법이었지만 놈은 계속 가슴을 터치하며 달렸다.

'안 되는 건가?'

백인은 비웃기라도 하듯이 폴짝거리며 달렸다. 분기탱천. 부아가 쓰나미처럼 몰려왔다.

"접착, 접차아아아아악!!!"

탁대는 목이 터져라 외쳤다. 순간, 백인의 몸은 끝에서 두 번째 여자 앞에서 브레이크가 걸렸다. 접착 마법이 작렬된 곳은 놈의 손이었다. 하마만 한 여자의 가슴에 붙은 손이 떨어지지 않은 것이다. 순간, 기괴한 풍경이 연출되었다. 범인을 마술로 멈추게 한 듯 여자 앞에서 정지된 백인의 몸……

"오, 쏘리……"

백인은 그 와중에도 손을 떼려고 버둥거렸지만 오히려 하마 아줌마의 가슴을 문지르는 결과를 낳고 말았다.

쫘악!

백인의 볼에 하마의 솥뚜껑이 작렬했다.

"나, 나는……"

계속 몸부림을 치는 백인. 그럴수록 하마의 가슴을 문지르는 일이 반복될 뿐이었다.

쫙쫙쫙!

하마가 세 대를 더 치자 백인은 그대로 늘어졌다. 그제야 놈의 손이 하마의 가슴에서 떨어졌다. 하지만 아줌마들의 분노는 그때가 시작이었다. 우르르 몰려든 아줌마들은 백인을 짓밟으며 성추행을 당한 분풀이를 해댔다.

"Excuse me."

백인이 만신창이가 되어 두 손을 싹싹 빌 때 탁대가 등장했다.

"Thanks!"

여자들이 입을 모아 말했다. 다들 얼떨떨한 표정이었지만 탁대가 뭔가 기여를 했다는 건 아는 듯한 눈치였다.

탁대는 말없이 백인 옆에 떨어진 가방을 집어 들었다. 그리고 회전 킥을 날리듯 한 바퀴 돌며 가방으로 백인의 머리를 후려치려는 순간, 온몸의 맥이 풀리며 그대로 늘어졌다.

'왜, 왜 이래?'

일어나려고 하지만 다리도 풀렸다. 의지가 나긋나긋 잘려 나가는 느낌. 폼은 안 나지만 벤치를 향해 기었다. 푸짐한 아줌마들은 그런 탁대를 바라보며 고개를 갸웃거렸다.

백인은 경찰차에 실려 갔다. 원래는 소매치기였는데 여자들의 설명을 들은 경찰이 성추행으로 판단한 모양이었다. 그건 다행이었다. 탁대가 증인이 되지 않아도 되는 것이다.

탁대는 한참 후에야 기운을 차렸다.

'마법에는 대가가 따르는 법.'

그제야 로르바흐의 말이 떠올랐다. 그러고 보니 타자현몽을 발현할 때도 그랬다. 꿈을 꾸고 나니 온몸이 살짝 풀려 있었다. 그때는 꿈에 섹스를 생각해서 그런가 했었다. 본능적으로 사타구니도 확인했다. 혹시라도 몽정을 했다면 국제적 개망신이 될 판이었다.

다행히 몽정은 없었다. 나른해서 한참을 더 자고 일어났다. 그제야 몸은 가뜬해 있었다.

'그러니까 이 마법은 에너지가 상상 이상으로 소비되는 거야.'

하긴 불덩이도 마찬가지다. 그걸 날리면 살짝 기운이 떨어진다. 하지만 그래도 그건 견딜 만했었다.

순간접착!

도둑놈까지 잡을 수 있다니. 썩 마음에 들었다. 하지만 밥 먹듯이 쓸 수 없는 것임에는 분명했다.

그나저나 짜식, 기왕 더듬을 거면 아가씨들을 더듬지. 그랬으면 내가 영웅처럼 나서서 전화번호라도 하나 딸 거 아니야? 탁대는 가방을 매고 일어섰다.

탁대는 인터넷에서 수집한 자료를 가지고 여정을 돌았다. 이탈리아의 신전 유적은 탁대의 흥미를 끌었다. 로르바흐 때문이었다.

그가 비록 이태리 사람은 아니지만 유럽은 서로 분위기가 닮아 있다. 게다가 유려한 유적과 건물들은 연금술이나 마법과 잘 어울렸다.

오후에 탁대는 기념품 상가 골목을 걸었다. 거리의 기념품을 보면서 탁대는 생각했다. 세상은 정말 글로벌해졌다. 이전 같으면 너무나 신기하게 보였을 공예품들… 하지만 이미 인터넷에서 많이 본 데다 홍대나 이태원 등지에서도 비슷한 상품이 있어 눈길을 사로잡을 정도는 아니었다.

그때 상가 사이로 골목이 보였다. 탁대는 그길로 들어섰다. 그러다 헌책을 잔뜩 쌓아놓은 상가 앞에서 멈췄다.

"안에는 더 좋은 게 많소이다."

흰 수염이 보기 좋게 난 주인이 영어로 말을 붙여왔다.

"혹시 RORBACH에 관한 책이 있나요?"

탁대가 물었다. 뭔가를 기대한 질문은 아니었다.

"RORBACH?"

"없겠죠?"

"기다려 보시오."

주인은 안으로 들어가더니 진열장 사이의 책 무더기를 뒤졌다. 그 사이에 탁대는 잠시 땀을 씻어냈다.

"이런 것도 된다면……."

"……?"

별생각 없이 가죽을 받아든 탁대의 눈이 휘둥그레졌다. 그건 바로 탁대가 붉은 표지의 책에서 찾아낸 31개 단어로 된 타자현몽 마법의 시동어를 적은 비밀 글이었다. 뒤쪽을 보았다. 거기도 뭔가 마구 휘갈겨져 있다.

"이게 어디서?"

놀란 탁대가 고개를 들었다.

"중세 마법원리를 송아지 가죽에 쓴 귀한 것이라오. 써리 달러!"

주인이 손가락 세 개를 펴보였다.

"텐!"

탁대는 후려쳤다. 동남아 배낭여행을 몇 번 해본 탁대는 상인들이 관광객을 대하는 본성을 잘 알고 있었다.

"피프리!"

"텐!!"

"식스리!"

빌어먹을 주인은 야들거리며 계속 가격을 올렸다. 잔머리를 굴리다 임자를 만난 조탁대. 결국 그걸 60달러에 지르고 말았다.

다음으로 탁대가 들린 곳은 베네치아였다. 뭇사람들이 경탄해마지 않는 베네치아. 유럽에 왔다면 바로 여기서 인증샷을 남겨야 했다.

제일 먼저 산 마크로 광장부터 출석했다. 고풍스러운 집과 건물들이 압도적이다. 거기서 두칼레 궁전을 보고 왼쪽으로 돌아가니 탄식의 다리가 보였다.

저 다리에서 산 조르조 마조레 성당을 보면 기가 막힌다고 한다. 그런데 이름부터 살짝 꼬인다.

산 조르조 마조레!

쉽지 않다. 하지만 그게 로르바흐의 이름에 비하랴? 탁대는 느긋하게 거리를 즐겼다. 기념품 노점을 알짱거리고 바다 쪽으로 다리를 내리고 앉아 상념에도 잠겼다. 옆에서는 연인 한 쌍이 쪽쪽 빨고 문지르며 난리부르스를 추고 있다.

'확 화염을 한 방 먹여서 꼬슬러 버려?'

괜한 질투심이 치솟았지만 바로 바닷물에 식혀 버렸다.

'나는 공무원이니까.'

휴식을 취한 후에 베네치아의 상징을 천천히 둘러보았다. 이곳에는 두 개의 상징이 있다. 하나는 날개 달린 사자이고 또 하나는 저 유명한 카사노바다.

카사노바.

남자라면 진심 부러운 인물 중에 하나다. 그런 아까운 재주를 땅속에 묻어버리다니. 인류적 비극이다.

카사노바가 베네치아 사람이라는 건 처음으로 알았다. 그의 생가는 아직도 건재했다. 생전의 그는 작업(?)의 에너지 조달을 위해 굴을 애용했다니 참고들 하시길. 아, 여기서 말하는 굴은 동굴이 아니라 먹는 굴이다.

다음으로 아까 빼먹고 간 사자를 만나 보았다. 날개 달린 사자 조각상에서는 초록빛이 감돌았다. 고풍스러운 도시와 잘 어울리는 사자상.

'초록 사자는 연금술에서 수은을 상징하지.'

탁대는 사자상 앞에서 로르바흐를 생각했다. 중세의 연금술사들은 수은을 많이 다뤘다. 그들은 사자는 수은을, 태양은 금을 나타낸다고 믿었다. 그리고 납이나 수은으로 금을 만들기 위해 무던히 노력했다.

골치 아픈 화학에 따르면 금은 원소번호가 79번이고 납은 82라고 한다. 납은 원자핵이라 부르는 공을 중심으로 전자들과 함께 126개의 중성자가 뭉쳐 있다.

만약 연금술사들이 그 중심 공에서 양성자 3개와 중성자 7개를 떼어내는 방법을 찾아냈더라면 엄청난 부를 거머쥐었을지도 모른다. 그렇다고 연금술사들이 억울할 건 하나도 없다. 왜냐면 연금술사들보다 진보된 지식을 발견한 오늘날의 과학자들이라고 해서 금을 마음대로 만들어내는 건 아니니까.

'돼지 눈에는 돼지만 보이고 부처 눈에는 부처만 보인다더니……'

탁대는 풋 하고 웃었다. 로르바흐의 우주를 보고 왔더니 매사가 연금술이나 과학과 연관되는 것만 같았다.

뒷골목의 풍치도 남달랐다. 건물 자체가 하나의 박물관 같은 느낌. 탁대는 고개를 빼들고 위를 보며 우아하게 걸었다. 낯선 이국땅의 여행자. 그 얼마나 꿈꾸던 낭만적인 이름인가? 그런 탁대에게 추파가 날아왔다.

"Would you take a picture for me?"

꾀꼬리를 닮은 소리를 향해 고개를 돌렸다. 그러자 엘프가, 아니 미녀가 손을 흔드는 게 보였다.

"얼마든지!"

탁대는 미녀의 디카를 받아들었다. 미녀는 자연스럽게 포즈를 취했다. 탁대는 그 포즈를 따라 찍고 또 찍었다.

"동양인이세요?"

그녀가 물었다.

"네. 코리아에서 왔어요. 그쪽은?"

"저는 파리지앤느에요."

파리지앤느!

파리 여자라는 말이다. 그래도 탁대의 귀에는 '파리지요' 하는 말로 들렸다. 그러고 보니 서울에는 그럴 듯한 단어가 없다. 상하이 사람들은 스스로를 상하이니스라고 하고 뉴욕 사람들은 뉴요커라고 한다.

'나도 이 참에 서우리안이라고 할까?'

하는 생각은 그냥 울대 아래로 넘겨 버렸다 미녀 앞에서 그게 중요한 게 아니었다.

"혼자 왔어요?"

미녀가 사진을 확인하며 물었다.

'작업 들어오네?'

탁대는 내심 쾌재를 불렀다. 허우대 멀쩡한 대한민국의 건조, 아니 건전한 남자다. 밤 문화를 기획하고 온 것도 아니라서 여자가 있을 리 없었다. 그러니 어찌 이런 로맨스에 구미가 동하지 않을 것인가?

"그쪽도 혼자?"

"네. 할리데이라서요."

파리 사람들은 영어를 잘 못한다는 말도 완전 구라다. 이 미녀의 영어는 탁대를 어지럽히고도 남을 정도로 매끄럽게 구르고 또 굴렀다.

"같이 맥주 한잔 할까요?"

미녀가 윙크를 날렸다.

"그 맥주, 제가 쏘죠."

라고 말하는 순간 여자가 탁대의 옆구리에 붙더니 팔짱을 껴왔다. 그녀의 향수는 에르메스 자르뎅 수르닐. 은은하면서도 사람을 녹이는 명품이었다.

"제가 알아봐 둔 곳 있는데……."

미녀가 매력적인 미소로 탁대를 바라보며 동의를 구했다. 간이 살살 녹는 것만 같았다.

"Everywhere I'm OK!"

살짝 들뜬 탁대의 영어도 마구 꼬부라졌다.

하지만!

그녀가 멈춘 술집 앞에서 탁대는 정신이 화들짝 제자리로 돌아왔다. 메뉴판의 술값은 예상보다 동그라미가 하나 더 붙어 있었다.

'꽃뱀?'

머리 속으로 날카로운 단어가 스쳐갔다. 꽃뱀이라면 서울의 종로에서도 당한 전력이 있었다. 그러니까 군대를 제대하고 복학하기 직전, 한 선배와 사이좋게 떡이 되었던 날이었다. 둘은 폭주하는 청춘의 외로움을 달래지 못해 나이트 탐구를 나서게 되었다.

〈부킹 100% 타인에서 연인으로!〉

그놈의 호객성 문구를 본 눈이 웬수였다. 처음으로 불려온 여자들은 하느님이 대충 뭉치다 던져 놓은 것 같은 호박이었다. 선배가 객기를 부리며 뺀찌를 놓자 2번 타자들이 등장했다.

미니스커트 밑으로 시원하게 드러난 꿀벅지에 홀린 선배와 탁대의 눈이 휘둥그레졌다. 그때 둘의 머리에는 원 나잇 스탠드가 아른거렸다. 기대감에 들뜬 둘은 부어라 마셔라 술을 시켰다.

"오빠들, 우리 어디 조용한 곳에 가서 오붓하게 마시자."

오빠들.

조용한 데.

두 단어가 탁대와 선배의 귀를 녹였다. 둘은 부킹녀들을 졸졸 따라갔다. 하지만 그곳은 탁대네가 꿈꾸던 노래방이나 모텔이 아니었다. 부킹녀들은 앉기 무섭게 양주부터 까놓았다. 그나마 한 병만 마시고 선배가 메뉴판을 달랬던 게 다행이었다.

"우억!"

선배는 바로 오바이트를 했다. 방금 전에 마신 허접한 양주가 물경 28만 원이었던 것이다.

'나를 호구 핫바지로 봤다 이거지?'

슬픈 과거를 회상한 탁대는 메뉴판을 보는 척하며 반지를 쓰다듬었다.

순간독심.

정신을 집중하자 안개 같은 미녀의 속내가 청명해지기 시작했다. 본심이 하나둘 읽혀졌다.

―헤이, 동양 꼬맹이. 버벅거리지 말고 빨리 오더 내라.

―오늘 밤 고추 사이에 낀 밥알까지 탈탈 털어주마.

―어우, 븅신. 꼴에 예쁜 건 알아가지고.

―저 눈 좀 봐. 벌써부터 내 옷을 벗기고 자빠졌네.

―꿈 깨라. 내가 너한테 바라는 건 온리 머니다. 알간?

독심은 거기까지였다. 더하면 탁대가 의식을 잃을 것만 같았다. 맥이 풀린 몸을 의자에 기댄 탁대는 아무렇지도 않은 듯 물부터 마셨다.

"베네치아 식으로 주문해 드려요?"

보다 못한 미녀가 생긋 웃으며 재촉했다.

"잠깐만!"

탁대에게는 시간이 좀 더 필요했다. 마법 때문에 늘어진 몸이 말을 듣지 않는 것이다.

"이제 주문?"

미녀가 다시 메뉴판을 내밀었다. 순간 탁대는 기를 집중해 한마디를 중얼거렸다.

'순간접착!'

미녀의 얼굴이 우유를 뒤집어 쓴 것처럼 하얗게 변했다. 물

컵이 입에 달라붙어 버린 까닭이었다.

"웁웁!"

미녀가 컵을 떼어 내려고 버둥거리자 안에 든 물이 가슴에 쏟아졌다. 그 물은 가슴골을 타고 그녀의 사타구니까지 흘러내렸다.

"뭐? 나한테 바라는 건 온리 머니라고?"

탁대는 미녀를 바라보며 또박또박 영어를 작렬시켰다. 놀란 미녀는 눈만 동그랗게 뜬 채 웁웁거렸다.

"나도 너한테 바라는 건 이것뿐이야!"

탁대는 가방을 챙겨들며 가운데 손가락을 들어보였다.

뻑큐!

기운을 소진한 덕분에 발걸음이 비틀거렸지만 버틸 만했다. 밖으로 나오자 베네치아의 바람이 상쾌하게. 느껴졌다. 물론, '순간독심'은 더 상쾌했다. 상쾌한 바람 사이로 여자의 몸부림이 실려 왔다. 동시에 물 컵이 떨어져 박살이 나버렸다. 그녀는 결국 실신했고, 구급차가 출동해 왔다.

공원에서 커피를 마시던 탁대는 접착 마법을 연습했다.

'접착!'

거꾸로 든 커피 잔. 커피 절반이 쏟아졌다.

"이크크!"

허벅지를 데일 뻔했다. 다시 정신을 집중하고 시도했다. 이번에도 실패. 하지만 세 번째는 성공했다. 이번에는 180도를 돌려 다시 거꾸로 접착.

"성공!"

쾌재를 부르는 눈에 오래된 건물 벽이 보였다. 꿀꺽 침을 삼킨 탁대는 커피 잔과 벽을 번갈아 노려보았다. 그런 다음 잔을 날렸다.

"접착하라!"

간절함이 함께 날아갔다. 벽에 닿는 순간 약간 삐끗하던 잔이 그대로 벽에 달라붙었다.

후우, 맥이 탁 풀렸다. 이번에는 개였다.

'접착!'

지나가는 개를 향해 마법을 걸었다. 개는 땅에 발이 붙은 채 끙끙거린다.

'1초, 2초, 3초, 4초······.'

마법은 몇 초 정도 유지되었다.

깽!

놀란 개가 비명을 지르며 달아났다. 동전 붙이기 정도는 큰 힘이 들지 않는다. 하지만 물체가 크거나 움직이면 진기가 쏙 빠지는 느낌. 어디까지 가능한 건지는 아직 모르지만 과욕을 부리면 생명을 잃을 것도 같았다.

이런 게 로르바흐에게는 장난에 불과하다니. 그의 마법의 진수는 탁대가 상상조차 할 수 없는 일이었다.

'어떻든 몸에 잘 익혀 두어야겠어. 익숙해지도록.'

탁대는 하늘을 보며 중얼거렸다.

*   *   *

여정을 마친 탁대는 공항으로 향했다. 15일 계획으로 날아온 유럽. 하루하루가 아쉽고 소중한 시간이었지만 막상 돌아갈 때가 되니 집 생각뿐이었다.

여독 때문이었다.

탁대는 까다로운 입맛을 가지지 않았다. 중국의 상챠이도 문제없고 태국의 팍치도 문제없는 식성이다. 하지만 일주일을 넘어서면서 얼큰한 김치라면이 그리웠다. 마트에서 신라면을 사 먹기도 했지만 한국에서 먹던 맛이 아니었다. 바로 마더표 김치가 없는 것이다.

"저기요."

막 입국심사장으로 들어서려 할 때 낯익은 언어가 들려왔다. 탁대는 무의식적으로 고개를 돌렸다.

"한국인 맞으시죠?"

단정한 원피스를 차려입은 묘령의 여자가 탁대에게 다가섰다.

"그런데요?"

"한국으로 돌아가시나요?"

"네."

"그럼 부탁 좀 하나 해도 될까요?"

여자는 너무나 공손한 태도였다.

"무슨……."

"제가 유학생인데요, 한국에 급히 보낼 입학서류가 있거든요. 동생이 인천공항 가까운 곳에 살아서 공항으로 나올 테니까 가시는 편에 좀……."

여자가 내민 건 조그만 서류 봉투였다.

"그럼 우편으로 보내시지……."

"그러려고 했는데 전에도 한 번 분실되어서 애를 먹었거든요."

"그래요?"

"부탁드려요."

'받아라. 그리고 전화번호 따.'

탁대의 까만 마음이 등을 밀었다. 탁대는 서류를 받아 들었다. 하지만 이내 다시 여자에게 돌려주었다.

"죄송하지만 바로 한국으로 가는 길이 아니라서요."

탁대는 담담하게 돌아섰다. 공항에서 낯선 사람의 심부름은 금지된 일이다. 혹시라도 이상한 물건이면 인생 종치는 것이다. 물론 여자를 향해 순간독심을 사용할 수도 있었다. 하지만 그럴 필요는 없었다. 그만한 앞가림도 못하면 매사에 어떻게 임할 것인가?

탁대가 거절하자 여자는 뒤에 오던 중년의 신사를 잡고 애원하기 시작했다.

출국 절차를 마친 탁대는 면세점 앞에서 걸음을 멈췄다. 지금까지 탁대가 산 선물은 딱 하나였다. 바로 로르바흐를 위한 송아지 가죽에 쓰인 마법주문. 거금 60달러를 박았지만 아깝지 않았다. 어쩌면 그 역시 탁대의 일부분이니까.

'우리 마더……'

뭘 사면 좋을까 생각하니 한숨이 따라나왔다. 마더가 뭘 좋아하는지 모르는 것이다. 생일이나 결혼기념일이면 꽃이나 선물보다 현금으로 달라고 동환을 쪼아대던 마더. 여전히 여자지만 그녀의 화장대에는 산지 3년도 넘은 화장품 몇 개만이 먼지에 시달릴 뿐이었다.

'향수?'

탁대는 에르메스 관에서 향수를 집어 들었다. 바로 그 사기녀가 뿌렸던 수르닐. 한국에서 사면 50㎖에 자그마치 10만 원도 더 줘야 하는 명품향수…….

탁대는 이걸 꼭 한 번 산 적이 있었다. 바로 초희의 환심을 사기 위해서였다. 만난 지 100일이 되던 날 탁대는 이 명품을 질렀다. 솔직히 초희가 수르닐을 말할 때는 기껏해야 2~3만 원이면 될 줄 알았다. 결과는 거기다 10만 원을 더 붙여야 했다. 향수한 병이 양주 값보다 비싸다는 걸 그때야 안 조탁대.

'쪼잔하게 굴지말자.'

탁대는 50㎖가 아니라 큰 걸 집어 들었다.

다음으로 동환의 차례였다. 동환 역시 마더와 별 다르지 않았다. 변변한 옷 한 벌 사지 않는 동환. 어쩌다 마더가 권해도 대답은 한결같았다.

"옷장에 안 입은 옷도 많은데 뭣하러 사?"

지금 신고 다니는 구두는 대체 언제 적 것인지 모른다. 넥타이도 십 년이 넘도록 같은 걸 매고 있다. 동환이 자기 자신을 위해 하는 투자라는 건 오직 '술' 마실 때뿐이다. 그 나머지는 전부 가족을 위해 올인이다.

몸에 좋은 건강 보조식품 같은 걸 살까 하던 탁대가 골라든 건 발렌타인 17년산이었다. 동환이 로망처럼 말하던 발렌타인.

'우리 아버지의 인생에도 발렌타인 한 병의 호사쯤은 누려도 돼.'

게다가 술집에 비하면 값이 엄청 착하다. 여권을 제시하고 계산을 치렀다. 양손에 선물을 들고 나오니 국가대표 효자가 된 기분이었다.

출국 수속을 마치고 게이트 앞의 의자에 앉았다. 어느 세월에 서울에 도착하나 싶었다. 싼 게 비지떡이라 이제 다시 몸으로 시간을 때워야 할 판이었다.

'기왕이면 스튜어디스라도 옆에 앉아주면?'

탁대는 오가는 스튜어디스들을 바라보았다. 갖가지 의상으로 뽐을 낸 각국 스튜어디스들이 시선을 잡아끌었다. 유니폼은 사람의 눈을 즐겁게 한다.

그때였다. 스튜어디스들 뒤로 한 여자가 등장했다. 금발에 선글라스, 비록 바지를 입었지만 몸매가 조각 같은 여자였다. 더 기가 막힌 건 이 여자가 탁대 옆자리에 앉았다는 사실이다.

여자는 핸드폰을 꺼내 뭔가를 정리하더니 긴장을 풀었다. 잠이 오는 모양이었다.

두근!

갑자기 탁대의 가슴이 멋대로 뛰기 시작했다.

'하느님, 시험에 들지 않게 하소서.'

하는 마음 뒤에 본능이 따라 들어왔다.

'빨리 잠들게 하소서.'

두 마음이 격투를 벌이는 사이에 여자가 끄덕거리며 졸기 시작했다. 탁대는 슬쩍 곁눈질을 했다. 두근. 긴장감이 최고조에 달했다.

'이건 공부야. 타자환몽을 수련해야 하니까 실습 같은 거라고.'

탁대는 슬금슬금 마수를 뻗쳤다. 딱히 이상한 모션을 취할 필요도 없었다. 팔걸이에 올라온 여자의 팔은 각도를 바꾸는 것만으로도 접촉할 수 있었다.

'헐~!'

여자의 꿈에 들어간 탁대는 기겁을 했다. 여자는 굉장한 의학자였다. 그녀는 꿈속에서도 인류가 헤쳐 나가야 할 유전질환에 대한 공부에 여념이 없었다.

A—T, G—C……

그녀의 꿈 안에는 염색체의 배열로 발 디딜 틈도 없었다. 그러다 그녀가 탁대를 돌아보았다. 탁대는 가만히 있었다. 그녀가 손짓을 했다. 탁대는 망설였지만 저절로 끌려갔다. 그녀는 탁대를 가볍게 들어 침대에 눕혔다. 여자가 겉옷을 벗었다.

'아무리 과학자라지만 본능은?'

하는 순간 여자의 몸이 변했다. 흰 광채… 그건 나체가 아니라 의사의 가운이었다. 여자의 손에는 영혼이라도 싹둑 자를 듯한 무시무시한 메스가 들려 있었다.

"땡큐!"

여자가 메스를 휘둘렀다. 그 순간 탁대는 얼른 여자의 꿈을 빠져나왔다.

"Ladies and gentlemen……."

탁대가 숨을 돌리는 사이에 탑승 안내 방송이 나오기 시작했다. 잠이 깬 여자가 가방을 챙기다 탁대와 얼굴이 마주쳤다.

"Oh my god!"

놀란 여자가 선글라스를 벗어 들었다. 탁대는 시치미를 떼고 일어섰다. 그녀 역시 가방을 챙기다 책자를 떨어뜨렸다.

〈국제 해부학회 수료증〉

책 사이에서 영문 수료증이 떨어졌다. 해부학 의사. 등골이 오싹해진 탁대는 뒤도 보지 않고 탑승구로 향했다.

하지만 얄궂은 운명. 하필이면 그녀의 자리가 탁대 옆자리였다. 탁대는 서둘러 좌석을 바꾸었다. 섬뜩한 메스의 충격이 뇌리에서 가시지 않은 것이다.

새 자리의 파트너는 중동의 배둘레헴 아저씨. 뱃살이 어찌나 푸짐한지 애기가 둘은 들어간 것 같았다.

'그래도 해체되는 것보다는 낫지. 꿈이라도 기분 더럽단 말이야.'

탁대는 눈 딱 감고 안전벨트를 채웠다.

자고 자고 또 자고!

걷고 걷고 또 걷고!

마시고 마시고 또 마시고!

탁대가 비행기 안에서 한 일이다. 돌아오는 경유는 가는 경유하고 달랐다. 피로도가 장난이 아니었다. 그래도 더러 로르바흐를 만나는 일로 즐거움을 대신했다.

"사기당했군."

로르바흐는 탁대가 산 송아지가죽 선물에 대해 잘라 말했다.

"왜요? 복사본이라고 해도 귀한 거잖아요?"

탁대가 물었다.

"몇 차례에 걸쳐 전해 내려온 건지 마법주문도 엉터리고 송아지 가죽도 아니네."

"아, 그래도 산 사람 성의가 있지……."

"성의는 고맙지만 폐기하는 게 좋겠네."

로르바흐의 구겨진 눈자위는 펴지지 않았다. 아무래도 양피지 뒤에 휘갈겨진 낙서 때문인 것 같았다. 그걸 보기 전에는 최소한 저렇게 인상을 긁지는 않았으니까.

"그럼 다행이네요. 마법주문이 엉터리니 당신이 혐오하는 천박한 마법이 전수될 리도 없고."

"그대가 전수받았지 않았나?"

"그럼 내가 공무원 포기하고 마법 학원이나 차릴까요? 아마 대박 날 거 같은데?"

"……."

"조크예요. 마음 상하지 마세요."

"……."

"그리고 장난 마법 말입니다. 어디까지 접착할 수 있는 거예요? 혹시 비행기 바퀴도 지면에 붙일 수 있나요?"

"물론!"

"우와! 그렇게까지?"

"하지만 그대라면 시도하지 않는 게 좋네. 마법은 시전자의 능력을 벗어나면 죽음에 이를 수 있음이라."

"동감입니다. 사소한 건 몰라도 약간 무리다 싶으니까 과부하가 걸리더라고요."

"수련, 그게 필요할 걸세. 자기의 능력 범위 내에서 자유자재로 가능하도록 하는……."

"명심하죠."

"나아가……."

로르바흐는 탁대를 똑 바로 바라보며 말을 이었다.

"천박하고 속된 일에는 사용하지 말기 바라네. 마법의 본질이 인간을 이롭게 하려는 것이지, 속된 욕망을 채우기 위한 게 아닌 것을……."

"타자환몽 때문이라면 너무 타박하지 마세요. 대체 어떤 건지 경험하고 싶던 차에 우연히 미녀들이 기회를 제공한 것뿐이니까요."

"다른 것도 다 마찬가지네. 몸에 익히고 그대를 지키는 일에 쓰는 것은 좋으나 매사에 남발하지 말라는 것일세. 마법은 어찌 보면 현실의 질서를 거스르는 것이니."

"그러죠."

"그 다짐을 믿겠네."

로르바흐는 조용한 미소를 남기고 시야에서 사라졌다.

꿈에서 깬 탁대는 양피지, 아니 송아지 가죽을 만지작거렸다.

60달러.

그 돈이면 조금만 더 보태면 발렌타인 17년산을 한 병 더 살 가격이었다. 하지만 탁대는 웃어넘겼다. 대마법사 로르바흐를 위해 쓴 돈이었기 때문이었다.

양피지는 그냥 챙겨두었다. 하찮은 것들도 세월이 지나면 추억이 되는 법. 뒷면에 휘갈겨진 글들이 거슬리긴 했지만 고풍스러운 느낌이 싫지 않았던 것이다.

지긋지긋한 비행 끝에 탁대는 고국의 품에 돌아왔다. 인천공항에 내리니 속이 다 시원했다. 그리고 그 피로는 금세 추억으로 차곡차곡 접혔다.

올해 들어 일어난 행운 아닌 행운들. 공무원 시험에 합격한 것도 그렇고 로르바흐의 일도 그렇다. 네 가지 천박한(?) 마법은 또 어떤가? 비록 마법 발현 후에 극심한 피로도를 느끼긴 하지만 그 또한 어마어마한 행운이 아닐 수 없었다.

탁대의 행운은 입국장에서도 일어났다. 유럽에서 같이 날아온 중년의 남자가 세관 검사에 걸린 것이다. 마약견까지 동원된 검사 결과 남자의 소지품에는 마약이 들어 있었다. 급 삼엄해진 분위기에 탑승객들이 몰려들었다.

탁대 또한 그 광경을 지켜보았다. 그러다 하마터면 쓰러질 뻔했다. 중년 남자가 한 말 때문이었다.

"글쎄, 그건 내 물건이 아니라니까요!"

마약이 나온 물건은 유럽의 공항에서 공손한 여자가 준 서류봉투였다.

'헐~! 저거 내가 받아서 들고 왔으면?

몸서리를 치는 탁대. 구속수사에 임용취소, 한마디로 한 방에 훅 갈 일이었다.

2장

임용 전 교육

"그러니까 요 양주가 바로 우리 조탁대 봉황시 신뻥이 공무원님이 유럽 견문 여행차 갔다가 사오신 거라 그 말입죠?"

동환의 콜을 받고 달려온 동모가 발렌타인 17년산을 보고 너스레를 떨었다.

"술만 사온 줄 알아요? 이 냄새도 좀 맡아보세요."

자랑할 기회를 엿보던 마더가 손목을 내밀었다.

"으아! 웬 천국의 냄새?"

"이게 바로 명품 향수 에르메쑤 수르뎅 지르닐이라는 거거든요."

마더가 보란 듯이 목청을 높였다.

"형님, 수르뎅 지르닐이 아니고 자르뎅 수르닐이거든요."

작은엄마는 그냥 넘어가지 않았다. 바로 딴죽을 건다.

"아니, 지금 수르뎅인지 자르뎅인지가 중요해? 우리 공무원 아들이 사왔다는 게 중요하지?"

마더는 조금도 굽히지 않고 반격을 했다. 두 여인네의 자존심 싸움은 오늘도 용호상박이다.

"누가 뭐래요? 이름을 틀리게 말하니까 촌스러워서 그러지……."

"뭐야? 촌스러워? 그러는 동서는 이런 선물 받아봤어?"

"죄송하지만 우리 유리는 첫 월급 타서 오키나와 부부여행권 끊어왔거든요."

"흥, 그깟 오키나와. 방사능 팍팍 나오는 나라가 뭐가 좋다고."

"오키나와는 방사능 없거든요."

"그래봤자 어차피 같은 일본이잖아? 대한민국 공무원 앞에서 일본 얘기해도 돼? 한일합방의 치욕에다 정신대 할머니들 뵙기 민망하지도 않아? 배울 만큼 배웠다는 사람이 말이야."

발동이 제대로 걸린 마더의 속사포가 무차별 발사되었다.

"그만 하시고 술 한 잔 받으세요."

보다 못한 탁대가 잔을 내밀었다. 자칫하다간 두 사람의 자존심 대결로 인해 분위기가 파장 날 판이었다.

"앞으로 말조심 해. 아, 그리고 내가 이 말은 안 하려고 했는데 우리 탁대가 관운이 좋아서 정승판서 될 팔자라고 했거든. 나중에 장관 총리되면 어쩔겨?"

아직도 직성이 풀리지 않은 마더는 정승 판서라는 말에 힘을 잔뜩 주었다. 작은엄마는 입술을 삐죽거릴 뿐 더 이상 반격하지 않았다. 작은아버지의 눈에서 발사되는 레이저급 눈총 때문이었다.

"자, 건배!"

살짝 비틀어진 분위기는 동환이 바로 잡았다.

"당신도 마셔. 거 괜히⋯⋯."

작은아버지도 작은엄마를 적절히 견제했다. 거푸 두 번 건배를 하자 마더와 작은엄마의 감정이 많이 내려앉았다.

"야, 그런데 내 건 없냐?"

살짝 술이 오른 동모가 탁대에게 물었다. 선물을 묻는 것이다.

"없는데?"

"야, 진심 섭섭하네? 가기 어려운 유럽에 갔으면 하다못해 열쇠고리라도 사와야 하는 거 아니냐?"

"그거야 옛날 말이지 가져다 버릴 거 뭣하러 사?"

탁대는 당연하게 말했다. 그건 해외여행의 진리다. 우선 이 사람 저 사람 챙기려면 돈이 쏠쏠히 들어간다. 그런데 허접한 선물들은 받고 나면 얼마 후에 쓰레기통행이다. 그러니 인사치레로 돈을 허비할 필요가 없었다.

하지만 이런 내공이 그냥 생겨난 게 아니다. 처음에는 탁대도 인맥 숫자대로 선물을 샀다. 이 사람을 생각하면 저 사람이 걸렸고, 저 사람을 생각하면 그 옆 사람이 눈에 밟혔다.

그러다 보면 공연히 돈만 들어간다. 어차피 인사치레로 사는 거라 좋은 걸 살 수 없으니 받은 사람들은 앞에서만 고맙다고 하지 결국 쓰레기통으로 들어가는 것이다.

"도련님도 그런 말 하는 거 아니에요. 솔직히 여기 있는 분들, 우리 탁대가 그 고생하고 여행 한 번 가는데 차비 한 푼 안 보탰잖아요?"

마더의 목소리에 살짝 감정이 묻어났다.

"그, 그거야 요즘 애들은 할인항공권이다 게스트하우스다 해서 싸게 돌아다니길래……."

"아, 네. 어련하시겠어요. 도련님!"

마더의 목소리가 갈지자를 그리며 불규칙하게 새어 나왔다.

"아, 짜식. 그럼 간다고 말을 하지……."

마더의 핀잔을 받은 동모는 귓불을 잡고 문지르며 위기를 넘겼다.

"우리 탁대, 이번 여행도 하늘이 도와서 갔다고요. 앞으로 크게 될 인물이라고 하늘도 알아서 챙겨주는데 정작 친척들은……."

"하늘이 뭘 도왔는데요?"

이번에는 작은엄마가 목을 빼어 들었다.

"동서는 저번에 내가 말할 때 사돈집에 갔었어? 우리 탁대가 정성을 다해 간병하던 환자가 식물인간에서 깨어나서 고마운 마음에 금일봉을 줬다고 했잖아?"

"어머, 그 농담이 진짜였어요?"

"동서!"

마더의 목소리는 찢어지다 못해 핵폭발을 일으켰다.

"내가 그렇게 실없는 사람이야? 우리 탁대가 무슨 일을 해도 똑 부러지게 하니까 그런 일이 생긴 거잖아?"

"어유, 귀청 떨어지겠네."

"말 귀도 못 알아듣는 귀는 달고 살면 뭘 해? 이리와, 내가 켜켜이 쌓인 귀지를 삽으로 확 퍼줄게."

"형, 형님……."

마더가 손을 잡아당기자 작은엄마는 사색이 되어 물러섰다. 두 사람의 역학 관계도 많이 바뀌었다. 전에는 보통 마더가 한 수를 접어주었다. 유리가 덜컥 취직한 것에 비해 탁대가 백수로 있었기 때문이었다.

자식의 역할!

그건 친척들 간의 서열에도 큰 영향을 미쳤다. 그런데 탁대가 공무원 시험에 합격하고 나니 마더의 참았던 감정이 매번 폭발하는 것이다.

"아, 진짜 그만하시고 술이나 드세요. 잘 다녀왔는데, 왜……."

탁대는 또 술병을 디밀었다.

술!

이럴 때는 만병통치약이다. 기억상실제인 동시에 신경안정제, 흥분망각제인 것이다. 그러나 문제가 생겼다. 이놈의 양주가 똑 떨어진 것이다. 결국 대타가 등장했다. 바로 국민주 소주와 맥주.

그러나!

맛없었다. 자그마치 발렌타인 17년산으로 녹아나던 혀였다.

"캬아~!"

동모의 입에서 익숙한 감탄사가 새어 나왔다. 그럼에도 불구

하고 미간은 잔뜩 찡그려진다. 캬아의 속뜻은 무엇이었을까? 바로 '열라 맛없어'였다. 음주애호가 여러분, 절대 좋은 술부터 마시지 말기를 바랍니다.

술!

차!

여자!

이 세 가지의 절대 불변의 공통점이 있다. 바로 좋은 것에서 나쁜 것으로는 못 간다는 거다. 좋은 차 타다가 나쁜 차 못 탄다. 예쁜 여자 사귀던 사람, 못생긴 여자 못 사귄다. 마찬가지로, 좋은 술 먹던 자리에서 나쁜 술 입에 안 받는 건 진리 그 자체다.

*　　　*　　　*

임용 전 교육 입소!

드디어 올 것이 왔다. 잡다한 알바를 하던 탁대는 인사 담당자로부터 전화를 받았다. 임용 전 교육이 4주간 실시된다는 소식이었다.

4주!

임용 전 교육은 기관마다 달랐다. 대개는 1주일에서 4주까지였다. 중요한 건 바로 이게 합숙으로 실시된다는 사실.

교육자는 모른다. 피교육생의 고단함을. 대저 모든 인간이란 교육이라는 이름 앞에 피곤해지지 않을 재간이 없다.

But!

탁대의 인생에서 이번 교육만은 그렇지 않았다. 이제야 점점 진퉁 공무원에 가까워지는 것이다. 임용후보자 등록필증을 가지고 있다고 당장 공무원 신분인 것은 아니니까.

"우리가 드디어 공무원이 되는가 봐요."

입소 전전날 만난 짜포 4인방. 제일 막내인 수애가 반색을 했다.

"군대 훈련소처럼 막 얼차려 주고 굴리고 그러는 건 아니겠지?"

재광이 탁대를 바라보았다.

"에이, 요즘 시대가 어떤 시대인데 그러겠어? 군대도 아니고 공무원인데……."

역시 연륜은 어딜 가나 표시가 났다. 은돌은 여유만만이다.

"그런데 예금통장 사본은 왜 가져오라는 거죠?"

"그것도 몰라? 교육시키니까 교육비 주려는 거지."

수애의 질문에도 은돌이 대답했다.

"어머, 벌써 월급이 나오는 거예요? 난 또 교육받는다길래 교육비 내라면 어쩌나 걱정하고 있었는데?"

"하핫, 순진하기는……."

은돌이 놀리자 수애는 얼굴이 빨갛게 변했다.

임용 전 교육은 공무원으로서 갖춰야 할 기본적인 소양과 직무교육, 현장체험을 배우는 과정이다. 이때 바람직한 공직상과 시정현안사업, 필수 정보시스템 활용에 대한 교육을 받는다.

세부적으로는 공직자의 역할과 자세, 예산, 회계, 민원실무, 법률상식 등의 기초 사무능력 배양과 기타 주민응대와 사례교육 등이 포함되어 있다.

'지방행정서기보 조탁대.'

탁대는 자신의 직급을 천천히 되뇌어 보았다. 기분이 싸해지고 숭고한 사명감 같은 게 마구마구 치솟는다. 정말 마법 같은 단어다. 그냥 읊조리기만 해도 기분이 좋아지니까.

'나는…….'

교육원에서 만나기로 하고 4인방과 작별한 탁대는 가만히 밤하늘을 보며 다짐을 했다.

'뇌물이나 받아먹으면서 손가락질 받는 부패한 비리 공무원은 되지 않을 거야.'

그 뒤를 따라붙는 또 하나의 다짐.

'대마법사 로르바흐를 위해 꼭 서기관이 되어야지!'

"어휴!"

교육원으로 가려는 아침, 마더가 소지품을 챙기는 탁대 뒤에서 한숨을 쉬었다.

"왜요?"

"그냥……."

말은 안 하지만 어쩐지 심란해 보이는 마더였다. 그런데 그 옆의 동환 표정도 그리 다르지 않았다.

"두 분이 싸웠어요?"

가방의 지퍼를 닫은 탁대가 물었다.

"그게 아니고 옛날 생각나서 그런다."

말꼬리는 동환이 슬쩍 당겨 주었다.

"옛날 생각?"

"너 군대 갔을 때 말이야."

마더의 눈이 추억으로 젖어든다.

신병교육원.

신규임용교육원.

그러고 보니 비슷하다. 둘 다 국가기관이 주체이고 훈련 기간도 4주로 똑 같다. 둘 다 훈련소에서 잠을 자는 것도 같다.

"그래서 지금 걱정이 되어서 그러는 거예요?"

탁대는 살짝 어이가 없었다. 아무리 그렇기로 군대 훈련소와 공무원 교육원을 함께 비교하다니… 대한민국 신병교육대에 있는 훈련병들이 경악을 하고도 남을 일이다.

"이제야 말이지만 그때 얼마나 속상했는지 아니?"

마더가 코맹맹이 소리를 내며 말을 이었다.

"훈련소에서 네 옷하고 소지품 보내왔을 때…….."

"그게 뭐?"

"우린 빌어먹을 나라에서 우리 귀한 아들 알맹이만 쏙 빼가고 껍데기만 보낸 것 같아서 아주 억장이 무너졌었다."

"에?"

"나만 그런 줄 알아? 저 무뚝뚝한 네 아빠도 눈물 주르륵이었다고."

"진짜요?"

탁대가 돌아보자 동환은 멋쩍게 웃었다.

"세상에 군대 보낸 것만 걱정이 되어 죽겠는데 무슨 뱀이 껍질 벗고 나간 것처럼 옷만 덜렁 보내오니… 그때 기분은 부모 아니면 아무도 모른다."

"그럼 오늘은 홀딱 벗고 갈까? 혹시 또 훈련복 같은 거 주고 사복은 택배로 보내면?"

"조탁대!"

마더가 버럭 소리쳤다. 아마 그날의 충격적인 느낌이 아직도 남은 모양이었다.

"걱정 마세요. 군대 다시 가는 게 아니고 공무원 교육원 가는 거라고요. 마더, 나 공무원 되는 거 싫어요?"

"누가 싫대?"

"그럼 나 없는 사이에 두 분 싸우지 말고 잘 계시기나 하세요. 내가 경기도 공무원 교육원, 확 평정하고 올 테니까."

"알았으니까 제발 쓸데없는 일에만 끼어들지 마. 넌 오지랖만 잘 간수하면 어디 내놓아도 안 빠지니까."

마더가 단단히 주의를 주었다.

"알았어요."

"주말에도 집에 못 오냐?"

"왜요? 가능하긴 하던데요?"

"아무튼 가서 잘해."

마더가 나서서 탁대의 옷맵시를 고쳐 주었다. 괜히 콧날이 시큰해진 탁대는 목덜미를 벅벅 긁었다.

천덕꾸러기 백수 공시 4수생에서 어느새 집안의 에이스로 거듭난 조탁대. 가정에서도 사회적 역할이 얼마나 중요한지 뼈저리게 느끼는 순간이었다.

"그럼 다녀오겠습니다."

하마터면 군대 갈 때처럼 큰절을 할 뻔했다. 기운 몸을 세운 탁대는 큰절 자세에서 목례 자세로 돌아오며 꾸벅 인사를 했다.

죽으러 가는 게 아니다. 개고생하러 가는 것도 아니다. 부모님의 거룩한 분위기 때문에 잠시 헷갈린 탁대는 가뜬하게 집을 나섰다.

"여기에요!"

약속 장소에 도착하자 수애가 재광의 차 안에서 손을 흔들었다. 차에는 이미 은돌까지 다 타고 있었다. 차가 있는 재광의 신세를 지기로 했던 것이다.

"이게 다 뭐야?"

뒷좌석에 올라탄 탁대가 가방을 보며 물었다.

"그거 수애 소지품이란다."

대답은 조수석의 은돌이 했다.

"우워어, 무슨 해외여행 가냐? 뭔 소지품이 이렇게 많아?"

"쳇, 남자하고 여자하고 같아요?"

"아무리 그래도 그렇지 이건 살림 차리는 것도 아니고……."

탁대는 수애의 가방 크기에 놀라 계속 목청을 높였다.

"말 나온 김에 탁대랑 수애랑 한 살림 차리지? 둘이 공부도 같이 했다며?"

눈치 없는 은돌이 농담을 던지자 바로 탁대의 반격이 날아갔다.

"누구 맞아죽을 일 있어요? 수애는 임자 있는 몸이라니까요?"

"흥, 그러는 오빠는요?"

"왜 이러서? 난 깨진 지 오래야."

"진짜요?"

"자유로운 영혼, 멋지잖아? 다른 남자 생겼다길래 쿨하게 보내줬지."

탁대는 시원하게 말했다.

"형, 그럼 내가 하나 소개해 줄까?"

"진짜?"

재광의 말에 귀가 솔깃한 척하는 탁대.

"야야, 교육원에 가면 쭉쭉빵빵한 여자들 많을지도 모르는데 웬 궁상이냐? 빨리 가기나 하자."

듣고 있던 은돌이 교통 정리에 나섰다.

"어우, 아저씨 사고방식도 그래요? 하여간 남자들은……."

수애는 바로 혀를 차며 수컷들의 본성에 야유를 보냈다.

"그건 그렇고 교육 말이에요. 이것도 시보 기간에 포함되고 경력 평정에 들어간다던데, 그럼 좋은 점수 받아야 하는 거 아닌가요?"

재광이 시동을 걸며 물었다.

"그래. 네가 수석해라. 수애가 차석, 그리고 탁대가 삼석, 나는 사석… 우리 짜포가 다 쓸어버리자고."

"어, 은근 기분 나쁘네. 그러니까 우리 셋 중에서는 내가 제일 머리 나쁘다 이거죠?"

탁대가 바로 태클에 들어갔다.

"탁대야 원래 의협심에 불타는 정의의 사나이잖아? 그런 사람들은 공부 말고도 할 게 너무 많잖아."

"허얼~! 우리 부모님이랑 똑같은 말하시네."

"그래? 하긴 나이 먹다보면 다 비슷해. 그냥 척하면 보이거든."

은돌은 진짜 부처님처럼 웃었다.

"저, 그럼 교육원 접수하러 출발합니다!"

"렛츠 고!"

재광에 이어 수애가 소리쳤다. 짜포는 두둑한 희망을 안고 출발했다. 교육원 안에서 짭짤 쌉쌀하게 다가올 운명이 기다리고 있는 것도 모른 채.

〈임용 전 교육생을 환영합니다.〉

교육원 앞, 흰 바탕에 푸른 글자가 새겨진 현수막이 파닥거리며 탁대네 짜포를 맞이했다. 훈련소하고는 느낌이 달랐다.

"저기 좋은 자리 비었어요."

수애가 발견한 자리로 차를 몰고 간 재광은 눈살을 찡그렸다. 어마어마(?)한 장애물 때문이었다.

푸짐한 개똥!

그게 타이어 보폭으로 떡하니 자리하고 있었다.

"어쩐지 명당자리가 비어 있더라니. 다른 데 찾아야겠어요."

재광이 후진하려는 순간, 탁대가 먼저 차에서 내렸다. 여기는 미화원도 없나, 하는 생각이 들었다. 창창한 신규들의 앞길을 개똥 따위가 막아서다니.

'첫 끗발이 개 끗발!'

순간 동환이 이따금 고스톱 판에서 하던 말이 생각났다. 탁대는 근처 숲에서 나뭇가지를 가져와 개똥을 치웠다. 냄새는 좀 났지만 기분은 괜찮았다.

"우와, 모범공무원이네. 그걸 치웠어요?"

차를 파킹한 재광이 웃었다. 일동 건물을 바라볼 때 운동장 구석에서 낙엽을 쓰는 아저씨가 보였다.

"저기요!"

탁대가 목청껏 아저씨를 향해 소리쳤다. 빗자루질을 멈춘 아저씨가 돌아보았다. 은돌보다도 더 나이 먹은 사람이었다.

"여기 교육생 등록하는 데가 어디예요?"

"저쪽 본관에 가보시지……."

"본관이 어딘데요?"

"저쪽!"

아저씨의 손가락은 건물 두 동 사이를 애매하게 가리키고 있었다.

"아, 진짜… 좀 확실하게 알려주세요. 오른쪽이요, 왼쪽이요?"

탁대의 목소리가 높아졌다.

"가보면 알지 뭘 그래요?"

보다 못한 수애가 탁대의 옷깃을 당겼다.

"임용 전 교육 받으러 오셨수?"

아저씨가 쓰레기를 모으며 우묵한 시선으로 물었다.

"네!"

명랑하게 대답하는 수애.

"그럼 누가 이것 좀 저쪽 쓰레기장에 버려줬으면 좋겠는데?"

아저씨는 낙엽을 쓸어 모은 쓰레기봉투를 만지며, 하필이면 탁대를 바라보았다.

'이 아저씨 뭐야? 개똥도 안 치운 주제에.'

낙엽 쓰는 걸 보니 미화원이다. 잠깐 동안 반발심이 들었지만 탁대는 봉투를 거머쥐었다. 개똥까지 치운 몸이 뭔들 못할까? 그런 다음 쓰레기장을 향하며 수애에게 말했다.

"먼저 가. 금방 따라갈게."

쓰레기장에 도착하자 탁대는 봉투를 들어올렸다. 시원하게 던져 스트라이크를 치고 갈 참이었다. 그때 아저씨의 목소리가 어깨너머에서 끼어들었다.

"거기 말고."

"네?"

"저쪽 퇴비장 말이야. 낙엽을 그냥 태우면 아깝잖아?"

'진심 강적이다.'

살짝 기분이 상했다. 여기까지 들어다준 것만 해도 어딘데……

"죄송하지만 교육등록을 해야 해서요."

탁대는 쓰레기봉투를 그 자리에 내려놓았다. 그리고 본관을 향해 뛰었다. 아저씨는 가타부타 말도 없이 서두르는 탁대의 뒤통수를 지켜보고 있었다.

접수대는 조용했다. 여직원 한 명만 보인 채 누구의 그림자도 없었던 것이다.

"저기… 여기가 접수하는 데 아닌가요?"

"조탁태 씨?"

여직원이 다짜고짜 고개를 들었다.

"그런… 데요?"

"마지막 등록자예요. 다들 교육장으로 들어갔으니 저기 끝 강당으로 가세요. 빨리!"

서류와 통장사본을 내려놓기 무섭게 여직원이 명찰을 쥐어주며 재촉했다.

'지각이다!'

본능적으로 직감한 탁대는 벤 존슨이나 칼 루이스에 뺨치도록 달렸다.

"여기예요!"

강당 문을 열자 앞쪽에서 수애가 손을 흔들었다. 다행히 교육은 아직 시작 전이었다. 탁대는 재광 옆자리에 앉아 거친 숨을 몰아쉬었다.

"아직 시작 안 했지?"

"진행자가 교육원장님 부르러 갔어요."

"원장님?"

"접수는 잘했죠?"

"접수만 해? 벌써 유명 인사로 등록되었더라고."

"유명인사요?"

수애가 고개를 들었다.

"등록하는 분이 내 이름을 외우고 있더라니까. 그러니 유명인사 아니면 뭐야?"

탁대가 너스레를 떨 때 앞줄에서 까칠한 목소리가 넘어왔다.

"거 좀 조용히 합시다!"

목소리를 따라 탁대가 고개를 들었다. 허우대 멀쩡한 인간이 눈에 들어왔다. 그 가슴팍에 매달린 명찰도 눈을 차고 들어왔다. 이름은 이팔호.

"뭐, 내가 못할 말했습니까?"

팔호는 계속 갈기를 세웠다.

"아니, 그게 아니라……."

"안이고 밖이고 좀 조용히 하자고요. 지금 교육 왔잖아요?"

"누가 몰라요? 그냥 몇 마디 나눈 거 가지고 까칠하게……."

"몇 마디가 아니잖아요? 둘이 무슨 데이트하러 온 것도 아니고……."

"데이트?"

탁대의 눈자위가 확 구겨졌다.

"거 듣자하니 말 지나치네."

"아님 맙시다."

탁대 머리에 핏대가 오를 때 남직원이 원장님을 모시고 들어섰다.

"오빠, 원장님인가 봐요."

수애가 탁대의 옆구리를 찌르며 속삭였다. 탁대는 꾹 참고 연단을 향해 시선을 돌렸다.

'오, 마이 갓!'

순간, 원장을 확인한 탁대 잎에서 신음이 새어 나왔다.

"저 사람?"

은돌과 재광, 수애도 놀라기는 마찬가지였다.

"이야, 탁대는 처음부터 점수 좀 땄겠네. 저분이 원장님이라니……."

"그러게요. 이럴 줄 알았으면 내가 쓰레기 버려드리는 건데……."

은돌과 재광이 부럽다는 듯이 중얼거렸다. 하지만 탁대의 고개는 바로 떨어졌다.

'아, 진짜. 원장이면 원장이라고 명찰 좀 다시지 말이야…….'

다 좋았었다. 쓰레기를 버려달라는 걸 거절하지 않은 건 신의한 수였다. 그런데 마지막이 꼬였다. 거기까지 가놓고 마무리를 못하다니. 이거야말로 공짜로 내준 골 기회를 헛발질로 날린 꼴이었다.

"여러분, 반갑습니다!"

원장이 인사를 하자 교육생들은 박수로 응답했다. 탁대도 건성으로 박수를 날렸다.

"여러분들 봉황시 신규자 맞죠?"

"네!"

"우리 교육원이 신규자 교육 한두 번 시킨 것도 아니지만 이번 기수에는 기대가 큽니다. 왜냐?"

거기까지 말한 원장이 교육생들을 두리번거리며 말을 이었다.

"공무원의 첫 번째 소명이 뭡니까? 바로 청빈입니다. 그럼 청빈한 소명을 이루려면 어떤 바탕이 있어야합니까? 바로 인성입니다."

그쯤에서 원장의 눈이 탁대에게 꽂혀왔다.

"그런데 오늘 저는 이번 기수 교육생들에게서 훌륭한 인성을 엿보게 되었습니다. 거기 교육생 이름이 뭐죠?"

'나?'

탁대의 눈이 단박에 휘둥그레졌다.

"오빠!"

당황한 탁대의 옆구리를 수애가 찔렀다.

"조, 조탁대입니다!"

탁대는 얼떨결에 일어서서 큰 소리로 대답했다.

"조딱때?"

"아하하핫!"

앞자리의 팔호가 큰 소리로 따라하자 그 뉘앙스를 깨달은 교육생들이 일제히 웃음을 터트렸다.

'이 자식이 정말?'

탁대는 팔호의 뒤통수에 킥을 날리고 싶은 걸 애써 참았다.

"아까 낙엽을 옮겨줘서 고마워요."

"……."

"에, 그러면 화제를 돌려 낙엽으로 돌아가겠습니다. 여러분, 지금은 가을입니다. 나무들은 낙엽을 떼어내고 봄을 준비하지요. 만약 낙엽이 떨어지지 않으면 어떤 일이 생길까요? 조탁대 교육생?"

엉거주춤 앉으려하던 탁대의 이름이 또 호명되었다.

"단, 단풍을 오래 구경할 수 있습니다!"

"아하하핫!"

여기저기서 또 웃음이 튀어나왔다. 그중에서도 팔호의 웃음이 가장 컸다. 진짜 주는 거 없이 얄미운 놈이다.

얼결에 대답한 탁대는 완전 바늘방석 위에 선 기분이었다. 뭔가 잘못됐다. 지금 원장은 보복을 하고 있는 것이다.

이럴 줄 알았으면 쓰레기를 퇴비장으로 옮겨 주는 건데. 맹세코 그때는 마음이 급했었다. 공무원 교육원. 얼마나 밟고 싶던 땅이었던가?

아아, 원장은 대체 무슨 생각을 가지고 있는 걸까?

분명 뭔가 꿍꿍이가 있어 낙엽을 쓸었던 게 틀림없다. 그렇지 않다면야 미화원도 아니고 고위직에 속하는 공무원 교육원장이 뭣하러 빗자루질을 했을까?

긴장하는 사이에 원장의 목소리가 들려왔다.

"역시 긍정적인 마인드의 소유자로군요. 맞습니다."

반전이 일어났다. 뭔가 꼬투리를 잡아 공박할 줄 알았던 원장이 쿨한 목소리를 토한 것이다.

"세상에는 언제나 두 가지 측면이 있습니다. 좋은 방향으로 보면 매사가 다 좋고, 부정적으로 보면 매사가 불행합니다."

향 싼 종이에서 향내 나고 생선 꿴 새끼줄에선 비린내 나고.

PPT 화면이 떠올랐다.

원장은 향내와 비린내를 화두로 이야기를 계속했다.

"사람은 원래 모두 순백입니다. 깨끗하다는 이야기죠. 하지만 환경이나 마음가짐에 따라 화를 부르기고 하고 복을 부르기도 합니다. 여러분은 곧 공무원이 됩니다. 공무원 하면 떠오는 게 뭐가 있을까요? 조탁대 교육생?"

원장이 다시 탁대를 호명했다. 이제 끝난 건가하고 안도의 숨을 쉬던 탁대는 또 당황하면서 본능적으로 소리쳤다.

"부정부패와 뇌물요!"

조용!

기가 막히게 조용했다. 그 넓은 교육관 안에 맹렬한 침묵이 지질리게 내려앉았다. 얼마나 조용한지 탁대의 침 넘기는 소리가 변기 물내려가는 소리처럼 큼지막하게 들렸다.

"누구 다른 생각을 가지고 계신 분?"

"청렴과 봉사정신입니다!"

잘난 척 손을 들고 나선 건 팔호였다. 바로 앞뒤에서 다른 의견이 나오고 말았다. 한 대 쥐어박고 싶었지만 그럴 수 없었다. 노골적인 개인감정을 드러내면 지는 것이다.

"두 사람에게 박수 부탁합니다."

원장은 결론 대신 박수를 유도했다. 교육생들은 다음 상황을 예의주시하며 박수를 쳐 주었다.

"이번 기수는 정말 마음에 듭니다. 어쩌면 제가 의도하는 것들을 콕콕 집어내고 있을까요? 아, 두 분은 앉으셔도 됩니다."

원장의 말이 떨어지자 탁대는 자리에 앉았다. 앞에서 팔호의 구시렁거리는 소리가 넘어왔다.

"정신줄 놓은 거야 뭐야? 부정부패라니……."

'오냐. 니 똥 굵다 시캬.'

얼떨결에 나온 말꼬투리를 잡고 늘어지다니. 진심 치사한 놈이었다.

"주목해 주세요. 그러니까 향 싼 종이가 청렴과 봉사정신이라면 생선 꿴 새끼줄은 부정부패와 뇌물이 되는 겁니다. 그런데 아주 재미난 사실이 있지요. 그 둘이 처음부터 결정된 것은 아니라는 사실……."

원장의 강연은 계속되었다.

"저는 매 신규 기수 인사 때마다 꼭 드리는 말이 있습니다. 바로 9급 공무원 포에버입니다."

'9급 공무원 포에버?'

탁대가 눈자위를 구겼다. 설마 영원히 9급에 만족하라는 말은 아니겠지?

"오해할 건 없습니다. 그 말은 '9급 공무원이어 영원하라' 정도로 받아들이시면 됩니다. 왜냐하면 신규 공무원들이야말로 때묻지 않은 사명감과 봉사정신으로 똘똘 뭉쳐 있기 때문입니다. 그 초심을 정년 때까지 간직하고 국민을 대하면 여러분은 반드시 공무원으로 성공하리라 생각합니다."

원장의 강연은 조금 더 이어졌지만 결론은 이렇다. 처음의 초심으로 향 싼 종이가 되어라. 부정부패 따위는 쳐다보지도 말고 오직 국민과 시민을 위해 무소의 뿔처럼 당당히 가라 그런 요지였다.

"이상입니다. 교육 받으면서 애로가 있으면 언제든지 제 방으로 찾아오시기 바랍니다."

원장은 그것으로 환영사를 마감했다.

짝짝짝!

박수와 함께 내려온 원장은 교육생 24명과 일일이 악수를 했

다. 이번 기수 입소생이 모든 직종을 합쳐 총 24명이라는 사실
도 탁대는 그제야 알았다. 남자가 열한 명이고 여자는 열세 명,
행정직만 따지면 남자 여섯에 여자 세 명이었다.

탁대는 재빨리 은돌과 재광, 수애를 제외한 행정직 다섯 명을
스캔했다.

여자 고령자 김인숙, 착해 보인다. 이창혜도 그리 나쁘지 않
다. 남자들 중에서도 제갈경모와 박용일은 경계할 정도는 아니
었다. 그러나 이팔호라는 친구는 매우 신경이 쓰였다.

"조탁대 교육생."

그 사이에 탁대 앞으로 다가온 원장이 손을 내밀었다. 탁대는
머쓱하게 그 손을 잡았다.

"좋은 공무원 될 수 있죠?"

"그, 그럼요. 저는 꼭 서기관이 될 겁니다."

탁대는 보란 듯이 대답했다. 그러자 뒷줄이 웅성거렸다.

"서기관? 요즘은 6급 주사 달기도 힘들다던데?"

"저 사람 제정신이야?"

하지만 그 웅성거림은 원장의 한마디로 일축되었다.

"반듯한 목표가 있어서 좋네요. 여러분도 조탁대 교육생처럼
자기만의 목표를 가지고 공직을 시작하길 바랍니다."

알쏭달쏭, 긴가민가!

원장에 대한 탁대의 이미지는 그랬다. 골려먹는 건가 싶으면
아닌 것도 같았기 때문이었다.

원장이 퇴장하자 팔호의 빈정거리는 소리가 바로 뒤따랐다.

"서기관 되려면 행정고시 정도는 봐야지 웬 9급?"

발끈한 탁대가 돌아보자 은돌이 고개를 저었다. 참으라는 사인이었다.

다음으로 교육 과정에 대한 소개가 이어졌다. 예상대로 강의가 주종을 이루었지만 체험이나 탐방, 견학, 체육 활동도 포함되어 있었다. 그중에서 가장 마음에 들지 않는 건 시험이었다.

"최종 평가에서 낙제를 하는 교육생은 다음 기수에 다시 입소하게 되니까 열심히 해 주시기 바랍니다."

"으아, 여기서도 시험이구나."

진행자의 말에 여기저기서 탄식이 새어 나왔다.

"그리고 일단 반장이 한 명 필요한데 누가 수고 좀 해주실래요?"

"저요!"

탁대가 재빨리 손을 들었지만 목소리는 하나가 아니었다.

'또 너냐?'

탁대의 눈에서 불똥이 튀었다. 몇 시간도 되지 않아 사사건건 충돌하는 이팔호. 그 인간도 손을 든 것이다.

"두 분이 희망하셨으니 즉석 박수 투표로 결정하겠습니다. 먼저 가나다 순서에 따라 이팔호 씨!"

"헬로우, 컴온 베이비!"

팔호가 앞으로 나서더니 혀에 회오리라도 일어난 듯 꼬아대며 환호를 유도했다.

"와아아아!"

믿기지 않게도 여자들은 미친 듯이 박수를 퍼부었다.

"조탁대 씨!"

"와아!"

탁대에게는 남자 몇 명과 짜포가 응원했지만 박수 소리는 팔호에게 댈 것이 아니었다.

"그럼 수료식까지 반장은 이팔호 씨가 수고해 주시기 바랍니다. 여러분의 반장에게 박수!"

짝짝짝!

탁대는 박수치는 시늉만 냈다. 밴댕이 소갈딱지라서 그러는 게 아니었다. 뭐, 얼굴은 대충 반반해 보인다. 꼼꼼히 보면 엄친아 분위기도 좀 있다. 하지만 여자 교육생에게 얼마나 작업을 걸었길래 벌써부터 저렇게 열광한단 말인가?

탁대는 아까부터 마음에 묻어둔 말을 기어코 혀에 걸고 말았다.

'꼭 기생오라비 같은 게……'

4명씩 분임 토의!

진행자가 던진 첫 번째 임무는 그것이었다. 단체 성적은 분임된 반별로 매겨지고 나머지 개인성적은 마지막 평가로 결정한단다.

여기서도 팔호의 전횡은 계속되었다. 이 인간이 떡하니 예쁜 여자 세 명을 골라 분임조를 결성한 것이다.

'아예 아방궁을 차리지 그러냐?'

그 말이 목젖까지 튀어나왔지만 삼키는 수밖에 없었다. 부러우면 지는 거다.

"이거 나 때문에 성적 죽 쑤는 거 아니야?"

의리로 뭉친 짜포 4인방. 분임까지 그렇게 정하자 은돌이 미안한 기색을 비쳤다.

"무슨 소리세요? 왕 오빠가 우리 에이스인데?"

은돌의 우려는 수애가 바로 박살내 주었다.

"진짜지?"

나이만 먹었지 여자 앞에서는 나름 순진한 은돌. 그 한마디에 입이 귀밑까지 찢어졌다.

"제가 1분임이고 조탁대 씨가 2분임, 그리고 3분임은……."

명단을 취합한 팔호가 분임조를 발표했다.

제1분임은 기쁨조… 가 아니고 잡탕이었다.

행정 9급 합격자 이팔호.

간호 8급 합격자 권현지.

사회복지 9급 합격자 김애숙.

마지막으로 보건직 합격자 장은하.

분임별로 서자 1분임에서 후광이 서려 나왔다. 수애도 수수한 미인이지만 세 여자는 꽤나 봐줄 만한 미녀였기 때문이었다. 그녀들 속에 묻힌 팔호는 물 만난 물고기처럼 희희낙락이었다.

하지만!

신의 가호로 반전이 일어났다.

"1분임은 여자가 너무 많아요. 5분임에 여자가 한 분도 없으니까 골고루 섞어서 편성하세요. 그래야 공평하게 과제를 수행할 수 있을 겁니다."

쾌지나칭칭나네.

당황하는 팔호의 얼굴을 보는 순간 탁대 귀에서 흥겨운 풍물

소리가 저절로 울려 나왔다. 결국 1분임에서 장은하가 빠지고 농업 9급 성기갑이 들어왔다.

"잡포!"

"잡포?"

탁대가 중얼거리자 재광이 물었다.

"잡탕직 4명이 한 조니까 잡포지 뭐야?"

잡탕직 4명이 포진한 1분임은 이때부터 잡포로 명명되었다.

점심시간이 되었다. 교육원 식당에는 하늘 같은 선배님들, 그러니까 정식 공무원들이 바글거렸다. 탁대와 짜포는 보는 이마다 공손하게 목례를 했다. 그들 가슴에서 공무원증이 반짝거렸다.

'갖고 싶다. 공무원증.'

부러운 마음에 가슴을 내려다보지만 보이는 건 워드로 이름을 박아 놓은 허접한 명찰뿐이다.

"레이디 퍼스트라는데 양보 좀 하세요."

뒤에 서 있던 팔호가 슬쩍 도발을 해왔다.

"밥 먹는데도 그런 거 따지나?"

탁대는 말을 놓았다. 자기소개 시간을 거쳐 팔호가 한 살 어리다는 걸 알았기 때문이었다.

"아, 진짜 남자가 쪼잔하게……."

투덜거리는 소리를 뒤로 하고 탁대는 유유히 밥을 펐다. 레이디 퍼스트? 짜샤, 그렇게 잘 보이고 싶으면 데리고 나가서 외식시켜 주면 되잖아?

자리를 잡고 앉았지만 팔호의 과잉 친절은 계속되었다. 자기 뒤에 선 여자 세 명에게 줄줄이 차례를 양보한 것이다. 양보만 하면 말도 안 한다. 식판에다 수저까지 챙겨서 내민다.

'교활한 자식. 여자 최고령자 인숙 누나를 챙겨 주는 척하면서 실은 뒤의 미녀들에게 흑심 발사 중……'

남자라면 턱 보면 알 풍경. 탁대는 기도 안 찼다.

"우리 반장, 매너 짱!"

인숙과 함께 여자들 셋은 뭣도 모르고 일제히 엄지손가락을 세워보였다.

"저 친구 명물이네."

은돌이 탁대 옆에서 웃었다.

"명물이 아니라 추물이지요. 너무 노골적이잖아요?"

"그래도 여자들에겐 인기 짱이던데요? 아까 쉬는 시간에 들었는데 여자 동기들이 다 호감을 가지고 있더라고요."

수애가 끼어들었다.

"그러니까 여자들은 남자 보는 눈이 없는 거야. 남자가 보면 뻔하게 보이는 수작을 가지고 말이야."

"부러우면 형도 작업 들어가. 우리가 꽉꽉 밀어줄게."

재광도 대화에 합류한다.

"됐다. 내가 저런 핏덩이하고 같이 설레발치게 생겼냐?"

내 안에 로르바흐 있다. 그것도 대마법사……

탁대는 그 말을 국물과 함께 삼켰다. 이전 같으면 열 받은 마음에 실랑이를 벌일지도 몰랐다. 하지만 지금은 다르다. 모를 때야 그렇지만 로르바흐가 함께하고 있는 것이다.

"놀게 놔두자고. 우린 우리 일에만 충실하면 되니까."

탁대는 여유 있는 마음이었다. 까짓것 마음만 먹으면 한 방에 보낼 수 있는 친구였다.

"어머, 탁대 오빠 좀 멋있어진 거 알아요?"

수애가 진지하게 말했다.

"내가 뭘?"

"전에는 흥분도 잘하고 무대뽀 주장도 자주 내세웠는데, 지금은 진중하잖아요?"

"원래 벼는 익을수록 고개를 숙이는 법이다."

마무리는 은돌이 해주었다. 그 와중에도 팔호는 현지와 애숙 사이에서 파안대소를 하고 있었다.

행정전산망 실전.

오후의 첫 강의는 경기도 행정전산망 '새올' 실습이었다. 공무원들 앞에 한 대씩 놓여진 컴퓨터. 그 안에 든 프로그램을 만나는 것이다.

'이게 공무원들 프로그램이구나?'

시작 화면부터 몰입이 되었다. 발령을 받으면, 탁대도 이 프로그램을 쓰게 되는 것이다.

다만 실망스러운 점도 있었다. 봉황시청 소속 부서나 직속 기관 안에서는 인터넷은 금지라고 한다. 그건 바이러스를 예방하고 해킹을 막기 위한 조치라고 교관이 설명해 주었다.

하긴 스마트폰이 있으니 큰 걱정은 없다. 혹시라도 급한 게 있으면 스마트폰을 사용하면 되니까.

탁대의 생각을 엿보았는지 교관이 '깨는' 주의사항을 하나 더 주었다.

관공서 안에서는 핸드폰은 무조건 진동모드!

"꼭 그래야 하나요?"

맨 앞에 자리 잡은 제갈경모가 손을 들었다. 영락없는 착돌이 스타일이라 괜히 정이 가는 인상이었다.

"곧 배우게 되겠지만 여러분은 공무원이 되어 직장에 들어서는 순간 한 가지를 명심해야 해요."

교관이 칠판으로 다가섰다.

易地思之!

네 글자의 한문이 반짝거렸다. 국어를 제대로 하려면 빈도 높은 한문 사자성어 정도는 씹어 먹어야 한다. 그러니 탁대네 동기에서 그 한문을 못 알아볼 사람은 거의 없었다.

"바로 입장 바꿔보기입니다. 여러분이 은행이나 관공서에 갔을 때 창구 직원이 개인 핸드폰으로 통화하는 거 본 적이 있나요? 만약 있었다면 기분이 어땠나요? 기껏 차례를 기다려 담당자와 마주했는데 사적인 핸드폰이나 댕댕 울려대면 이미지가 좋겠어요?"

"……"

실습실에 돌연 찬물을 끼얹은 듯 침묵이 흘러갔다.

"우리는 하루 종일 근무하다 보면 헝클어질 때가 있지만 그때 방문한 민원인의 입장에서는 그 공무원이 할 일 없어서 늘 헝클어진 걸로 생각합니다. 바로 공무원의 이미지를 망치는 지름길이지요."

"네. 역지사지하겠습니다."

잘난 척하는 인간은 안 봐도 이팔호다. 실습이 시작되자 뻔질나게 손을 들어 교관을 불러댔다. 열심히 하는 표시를 내는 것이다.

탁대는 신경 쓰지 않았다. 어차피 세상은 요지경이다. 별의별인간이 차고 넘친다. 하다못해 군대에도 돌연변이들이 있는데 공무원이라고 다르랴?

'무소의 뿔처럼 당당히 간다.'

탁대는 한 과제 한 과제를 진지하게 대했다. 마치 타자환몽의 마법주문을 외울 때처럼.

다른 수업들은 들을 만했다. 하지만 기술직 합격자들은 다소 어려움을 호소했다.

"정신이 하나도 없어요."

보건직 합격자 정단비는 고개를 설레설레 저었다.

탁대는 그 마음을 이해했다. 데쟈뷰의 힘이다. 딱히 다 아는 건 아니지만 간간히 익숙한 용어가 나왔기 때문에 행정실무 관련 시간도 힘들지 않았다. 하지만 그 반대라면?

한숨이 나올 것도 같았다.

현장 민원 해결.

이번 시간은 고질적인 시의 민원 해결책을 위한 제안 시간이었다. 마침내 분임 활동이 시작된 것이다.

"1조 파이팅!"

팔호는 시작부터 설레발을 떨었다. 그들 넷은 어깨동무까지

하고 전의를 불태웠다. 누가 보면 전쟁터라도 나가는 줄 알겠다.

"화면을 주목하세요!"

동영상이 비춰졌다. 화면에 피켓을 들고 있는 50대의 중년이 보였다.

〈시는 재산권 보상하라!〉

〈잘못된 개발 정보로 시민 농락한 시장 물러가라!〉

중년이 들고 있는 피켓과 어깨띠, 머리띠, 그리고 1인 시위 옆에 세워둔 민원청구 요지는 그것이었다.

"민원 개요는 이렇습니다. 이 민원인께서 수년 전에 우리 봉황시가 시 중심지역 확장을 검토하고 있다는 뉴스를 듣고 상가를 샀습니다. 그런데 의회에서 개발안을 반대하자 없던 일이 되었는데, 그것 때문에 자기 상가 시세가 오르지 않아 손해를 봤다며 5억 소송을 제기했습니다."

탁대네 기수는 귀를 쫑긋 세웠다. 말로만 듣던 소위 '진상'을 공무원 업무에서 확인하는 순간이었다.

"재판은 고법까지 가서 우리 시가 두 번 다 승소했습니다. 하지만 이 민원은 대법에 상고하면서 이렇게 1인 시위를 벌이고 있습니다."

"그럼 지금도 시위를 벌이고 있는 건가요?"

나서기 좋아하는 팔호가 질문을 쏟아냈다.

"그렇습니다. 정확히 공무원 법정 근무 시간 동안 하다가 돌아갑니다. 시는 보상할 수 없다는 원칙이지만 그래도 시민의 한 사람이니 어떻게든 설득하고 이해시키려 하지만 이분은 막무가 내입니다."

"완전 진상 민원이네."

여기저기서 웅성거림이 쏟아져 나왔다.

"자, 여러분이 할 일은 이 민원을 어떻게 응대하실 선지에 대한 대안을 마련하시는 겁니다. 분임별로 머리를 맞대서 시의 정책 방향과 어긋나는 시민도 포용하고 갈 수 있는 적극 행정의 답안을 짜내보시기 바랍니다. 좋은 아이디어가 나오면 반영하고, 그 분임에는 A+를 드리겠습니다."

A+!

그 한마디가 분임의 의욕에 불을 붙였다. 분임들은 당장 무리를 이어 둘러앉았다.

"뭐부터 해야 하지?"

마음만 급한 재광이 탁대를 바라보았다.

"일단 관련법하고 조례를 뒤져 보는 게 어때요?"

수애는 차분하게 의견을 개진했다.

"1심, 2심 전부 다 시가 승소했다니 법은 이미 나온 거 아니야? 조례도 마찬가지고?"

은돌이 대답했다.

"하긴, 이건 생떼잖아요? 그냥 콱 망신을 줘서 생각을 바꾸게 하는 게?"

재광이 너무나 현실적인 대안을 제시했다. 사실 탁대의 생각도 비슷했다. 정당한 요구는 들어줘야 한다. 하지만 생떼에까지 쩔쩔매는 건 바람직한 공무원 상이 아니었다.

"오빠, C 받으려면 무슨 짓을 못 해?"

하지만 수애가 바로 반대 의견을 냈다. 탁대는 속에 떠오른 생각을 그냥 삼켜 버렸다.

돌아보니 다른 분임도 대안이 없기는 마찬가지로 보였다. 잘난 팔호 분임은 어디선가 법규책까지 가져다 놓고 뒤져 보고 있다. 저 인간, 진짜 저러고 싶을까?

"머리 아픈데 좀 쉬었다 하죠?"

탁대는 휴식을 선포했다. 강의를 들었어도 쉴 시간이었다.

휴게실에서 자판기 커피를 뽑아 들었다. 돌아보니 재광은 누구에겐가 전화를 걸어 자문을 구하고 있다. 옆에 서 있기도 그래서 밖으로 나왔다.

"여어, 조탁대 씨."

탁대는 숲 앞에서 낙엽을 쓸던 원장과 딱 마주쳤다.

"어때?"

원장이 빗자루 질을 멈추고 물었다.

"다 어리둥절합니다."

탁대는 솔직하게 말했다.

"처음엔 그렇지. 교육받는 게 좀 부담스럽기는 해도 나가면 실무에 도움되는 일도 있으니까 잘해 보거나."

"예!"

"아, 기왕 만난 김에 부탁 좀 할까?"

"낙엽 버리기요?"

"아니, 이번엔 신문이라네. 저기 신문 뭉치 있지? 저것 좀 들어다가 파지수집장에 갖다 두게. 수집장은 쓰레기장 옆에 있다네."

"알겠습니다."

까라면 까야지 어쩌겠는가? 탁대는 군소리 없이 신문 뭉치를 집어 들었다.

'여기로군.'

수집장 문을 미니 각종 박스와 신문 뭉치, 그리고 캔을 담는 자루 등이 보였다. 공무원들도 분리수거 하나는 제대로 하는 모양이었다.

선택 앞에서 망설이는가? 그렇다면 정보를 버리고 직감으로 승부하라!

미리 모아진 신문 뭉치 위의 기사가 탁대 시선을 쭉 빨아 당겼다.

'직감?'

탁대의 머리에 번갯불이 번쩍 들어왔다.

"이번 제안은 나한테 맡겨 줬으면 좋겠어."

휴식이 끝나자 탁대는 분임의 동의를 구했다. 딱히 뾰족한 수가 없었으므로 분임은 탁대를 밀어주기로 했다.

결과 발표 시간이 되었다. 발표는 조장들끼리 가위바위보를 해서 차례를 정했다. 탁대의 2조가 꼴찌였다.

팔호는 두 번째 발표자로 나서 민원인의 자존심을 살려 주자는 주장을 펼쳤다. 시장이나 부시장이 직접 만나 자존심을 살려 줌으로써 민원이 스스로 물러날 기회를 주자는 게 요지였다.

다른 조들의 의견도 대동소이했다. 3조는 1인 시위를 하는 자리에 화단을 만들어 설 곳을 없애자고 했고 6조는 담당 직원과 부서장이 민원의 자택을 방문하여 삼고초려로 이해시키자는 의견을 냈다.

마침내 탁대네 2분임 차례가 되었다. 하지만 탁대가 보이지 않았다.

"탁대 오빠 어디 갔어요?"

수애가 재광을 보며 물었다.

"글쎄, 금방 여기 있었는데……."

"2분임, 기권인가?"

교관이 재촉했다. 느긋한 은돌까지 조바심을 낼 때 출입구에 탁대가 모습을 드러냈다.

"맙소사!"

탁대의 모습을 본 수애가 거품을 물고 넘어 갔다. 그 모습은 동기들뿐만 아니라 교관까지 기절시키기에 충분하고도 남았다.

3장

똥배짱을 배팅하다

"오, 마이 갓!"

"미친 거 아냐?"

탁대가 들어서자 교육생들은 이구동성으로 고개를 저었다. 겨우 정신을 차린 교관이 탁대를 흘어보았다.

〈사리사욕 개인민원, 시 살림 좀 먹는다.〉

〈투기민원 각성하라, 그 돈으로 복지한다.〉

탁대는 진상 민원과 똑같은 차림이었다. 머리띠는 손수건으로 대신했고 띠는 신문을 찢어 만들었다. 손에 든 피켓은 박스에 신문지를 붙인 작품이었다.

"그게 2분임 대안입니까?"

교관이 묻자 탁대가 대답하기도 전에 팔호가 끼어들었다.

"조탁대 씨, 지금 장난해요?"

"장난이라니?"

"아니면 그게 뭡니까? 능력이 없으면 기권을 하세요. 다른 교육생들에게 민폐잖아요."

"아니, 자유민주주의 국가에서 자기 의견도 마음대로 못 내?"

탁대는 느긋하게 대응했다.

"지금 그걸 말이라고 합니까? 누가 봐도 장난이잖아요?"

"장난 아니면?"

"아니라고요? 진짜 말 안 통하네. 이런 사람이 어떻게 공무원 시험에 합격한 거야?"

팔호가 넘지 말아야 할 선을 살짝 넘어왔다.

"이봐, 반장. 말조심해. 다른 분임이 낸 의견은 절대 진리고 내가 낸 의견은 허섭스레기라는 법은 없잖아?"

탁대는 목소리를 높이지 않았다. 여기서 같이 흥분하면 지는 것이다.

"교관님!"

팔호가 교관을 돌아보았다. 지지를 구하는 모양이었다.

"조탁태 씨!"

교관이 탁대를 마주보며 섰다.

"예!"

"물론 어떤 의견이라도 낼 수 있습니다. 하지만 공무원의 결정과 행동은 모든 게 공무이기 때문에 책임과 파급 효과까지도 함께 고려해야 합니다. 그래도 그게 장난이 아니라는 건가요?"

"절대 아닙니다."

탁대는 잘라 말했다.

"행정은 장난이 아닙니다."

"저도 장난 아니거든요. 왜 해보지도 않고 안 된다고 생각하는 거죠?"

"그러니까 탁대 씨는 지금 1인 시위자 옆에서 맞시위를 하자는 거 아닙니까?"

"그렇습니다. 옳은 결정을 내린 행정조치에 대해서는 어떤 생떼와 압력에도 밀리지 않고 당당하게 업무를 밀어붙인다. 그게 잘못된 거라는 겁니까?"

탁대는 물러서지 않았다.

"조탁대 씨!"

참고 있던 교관이 짧게 소리쳤다. 더는 못 봐주겠다는 의지의 표현이었다.

"2분임은 이번 분임 토의에서 점수 없습니다."

"잠깐만!"

교관이 청천벽력 같은 선언을 할 때 뒤에서 원장의 목소리가 들려왔다. 그는 천천히 다가오더니 탁대를 꼼꼼히 바라보았다.

"2분임의 제안이 논란 중인 것 같군."

"2분임 제안은 공무원의 품위 손상에 해당합니다."

팔호는 기다렸다는 듯 탁대를 씹어댔다.

"자네 주장은 현실성이 있고 저쪽은 아니다?"

"그렇지 않습니까? 깨인 시장님이라면 충분히 트라이 할 만한 일이지만 저건 소위 깽판에 지나지 않습니다."

"자넨?"

원장이 탁대를 바라보았다.

"왜 이게 안 된다는 겁니까? 가끔은 직관적인 일들이 잘 통할 때도 많습니다."

탁대의 말이 끝나자 원장은 경악할 결론을 내려주었다.

"그럼 현장 검증 한 번 해보세요. 누가 실효성 있는 대안인지 나도 궁금하니까!"

다음 날, 같은 분임토의 시간에 교육생들은 시청으로 향했다.

"오빠……."

나란히 앉은 좌석에서 수애는 울상이었다. 자칫하면 탁대가 봉변을 당할 수도 있기 때문이었다.

"부담되면 지금이라도 그만둬. 괜히 독 오른 민원 건드렸다가 그 사람이 걸고넘어지면……."

"맞아. 내가 교육원 주사님께 물어봤는데 그 사람 악명이 자자하대. 담당자들도 몇 번이나 멱살 잡혔다던데?"

은돌과 재광도 불안하기는 마찬가지다. 그건 분임점수 문제의 차원이 아니었다.

탁대는 앞줄의 1분임을 바라보았다. 팔호는 기세등등하다. 탁대는 고개를 저으며 전의를 다졌다. 이번만은 팔호에게 본때를 보여 주고 싶었다.

그렇다고 오기만으로 시작한 일은 아니었다. 파지 수집장에서 신문을 보았을 때 탁대는 확신을 가졌다.

인생은 늘 불확실성의 세상을 살고 있다. 그곳에서 데이터나 정보는 쓸모가 없다. 불확실성이 강할수록 어림셈법, 즉 직감이 필요하다.

기사를 읽고 난 탁대는 이거야말로 이번 경우에 잘 어울린다고 생각했다. 이건 이성이나 논리로 해결할 문제가 아니었다. 민원의 주장만 봐도 알 수 있다. 상식적인 사람이라면 그 소가 패소할 거라는 건 짐작했을 것이다. 그러니 이런 일에는 직감이 우선이었다.

그렇다고 로르바흐에게서 얻은 마법을 염두에 둔 건 절대 아니었다.

화염.

타자환몽.

순간접착.

순간독심.

네 가지 중에 순간독심은 쓸모가 있을 거 같았다. 하지만 최악의 경우가 아니라면 팔호 따위에게 미법까지 쓰면서 상대하고 싶은 생각은 없었다.

다행히!

팔호가 먼저 난관에 봉착했다. 그들 주장대로라면 시장과 부시장의 동의를 구해야 했다. 하지만 두 사람은 시간을 내주지 않았다. 시장은 그 시간에 청사에 없었고 부시장은 녹지제한구역 문제로 공청회를 주재하고 있었다.

주어진 시간은 오늘 오후 단 한 차례. 고배를 마신 팔호는 미인계를 내세웠다. 꿩 대신 닭이라고 현지와 애숙을 앞세워 담당 국장을 공략한 것.

"이 친구들이 지금 행정이 장난인 줄 알아?"

국장의 일성은 그것이었다. 그러잖아도 골머리를 썩여 온 고질 민원인. 그런데 아이디어라는 게 고작 민원인 자존심 세워주기였으니 화를 낼 만도 했다.

"아직까지는 고소한데?"

소식을 들은 재광이 실소를 금치 못했다. 그래도 팔호는 끈질겼다. 거기서 포기하기는 싫었는지 현지와 애숙을 데리고 진상 민원 앞에 선 것이다.

탁대는 그 광경을 버스 안에서 지켜보았다. 교관도 눈을 떼지 않았다. 순간, 팔호의 얼굴이 절반쯤 돌아갔다. 민원인이 따귀를 날린 것이다.

"조탁대 씨 차례군."

교관이 탁대를 바라보았다. 팔호의 의견은 탁상공론에 불과하다는 결론을 내린 모양이었다.

"오빠……."

"눈치 안 좋으면 바로 포기해라."

수애에 이어 은돌이 탁대의 어깨를 두드려 주었다.

'까짓것 죽기 아니면 살기지.'

탁대는 어제 만든 피켓과 띠를 들고 교육원 버스에서 내렸다. 교육생들은 그가 걸어가는 모습에서 눈을 떼지 못했다.

"왕오빠… 이거 일이 잘못되는 거 아니에요?"

"글쎄……."

"아! 저러다 덤터기 쓰지, 진짜."

재광도 마음이 편치 않기는 수애와 마찬가지였다.

"탁대 성격 몰라서 그래? 보아하니 꽂히면 가는 스타일이잖아?"

은돌은 나이 탓인지 여전히 차분하기만 하다.

"그러니까 그게 문제라는 거잖아요? 시장, 국장 다 개무시하고 들이대는 민원인데……."

"뭐, 좋게 보면……."

은돌은 예의 부처님처럼 웃으며 말을 이었다.

"일이 잘 풀려서 주목 받게 될 수도 있지."

"안녕하세요?"

1인 시위를 하는 민원 앞에 선 탁대는 인사부터 올렸다. 옛말에 인사하고 뺨 맞은 사람은 없으니까.

"뭔가?"

이미 팔호를 겪은 민원의 신경을 상당히 날카로워져 있었다.

"실은 제가 공무원 합격생인데요 저도 여기서 1인 시위 좀 하려고요. 실례합니다."

탁대는 옆구리에 낀 띠와 피켓을 집어 들었다. 그런 다음, 이 민원이 왜 부당한지를 적은 게시물을 뒤에 세웠다. 1인 시위 신고는 이미 어제 해두었다. 그러니 불법 시비는 걱정하지 않아도 되었다.

"뭐야?"

예상대로 탁대의 문구를 본 민원의 눈이 쏟아질 듯 커졌다.

탁대는 대답하지 않았다.

"너 뭐야? 지금 뭐하는 짓이야?"

열 받은 민원이 고함을 질러댔다. 그래도 탁대는 앞만 쳐다볼 뿐이었다.

"너 지금 장난해? 이거 시장이 시킨 거야?"

"……"

"당장 꺼져. 시청 폭파시켜 버리기 전에!"

민원의 목소리는 점점 더 높아졌다. 덕분에 일을 보고 가던 시민들이 하나둘 몰려들었다. 탁대는 멱살까지 잡혔지만 조금 도 반항하지 않았다.

"여보소. 거 너무 하는 거 아니요? 그러다 사람 잡겠네."

"그러게. 보아하니 그쪽이 생떼 같은데……"

보다 못한 시민들이 한마디씩 보탰다.

"아, 뭐가 너무해? 시에서 이따위 계획만 세우지 않았어도 내 재산권이 침해받지 않았을 거라고. 당신들도 한 번 당해 봐!"

부아가 치민 민원은 시민들을 향해 저주를 퍼부었다.

"시에서 예정대로 계획을 밀어붙이지 않아서 당신이 산 상가 가 안 올랐다는 거잖소? 그러니까 뭐야? 그래서 손해를 봤으 니까 물어내라?"

늙수그레한 시민 하나가 민원의 게시물을 들여다보며 말했 다.

"당연하지. 시의 정책이라는 게 왔다 갔다 하면 돼? 이래가지 고서야 어떻게 시를 믿고 살겠어?"

민원은 기세등등하지만 시민들은 시큰둥한 표정이었다.

"당신들이 그렇게 물렁하니까 관에서 국민을 좀먹는 거라고. 다들 각성들 하셔!"

민원이 억지를 쓰자 시민들은 하나둘 혀를 차며 가버렸다. 그중 마지막 시민의 말이 탁대의 귀에 꽂혀 왔다.

"다른 건 몰라도 그건 아무리 봐도 생떼야!"

"뭐요? 모르면 잠자코나 있어!"

민원은 그 시민의 뒤통수에 대고 빽액 소리를 질렀다. 그때까지도 탁대는 침묵하고 있었다. 혼자 악을 쓰던 민원이 다시 탁대를 돌아보며 눈을 부라렸다.

"너 좋은 말할 때 빨리 꺼져."

"……."

"너 벙어리냐?"

"……."

다시 한 무리의 시민들이 눈길을 주었다. 민원은 다시 목소리를 높였지만 조금씩 누그러지기 시작했다. 나이가 있다 보니 체력의 한계가 온 것이다. 그때 비가 내리기 시작했다.

"어떡해?"

차 안의 수애가 발을 동동 굴렀다. 교관을 바라보지만 그 역시 특별한 지시를 내리지 않았다. 수애는 우산을 들고 내렸다. 하나를 받아든 탁대가 우산을 폈다.

하지만!

탁대는 우산을 쓰지 않았다. 그 우산으로 비를 면한 건 민원인이었다.

"무슨 수작이야?"

벌써 절반은 젖어버린 민원이 콧등을 구기며 물었다.

"……."

"야, 인마. 사람이 물으면 말을 해. 이젠 예비 공무원까지 사람 무시하는 거야?"

여전히 까칠하지만 민원의 목소리는 흔들리고 있었다. 탁대는 잠시 망설였다. 지금이 이 사람의 감성에 호소해야 할 시기일까? 아니면 순간독심을 써서 속마음을 알아내야 하는 걸까?

순간, 놀라운 일이 벌어졌다. 민원인이 봉황시가 무너져라 한숨을 쉬며 주저앉은 것이다.

"내가 미쳤지. 어차피 안 될 거 알고 있으면서……."

민원의 입에서 탄식이 새어 나왔다. 그의 폭풍 같던 기세가 무너지는 순간, 탁대는 그의 속내를 직감하게 되었다. 그 앞으로 시장의 세단이 지나갔다. 외부행사를 마친 시장이 돌아오는 모양이었다.

"수애 씨!"

탁대의 입이 열린 건 그때였다. 다시 버스에 오르려던 수애가 돌아보았다.

"이분 우산 좀 씌워드려!"

그 말을 남긴 탁대는 청사를 향해 뛰었다. 우산은 받지 않았다. 한달음에 세단을 따라잡은 탁대는 막 우산을 받고 내리는 시장을 가로막았다.

"뭡니까?"

시장을 수행한 비서실장이 탁대를 바라보았다.

"이번 9급 행정직 공채 합격자로 임용 전 교육을 받는 조탁대입니다. 죄송하지만 잠깐만 시간을 내주십시오."

"교육생이 감히?"

비서실장이 미간을 눈을 부라렸다.

"저기 좀 보시죠."

탁대는 빗속의 1인 시위 민원인을 가리켰다.

"저 사람은?"

"자기 투자비용을 물어내라는 억지 민원입니다."

시장이 돌아보자 비서실장이 뼈 걸린 목소리로 말했다.

"죄송하지만 그래도 봉황시 시민이잖습니까? 연로하신 분이 무리를 하고 계신데 한 번 손을 내밀어주면 감정이 풀릴지도 모릅니다."

탁대는 거침없이 의견을 개진했다.

"그런데 교육생이 왜 여기에 있는 건가?"

시장이 탁대를 바라보았다.

시장과 9급 공무원.

그것도 아직 발령도 받지 않은 교육생. 그 직급의 차이는 하늘과 땅이었지만 이미 한 번 발동 걸린 탁대의 의협심은 그걸 잊은 지 오래였다.

"분임 토의 중에 저 민원인에 대한 해결책을 찾고 있는 중입니다."

"그게 내가 가서 민원의 마음을 달래 주는 건가?"

"지금은 그렇습니다."

"만약 저 민원인이 억하심정에 나에게 봉변이라도 주면 어쩔 텐가?"

시장이 탁대를 쏘아보았다.

시장!

그 직함은 괜히 있는 게 아니었다. 한 표 달라고 할 때는 죄다 사기꾼처럼 보였지만 시청에서 만나는 시장은 포스가 달랐다.

"그럼 제가 임용을 포기하겠습니다."

탁대는 깊은 날숨과 함께 핵폭탄급 선언을 했다.

임용 포기!

어떤 경우에도 입에 담지 말아야 할 말이 나오고 말았다. 너무 비장했다. 조금은 아차 싶었지만 이미 엎질러진 물이었다.

"이번 시험 경쟁률이 얼마였지?"

시장이 비서실장을 돌아보았다.

"행정직은 100 대 1에 가까웠습니다."

"그러니까 자네 말은 그만한 확신이 있다 이거로군?"

"네!"

"그렇다면야 내가 자네의 확신을 한 번 시험해 주지."

시장이 하얀 입김을 뿜으며 대답했다.

한 발, 한 발.

시장 김성곽이 걸어가는 발길을 따라 식은땀이 흘러내렸다. 로르바흐는 어떻게 생각할까? 만약 일이 잘못된다면, 그래서 진짜 임용이 취소된다면 그가 가장 슬퍼할 일이었다.

'됐어. 나는 내 마음이 꼴리는 대로 간다.'

탁대는 고개를 저었다. 공채를 보는 것까지는 어쩔 수 없이 공부의 법칙을 따랐다. 하지만 사회에는 정답이 없다. 더구나 기왕 벌인 일이니 아주 끝장을 봐야 했다.

도 아니면 모, All or Nothing!

차 안의 동기들, 특히 짜포들이 가슴을 졸이고 있을 것이다. 그렇다고 해도 이미 마음이 기운 일이었다. 그렇다면 감행하는 게 탁대의 스타일이었다.

김성곽이 민원인 앞에 섰다. 우산 둘에 사람은 넷이었다. 수애와 비서실장은 우산을 받치고 서 있다. 그 사이로 맨몸의 탁대가 섰다. 이미 흠씬 젖은 그의 몸에서 안개 같은 수증기가 피어올랐다.

"치우게."

시장이 비서실장을 바라보았다. 실장은 잠시 주저했지만 시장의 눈매가 워낙 단호하자 우산을 내렸다.

"봉황시장 김성곽입니다. 시정으로 부득이한 심려를 드려 죄송합니다."

시장은 정중히 허리를 조아렸다. 그러자 지켜보던 민원인이 수애를 거칠게 밀어냈다.

'무리였나?

탁대의 눈매가 살짝 구겨지는 순간, 민원인은 시장의 멱살을 거머쥐었다. 그걸 본 비서실장이 달려들 기세를 취하자 시장이 손을 들어 제지했다.

다음 순간 놀라운 일이 벌어졌다. 한 대 후려칠 것 같던 민원인이 시장의 목에 매달려 통곡을 터트린 것이다.

"우어엉!"

그 소리가 비를 뚫고 사방으로 퍼져 나갔다. 그제야 마음이 놓인 탁대가 수애를 바라보았다. 언제부턴지 우산을 내려놓은 그녀가 엄지를 세워 주었다.

'치잇!'

버스 안의 풍경은 좀 달랐다. 일이 잘 풀리자 팔호는 주먹으로 의자 등받이를 내려쳤다. 하지만 주위는 박수 소리로 가득 차고 있었다.

은돌이 일어나 박수를 치자 교관을 비롯한 동기들이 조용히 탁대를 응원한 것이다.

시장은 민원인을 데리고 청사로 들어갔다. 그때까지도 탁대와 수애는 자리를 뜨지 않았다.

"조탁대!"

탁대는 자신을 부르는 목소리를 듣고서야 비로소 몸을 돌렸다.

"나이쓰, 탁대 형!"

은돌과 재광이었다. 둘 역시 우산도 없이 달려 나와 탁대에게 뛰어올랐다. 셋은 빗속을 구르며 상쾌, 통쾌, 유쾌 3종 세트를 만끽했다.

"어우, 나만 따당하는 거 같네."

혼자 선 수애가 귀엽게 입술을 삐죽거렸다.

"짜포!"

네 손이 마주 닿자 탁대가 먼저 선창을 했다. 뒤를 이어 힘찬 합창이 터져 나왔다.

"파이팅!"

탁대의 직관이 쾌거를 이룬 순간, 가을비가 그쳤다.

다음 날, 수업이 끝나고 쉬는 시간, 탁대네 기수는 굉장한 방문객을 맞이하게 되었다.

안전도시국장 하진욱.

총무과장 양두용.

두 거물은 사전 예고도 없이 강의실에 들어섰다.

포스!

군대나 직장 생활을 해본 사람은 알 수 있다. 대통령이나 사장보다 원스타, 투스타, 이사가 더 어렵다는 걸. 전자는 나와 직접 상관이 없는 사람들이지만 후자는 그 조직에서 직접 생사여탈권을 쥐고 있기 때문이다.

게다가 총무과장이라면 꿀보직 중의 꿀보직. 4급 서기관인 국장은 바로 탁대가 나가야 할 목표이자 꿈이었다.

"어제 시장님을 1인 시위하시던 고질 민원인에게 모셔간 친구가 누군가?"

총무과장이 입을 열었다. 긴장하고 있던 교육생들의 시선이 탁대에게 옮겨갔다.

"접니다."

탁대가 앞으로 나왔다.

"어떤 직렬 합격자인가?"

"행정직입니다."

"이 친구, 간덩이가 부었군."

탁대를 바라보던 총무과장 입가에 미소가 감돌았다. 그렇다면 그 일을 문제 삼으려고 온 건 아닌 것 같았다.

"자네 말이야, 엄청난 경쟁률 뚫고 합격했다면서 그런 딜을 할 배짱이 어디서 났나?"

총무과장이 탁대 어깨를 툭 치자 사연을 모르는 동기들이 숨을 죽였다. 그때 연락을 받은 원장이 들어섰다.

"어이쿠, 하 국장님!"

"안녕하셨습니까?"

원장과 국장은 이미 안면이 있는 듯 격의 없는 인사를 나누었다.

"또 원장님 작품이었군요?"

"고질 민원 말입니까?"

"그 소식을 듣고 얼마나 놀랐는지 모르시는군요. 매번 가슴이 뜨끔합니다."

국장은 말 한마디에도 포스가 묻어나왔다.

"그보다 좋은 교육이 어디 있겠습니까? 앞으로 시간 배정을 좀 늘려볼 생각입니다만……."

"어이쿠, 이거 교육생들 들어오면 긴장하고 살아야겠군요."

"아무튼 골치 아픈 민원이 해결되었으니 우리 교육생들에게 한 턱 내셔야 하는 거 아닙니까?"

"시장님이 아침 간부회의에서도 말씀하시기에 시간을 냈습니다."

"이번 기수들, 다들 인물입니다. 봉황시 발전에 큰 밑알이 될 것 같아요."

"자네 조탁대……."

국장이 탁대를 바라보았다. 묵직한 무게감에 탁대는 절로 부동자세가 되었다. 뉴스에서 장관이 짤리고 차관이 떠들어도 콧방귀도 안 뀌던 탁대와 교육생들. 인간은 환경의 동물이라고 공무원이 되니 국장이 하늘처럼 보였다.

"시장님 등을 떠밀 발칙한 생각을 해낸 게 자네인가?"

"그 아이디어는 제가 냈습니다."

탁대가 입을 여는 순간, 팔호가 말을 가로채며 나섰다.

"자네?"

"그 민원은 법으로 해결하기 어려운 생떼형이었습니다. 따라서 시장님이나 부시장님 같은 분이 나서서 프라이드를 세워 주면 누그러질 것으로 판단한 콘셉트였는데 그걸 조탁대 씨가 실행한 겁니다."

이팔호!

뻔뻔한 낯가죽에서 개기름이 번질거렸다. 마치 자기가 브레인이고 탁대는 단순 행동 실행형이라는 듯한 말투에 탁대는 부아가 치밀었다.

"그러니까 자네 의견이었다?"

국장이 재차 물었다.

"그렇습니다."

팔호는 한 치의 주저도 없었다. 말은 맞는 말이다. 팔호가 그런 주장을 하기는 했었다. 하지만 민원을 해결한 건 탁대였다.

"하지만 그건……."

"타이밍이 좋지 않아 탁대 씨가 시장님께 비를 맞춘 일도 그렇고 무례를 범하게 된 점, 교육생 대표이자 아이디어 원안자로써 진심으로 송구하게 생각합니다."

탁대가 뭐라고 설명하려 하자 팔호는 엉뚱한 말로 입을 막아 버렸다.

'이 새끼가 진짜?'

발끈한 탁대가 노려보자 팔호는 선량한 미소를 지으며 위선을 떨었다.

"거 봐요. 내 말이 맞죠? 그 방법이 베스트 전략이라니까요."

'끄어어!'

폭발 직전의 탁대는 차마 입을 열지 못한 채 안에서 끓어오르는 연기를 뿜어내며 분을 삭혀 버렸다.

"역시 현장에 와보길 잘했습니다. 그러니까 어제 일이 조탁대 씨 혼자의 공이 아니라 원안자가 따로 있었군요."

"감사합니다."

총무과장의 말에 넙죽 허리를 숙여 아부를 떠는 이팔호. 짜포 4인방이 독수리처럼 쏘아보지만 그는 아랑곳하지 않았다.

"하진욱 국장님께서 디너를 진성 치킨탕으로 쏘신답니다. 핫한 박수를 보내주십시오!"

아무 데나 끼워 넣는 영어는 아부형 발언에도 빠짐없이 끼어들었다. 교육생들이 박수를 치자 짜포도 별수 없이 박수를 쳤다.

재주는 곰이 부리고 돈은 왕 서방이 먹기.

그 말이 딱이었다. 그 뒤로도 팔호는 국장과 총무과장이 떠날 때까지 뒤를 졸졸 따라다니며 온갖 아부를 다 떨었다.

팔호의 설레발은 삼계탕 먹는 자리에서도 멈추지 않았다.

"많이들 드세요. 사실 이거 제가 쏜 거나 마찬가지입니다. 국장님은 원래 짜장면 사주려고 했다는데 제가 체력은 국력이라고 프레스를 좀 넣었거든요."

짝짝짝!

또 박수가 튀어나왔다. 탁대는 욕이 튀어나올 뻔했다.

빼질빼질 잘난 척에 여자라면 사족을 못 쓰는 이팔호. 한 번은 교육이 끝난 밤에 은행나무 벤치에 앉아 현지 귀에 뭔가를 속삭이다 탁대에게 딱 걸렸다. 사실 탁대는 누가 여자에게 작업을 걸든 말든 상관이 없다. 섹시한 여자들이 두엇 있긴 하지만 탁대가 찜한 것도 아니었다.

솔직히 재광이 같은 경우에는 여자 동기와 좀 가깝게 지냈으면 하는 바람도 있었다. 하지만 딱 한 인간, 팔호만은 예외였다.

지금도 그렇다. 단 둘이 호젓한 벤치에서 대화 중이다. 딱히 오른쪽 귀에 대고 속삭일 필요도 없다. 왜냐고? 간호 8급 권현지는 청력이 멀쩡하니까.

저 인간은 저걸 작업 스킬이라고 자랑질을 해댔다. 화장실에서였다.

"여자와 친해지려면 오른쪽 귀에 대고 속삭이라고. 그럼 퍼펙트야."

순진한 경모를 데리고 허접한 연애 스킬론을 펼치던 팔호. 탁대가 들어서자 휘파람을 불며 시치미를 뗐다.

'약아빠진 놈.'

달리 설명할 말이 없었다. 가끔은 바지를 벗기고도 싶었다. 그렇다고 오해하지 마시라. 탁대는 동성애자가 아니다. 아니, 동성애에 대해서 깊이 생각해 본 적도 없었다.

그런 그가 팔호의 바지를 벗기고 싶은 건 엉덩이에 꼬리라고 숨겨졌나 궁금해서였다. 시의적절한 아부와 립 서비스, 게다가 설레발은 가히 천부적으로 보였다.

'참자!'

탁대는 뜨끈해지는 손바닥을 그냥 쥐어버렸다. 저 인간 면상에 화염 한 방 꽂아주는 거야 어렵지 않지만 그런다고 고쳐질 천성이 아니었다.

'아니지. 어쩌면 그걸 핑계로 입원해서 날마다 여자 동기들을 불러댈지도……'

탁대는 낙엽을 차고 돌아섰다.

그런데 희망의 날이 찾아왔다. 본때를 보여줄 수 있는 찬스가 도래한 것이다.

레크리에이션 변경!

희소식은 바다에서 날아왔다. 해변 캠프가 그쪽 주최 측의 사정으로 인해 취소되었다는 통보였다. 대안으로 바뀐 게 바로 서바이벌 게임이었다.

"경험담이 끝나면 바로 출발합니다."

각자의 합격비결과 공부하던 때의 애로사항을 발표하는 자리였다. 그 또한 분임별 과제였기에 짜포는 최선을 다했다. 대표로는 은돌을 내세웠다.

54세의 수험생. 그것만으로도 먹어줬다. 은돌이 아이들을 위해 치열하게 공부하고, 나이 먹은 마당에 결심한 재출발의 고뇌를 말하자 좌중은 숙연해지기도 했다.

영광은 땀과 눈물을 먹고 산다.

분임별 발표를 들으며 탁대는 생각했다. 그 누구도 꽁으로 합격한 사람은 없었다. 발표자들 중에서 또 한 사람의 막강 강적은 33살의 기술직 최상은이었다.

2살과 4살 아이의 엄마.

그것만으로도 주목받기에 충분했다.

"애들이 어린이집에 갔을 때 하고 새벽에 주로 공부했어요."

그녀의 비결은 집중이었다. 아이들 때문에 짜투리 시간을 이용해야 했다. 하지만 그녀 역시 1년 반 만에 합격의 영광을 안았다.

"제 합격의 원동력 역시 은돌 아저씨처럼 아이들과 절실함이었던 거 같아요."

상은은 겸허하게 웃으며 발표를 마무리했다. 박수가 쏟아져 나왔다.

"거 기왕이면 오빠라고 하지……."

은돌의 투덜거림도 쏟아져 나왔다.

발표가 끝나고 변경된 시간표를 확인한 탁대는 주먹을 불끈 쥐었다. 서바이벌하면 또 탁대였다.

'아싸!'

그는 군대에서 명사수를 자랑했다. 사단대회에서 표창을 받아 특박을 나온 경험도 있었다. 그러니 이거야말로 신의 도움이 아닐 수 없었다.

'이팔호, 너는 이제 죽었어.'

그새 여자 최고령자 인숙과 창혜 등을 모아 놓고 서바이벌 전문가라도 되는 듯 떠벌리는 팔호를 보며 탁대는 회심의 미소를 머금었다.

"와아아!"

함성이 야산에 울려 퍼졌다. 허리띠를 졸라맨 여자 동기들도 제법 군복이 잘 어울렸다. 팔호는 미친 설레발 작렬이다. 온갖 멋을 부리고 여자들 앞에서 사격 지도를 한답시고 허세를 떨고 있다.

'오냐, 지옥을 맛보여 주마.'

탁대는 물감탄을 장전했다. 연습사격에서는 일부터 헛발을 쏘아댔다.

"조탁대 씨, 그거 시민의 세금인데 함부로 낭비하지 말고 좀 성의껏 쏘세요."

팔호의 잘난 척은 귀전으로 흘려 버렸다. 오냐, 짖어라. 조금만 있으면 그 웃음이 눈물로 바뀔 테니까. 탁대는 총신을 잡은 손에 불끈 힘을 주었다.

"1, 3, 5분임 청팀. 2, 4, 6분임 백팀."

팀은 원하는 대로 나눠졌다.

"탄을 맞으면 물감이 묻습니다. 그럼 아웃이니 바로 총을 머리 위로 들고 나오세요."

교관이 진행 요령을 알려 주었다.

최후의 3인이 남거나 혹은 1시간 후에 더 많은 사람이 생존하는 팀이 승리하는 게임이었다.

"청팀, 가자!"

"와아아!"

"백팀을 아작 내자!"

"와아아!"

팔호는 폭풍기세를 올리더니 11명의 팀을 끌고 우측으로 산개했다.

"저 친구부터 끝내야지 안 그러면 시끄러워서 게임하겠어?"

은돌이 혀를 차며 말했다.

"저 인간은 제가 맡습니다!"

탁대는 팔호가 사라진 숲을 뚫어져라 노려보았다.

삐익!

교관의 호각 소리와 함께 서바이벌이 시작되었다. 탁대 팀에는 이 게임을 해본 사람이 한 명밖에 없었다. 탁대는 분대장 경험을 살려 팀을 세 개 조로 나눴다.

일단 총 만지는 것조차 겁을 내는 여자들은 후미에 배치했다. 수애는 탁대 조에 끼웠다. 해본 적은 없다지만 연습 사격에서 제법 야무지게 목표물을 맞혔기 때문이다.

탁대는 재광에게 수애를 짝 지워 주고 자신은 이창혜와 짝을 이루어 숲을 헤치고 나갔다.

따쿵따쿵!

전진해 온 상대 팀들이 먼저 집중 포화를 퍼부어댔다. 탁대는 눈을 부릅뜨고 팔호를 찾았다. 보이지 않았다.

'약아빠진 게 어디 숨은 거야?'

맨 먼저 몸을 드러낸 한 명을 킬 했다. 단 한 방이었다.

"10번 퇴장!"

교관이 깃발을 흔들었다. 탁대 옆의 창해가 엄지를 세워 탁대에게 존경심을 표시했다. 그때 뒤쪽에서 총소리가 들려왔다.

따쿵!

"6번 퇴장."

6번이라면 은돌이었다. 상대 팀이 후미로 돌아갔다는 반증이었다.

"여기 잘 지켜."

탁대는 숲을 끼고 돌았다. 제대로 만든 서바이벌 게임장이 아니라서 장애물이 마땅치 않았다. 하는 수 없이 낮은 포복으로 기었다.

'군대도 아닌데 이런 개고생이라니……'

한편으로 좀 우습기도 했지만 팔호를 생각하면 피가 끓었다. 어떻게든 그 인간을 조기에 킬 해야만 직성이 풀릴 것 같았다.

'오, 마이 갓!'

작은 숲을 나온 탁대가 탄성을 질렀다. 저 건너편 숲에서 팔호가 눈에 들어온 것이다.

"헤이!"

조준을 끝낸 탁대가 소리쳤다. 놀란 팔호가 돌아보았다.

'굿바이!'

탁대는 방아쇠를 당겼다. 두 발이 연속으로 날아가 팔호의 가슴과 헬멧을 명중시켰다. 노란 물에 물은 팔호는 맥이 풀린 모습이었다.

"아웃, 빨리 나가!"

기세가 오른 탁대가 일어섰다. 그런데 아뿔싸!

따쿵따쿵 따따쿵!

팔호가 연속 사격을 해댔다. 탁대는 선 채로 여섯 발의 총알을 맞았다. 온몸에서 녹색 물이 흘러내렸다.

"야, 맞았으면 나가야지 왜 쏘는 거야?"

열 받은 탁대가 소리쳤다. 그러자 팔호는 시치미를 뚝 떼며 응수했다.

"누가 할 말을 하는 겁니까? 먼저 맞고 쏜 사람이 누군데요?"

'먼저 맞고 쏜 사람?'

우워어!

미치고 팔짝 뛸 노릇이었다. 이 인간은 눈썹하나 까딱하지 않고 오히려 탁대를 노려보고 있었다.

"무슨 헛소리야? 내가 두 발 정확히 맞췄는데?"

"미안하지만 내가 먼저 여섯 발이나 맞췄거든요?"

소란을 듣고 교관이 달려왔다.

"무슨 일입니까?"

"글쎄 저 인간이 먼저 맞았는데 나가지 않고 쏘잖습니까?"

탁대가 목청을 높였다.

"먼저 맞은 사람은 조탁대 씨입니다. 양심껏 행동하세요."

양심껏. 그 어처구니없는 말은 팔호의 입에서 아무렇지도 않게 튀어나왔다. 탁대는 차마 돌아버릴 지경이었다.

"야, 하늘이 알고 땅이 안다. 인생 그렇게 살지 마!"

"조탁대 씨야말로 그러는 거 아닙니다. 한두 발 맞은 것도 아니고……."

치열한 공방을 지켜본 교관은 탁대와 팔호를 번갈아 바라보더니 기가 찰 판정을 꺼내놓았다.

"백팀 5번 아웃!"

"……!"

탁대는 하마터면 교관의 입에 화염을 날릴 뻔했다. 적반하장도 유분수지 어디서 한눈팔다가 상황을 놓쳐 놓고 내리는 판정이라니?

"말도 안 돼. 내가 분명 먼저 쏘았다니까!"

"안 나가면 백팀이 페널티 먹습니다."

교관은 제 잘난 판정을 번복할 의사가 없어보였다.

페널티!

그건 교관의 지시에 불응하는 팀에게 먹이는 벌칙으로 몰수패를 선언한다고 했었다. 그건 안 될 일이었다.

"헐~! 젠장!"

어이가 없었지만 따르는 수밖에 없었다.

따쿵따쿵!

다시 건너편에서 사격 소리가 작렬했다. 탁대를 향해 썩은 미소를 날린 팔호가 그쪽으로 뛰기 시작했다.

'너 같은 놈에게 쓸 가치도 없다만…….'

핏대가 오를 대로 오른 탁대는 손바닥에 피어오른 불덩이를 보며 중얼거렸다.

'못된 송아지의 엉덩이 뿔을 뽑아주마!'

탁대는 사격 자세를 갖추는 팔호의 엉덩이를 향해 힘껏 불덩이를 날렸다.

펑!

소리는 상쾌했다.

"으아악!"

숲을 따라 팔호의 비명이 호들갑스럽게 울려 퍼졌다. 그는 엉덩이에 붙은 불을 끄느라 미친 듯이 굴렀다. 그러다 멈춘 곳이 딱 수애 앞이었다. 수애는 그 가슴팍에 물감탄을 선물로 박아주었다.

마침 다른 교관이 지켜보는 바람에 주특기인 막장 덤터기도 씌우지 못하고 꼼짝없이 당한 팔호. 우스꽝스럽게 엉덩이를 붙잡고 웅덩이로 달려갔다.

풍덩!

팔호가 빠졌다. 쥐새끼 꼴이 되었다. 폼생폼사를 지향하던 인간의 몰골치고는 가련한 꼴이었다.

창해와 재광은 그 기세를 몰아 청팀을 압박해 들어갔다. 결국 겁먹은 여자들이 항복하면서 승리는 탁대 팀의 차지가 되었다.

"거기, 이팔호 씨!"

게임이 끝나고 다시 팀별 집합을 마쳤을 때 고참 교관이 팔호를 불러 세웠다.

"라이터나 성냥 등의 인화물질은 소지하지 말라고 말했을 텐데요?"

교관은 팔호를 다그쳤다.

"내가 무슨 라이터를……."

팔호는 펄쩍 뛰며 억울함을 호소했다.

"그럼 아까 그 불이 마찰력 때문에라도 생긴 거라는 겁니까?"

"나도 몰라요. 그냥 갑자기 펑하고 불이 붙었다고요."

"이 사람이 정말……."

교관의 모자 속에서 성난 눈동자가 반짝거렸다.

"차라리 방귀가 폭발했다고 하지 그래요? 그게 과학적으로 좀 더 신빙성이 있지 않습니까?"

"아하핫!"

듣고 있던 교육생들은 허리를 잡고 뒹굴었다. 매너왕으로 군림하던 팔호가 또 한 번 추남으로 추락하는 순간이었다.

"그건 인격모독 아닙니까?"

발끈한 팔호가 바로 반격했다. 그러자 탁대가 점잖게 한마디 보탰다.

"그럼 벼락이네. 마른하늘의 날벼락.

"벼락이라고요?"

교관이 탁대를 바라보았다.

"그런 건 내숭 까면서 뒷구멍으로 죄 짓는 놈에게 잘 떨어진다던데?"

탁태는 먼 산을 바라보며 변죽을 울렸다.

"이상 서바이벌을 마칩니다."

교관은 거기서 말을 맺었다. 팔호는 펄펄 뛰지만 믿을 사람은 아무도 없었다. 워낙 느닷없는 사건에 현지와 애숙 등 같은 분임도 뻘쭘한 표정만 지을 뿐 팔호를 위로하지 못했다. 그때 탁대가 슬쩍 팔호에게 다가섰다.

"벼락이 입에 안 떨어진 걸 다행으로 알아라. 이 위선자야."

탁대는 팔호의 오른쪽 귀에 대고 나지막이 속삭였다. 팔호는
얼굴을 붉히며 째려보았다. 탁대는 느긋하게 뒷말을 이었다.

"하늘은 참 용하다니까. 어떤 놈이 죄인인 줄 어떻게 그렇게
잘 알지?"

어디서 깨를 볶는 것일까? 너무너무 고소했다. 그러게 인간
아, 사람보고 까불어야지.

탁대는 느긋하게 휘파람을 불며 앞서 걸었다.

그 후로 팔호는 탁대만 보면 꼬리를 사렸다. 서바이벌 화염에
이어진 탁대의 타자환몽 때문이었다.

그날 팔호는 의무실에서 치료를 받고 잠시 잠이 들었다. 그때
소리 없이 문이 열렸다. 의무실에는 아무도 없었다. 당연했다.
현지와 애숙 등의 여자 동기들이 위문을 마치고 나온 걸 확인하
고 들어왔기 때문이다.

탁대는 잠든 팔호의 손에 손등을 올렸다.

'절대 단둘이 있고 싶은 놈은 아니지만…….'

탁대는 이 인간의 허세와 기회주의를 뿌리 뽑고 싶었다. 아
니, 다른 사람 앞에서야 뭘 하든 상관없었다.

'내 앞에서는 절대 못 참아.'

남의 꿈에 들어가는 마법이 어떨 때 필요할까? 바로 이런 때
야 말로 필요성 최대화 타이밍이었다. 탁대는 팔호가 꾸는 단꿈
의 문을 열어젖혔다.

'내 이럴 줄 알았다.'

못 볼 걸… 아니, 돈 안 들이고 횡재했다. 이 카사노바는 꿈속에서 현지와 애숙을 덮치고 있었다. 얼마나 갈망했던 건지 여자들은 얌전하게 팔호의 지시에 따랐다. 하긴 이유 없이 친절한 수컷이 어디에 있을까?

셋이 알몸이 되어 뒹굴려는 절체절명의 순간, 탁대가 팔호의 뒷목을 거머쥐었다.

피시식!

김빠지는 소리가 났다. 아무리 꿈이라도 김이 팍 샐 타이밍이었다.

"저리 꺼져."

열 받은 팔호는 홈그라운드의 이점을 믿고 날뛰었다. 똥개도 자기 집에서 절반은 먹고 들어간다는데 자기 꿈속이 아닌가?

하지만 탁대는 지금 놀러온 게 아니었다. 병문안을 온 건 더욱 아니었다.

"일단 이것부터!"

탁대는 서바이벌 총의 물감탄이 바닥나도록 총알을 퍼부었다. 오직 입을 향해서.

'한 곳만 조진다.'

그건 탁대의 신념이기도 했다. 옛날, 학교 형들과 싸울 때도 그랬다. 탁대는 오직 한 놈만, 한 곳만 골라서 '쥐었'다. 바로 소중한 그 알… 아차, 붕 자를 빼먹었다.

마음에 안 든다고 불려간 화장실. 다섯 명도 넘었던 선배들을 힘으로야 어찌 당할까? 그러나 탁대에게는 생존본능에 불타는,

똘끼 어린 집념이 있었다.

"항복, 제발 놔줘!"

결국은 선배가 항복을 선언했다. 그때부터 탁대는 독종으로 불렸다. 뿐만 아니라 그가 뜨면 선배들이 사타구니를 잡고 비실비실 비켜갔다. 잡히면 터지는 것이다. 펙!

탁대는 잘난 팔호의 입을 박살 낸 후에 다음 차례를 자근자근 이어나갔다. 지지고, 볶고, 차고, 뭉개고, 그래도 직성이 풀리지 않아 호랑이를 불러 꼴깍 삼켜 버렸다.

팔호는 공포에 질려 바들바들 떨었다. 그도 알고 있었다. 이게 꿈이라는 걸. 얼마나 공포스러운지 팔을 꼬집어 보았다.

아프지 않았다. 그저 깨기만 하면 끝날 일이었다. 그런데 이놈의 꿈이 끝나질 않았다.

그날 밤 팔호는 밤새도록 수만 번도 더 죽었다가 깨어났다.

"으헉!"

그가 몸을 일으켰을 때 온몸은 땀투성이였다 그런데 땀이라기엔 좀 많이 흘린 편이었다.

'설마?'

팔호는 바닥을 더듬어 보았다. 질펀했다.

'말도 안 돼.'

누렇게 물든 침대 시트. 그건 도저히 땀으로 적실 수 있는 양이 아니었다. 그때 탁대가 들어섰다.

"몸 좀 괜찮냐?"

탁대는 한없이 자애로운 표정으로 웃으며 물었지만 팔호의 대답은 비명이었다.

"으아악!"

어찌나 놀랐는지 팔호는 침대에서 떨어지고 말았다. 탁대는 그런 팔호를 일으켜 세운 후에 다시 오른쪽 귀에 대고 친절하게 속삭였다.

"그만 까불어라. 네 꿈 그거 꿈 아니거든."

탁대의 목소리는 포근했지만 팔호는 쓰나미를 맞은 축대처럼 속절없이 무너지고 있었다.

"저기요……."

그날 저녁 교육원으로 돌아오자 팔호가 탁대를 불러냈다.

"잘나가는 반장님이 웬일이셔?"

탁대는 심드렁하게 팔호를 맞았다.

"서바이벌은 미안하게 되었습니다."

"왜? 반장이 먼저 쐈다더니?"

"그게… 내가 체면 때문에……."

"체면?"

"여자 동기들에게 군대에서 특등사수였다고 뻥 좀 쳤거든요."

"그렇다고 그렇게 생떼에 억지를 쓰면 곤란하지. 당신, 공무원 될 사람 아니야?"

"아무튼 죄송하게 되었습니다."

"알았으니까, 가봐."

"저기… 그리고……."

"또 할 말 있어?"

"꿈 말입니다."

"그게 뭐?"

탁대는 시치미를 뚝 떼고 되물었다.

"그게 꿈인지 생시인지 너무 생생해서… 그리고 나한테 한 말도……."

"현지 씨하고 애숙 씨?"

"그, 그건……."

놀란 팔호가 얼른 탁대 입을 막아버렸다.

"겁낼 거 없어. 반장이 잠꼬대를 하길래 넘겨짚은 거뿐이니까."

"내, 내가요? 뭐라고 그랬는데요?"

"알면서 왜 그래? 여자 안고 꿈속에서 재미 좀 보는 눈치던데?"

"으악!"

팔호는 기겁을 하며 물러섰다.

"어이구, 반장 역할 하느라고 몸이 많이 축났나보네. 이 식은 땀 좀 봐. 교육 끝나면 교육비 받은 걸로 보약 좀 해먹어. 알았지?"

"예."

"용건 끝났으면 가봐. 그리고 그쪽 천성까지 내가 참견할 건 아니지만 매사에 너무 오버하지는 말자고. 보는 사람들도 생각해 줘야지."

"저기… 제가 잠꼬대한 건……."

비밀로 해주세요. 팔호가 말줄임표로 남긴 말은 그것이었다.

"나 그렇게 뒤끝 있는 인간 아니거든. 앞으로나 제대로 하라고."

탁대는 포스를 뿜으며 팔호의 어깨를 툭툭 쳐 주었다.

"알겠습니다."

팔호는 삶은 파처럼 어깨를 푹 늘어뜨린 채 생활관으로 걸어갔다.

4장

개똥 초심

　수료를 며칠 앞둔 어느 날, 교육생들은 교관들과 족구를 하게 되었다. 교관 팀에는 원장도 포함되어 있었다. 탁대는 당연히 주전으로 나갔다.

　게임은 교육생들에게 유리했다. 교관들은 대개 중년 이상이었고 딱히 운동신경이 뛰어난 사람도 없었다. 그러니 툭하면 똥볼이 난무했다.

　"파이팅!"

　애숙이 지휘하는 응원단 역시 교육생들이 압도적이었다. 교육원에서도 여직원들이 몇 명 나왔지만 공무원 짬밥이 되는 지라 소리 따위는 지르지 않았다.

　과분하게도 탁대는 족구로 마음껏 실력을 과시했다. 군대 이후로 처음이었지만 한 오 분 뛰고 나니 몸이 제대로 풀렸다. 탁대는 마치 호날두나 네이마르가 빙의한 듯 종횡무진 코트를 헤집고 다녔다.

그러나 뭐든 과하면 탈이 나는 법.

"탁대 씨!"

얌전한 경모가 볼을 띄웠을 때 탁대는 호날두를 머리에 그리며 몸을 회전시켰다.

슛!

공은 제대로 된 각도를 그리며 교관 팀으로 넘어갔다. 이어 여자들의 비명 소리가 코트를 흔들었다.

"까악!"

점수는 났다. 공은 완벽하게 교관 코트에 떨어졌다. 단지 문제인 것은 그 공이 원장의 안면을 강력하게 통타한 것뿐이었다.

'헐~!'

"원장님!"

탁대가 눈살을 찌푸리는 사이에 여직원들과 교관들이 벌 떼처럼 원장에게 몰려들었다.

"탁대 형."

교육생 진영은 바로 초상이 되었다. 탁대 옆의 재광 역시 숨도 제대로 쉬지 못하고 탁대를 바라보았다.

'× 됐다!'

라는 표현은 바로 이런 때를 위해 만든 거였다. 원장이 얼굴을 가린 손을 떼었을 때 주르륵 붉은 물까지 흘러내렸다. 코피도 터진 것이다.

'오, 마이 갓!'

탁대 입에서 신음이 저절로 나왔다. 교관 둘이 원장을 부축해 의무실로 뛰었다.

"사람, 재미로 하는 게임에서 그렇게까지!"

제일 나이 먹은 교관이 탁대를 노려보며 핀잔을 주었다. 탁대는 온몸에 흐르던 땀방울이 가시로 변하는 것 같았다. 탁대는 원장이 서 있던 자리를 바라보았다. 남은 것은 붉은 선혈뿐이었다.

"너무 걱정 말아요. 일부러 그런 것도 아닌데……."

수애가 물 잔을 건네주며 위로를 건넸다. 은돌과 재광도 같은 말을 했다. 그래도 탁대 귀에는 잘 들어오지 않았다.

만약 코뼈라도 부러졌으면?

교육원에서 퇴원 조치를 받을 수도 있었다. 그게 아니더라도 보복 조치는 많았다. 분임 점수를 깎을 수도 있고 생활관 점수를 뺄 수도 있었다.

그런 걱정은 교관이 해소시켜 주었다.

"원장님, 큰 부상 아니니까 걱정하지 않아도 됩니다."

다음 수업에 들어온 교관이 교육생 일동을 바라보며 말했다. 공무원의 바른 복무 자세와 공권력의 상관관계라는 주제로 강사의 열강이 이어졌지만 탁대는 온통 다른 생각뿐이었다.

쉬는 시간, 탁대는 무거운 기분을 안고 의무실로 향했다. 원장은 거기 없었다. 다시 원장실로 갔다.

"원장님 컨디션이 안 좋다고 반가내고 들어가셨어요."

원장 비서가 서류를 넘기며 말했다. 탁대의 시름은 창밖에서 속절없이 지는 낙엽처럼 시들시들 더해갔다.

'아, 진짜.'

후회가 쓰나미로 몰려왔다. 원래 이럴 때는 져 주는 게 이기는 거라고 했다. 실제로 많은 경우에 접대 게임을 하고 있다. 갑과 부킹하면 골프도 져주는 거고 고스톱도 잃어주는 게 예의다. 상대의 기분을 맞춰 줘야 이롭기 때문이다.

그런데!

탁대는 그걸 몰랐다. 뼈저린 경험이었다.

다음 날, 두 번째 수업이 끝나고 쉬는 시간. 원장 비서가 강의실에 고개를 내밀었다.

"조탁대 씨!"

"탁대 형?"

책상에 엎드린 탁대를 재광이 흔들었다.

"네?"

"수업 끝나고 원장님 호출이에요."

비서는 그 말을 남기고 또각또각 신발 소리를 내며 멀어졌다.

"……!"

'올 것이 왔다.'

늘어졌던 머리카락이 죄다 곤두서 버렸다. 척추뼈마다 뻣뻣한 강직이 일어나기 시작했다.

"조탁대 씨, 퇴원당하는 거 아니야?"

뒤편의 여자들도 술렁거렸다. 원장 코를 박살낸 교육생. 진단서를 끊을 정도는 아니라고 해도 괘씸죄까지 벗어날 방법은 없었던 것이다.

"별일 있겠어? 그냥 한마디 하려는 거겠지."

"맞아. 일부러 그런 것도 아닌데 쪼잔하게 그런 일로 조치하면 원장도 아니지."

수업이 끝나자 탁대 곁에 모여든 은돌과 재광은 여전히 탁대 편을 들었다. 심사가 복잡했다. 머릿속에 엉킨 실타래가 잔뜩 들어앉은 것 같았다.

'죽었다고 사죄하는 수밖에.'

탁대는 마음을 정했다. 너무 오버했던 건 사실이었다. 게임이 아슬아슬했던 것도 아니다. 일방적인 게임에서 똥폼 좀 잡다가 초대형 사고를 내버린 것뿐.

"탁대 씨 좋은 성적 받기는 글렀죠?"

강의실 구석에서 잡포의 1분임 멤버들이 도란거리는 소리를 들으며 탁대는 강의실을 나섰다.

똑똑!

비서의 눈짓을 받고 원장실 문을 두드릴 때까지도 탁대는 반은 죽었다고 생각하고 있었다.

"들어와요."

천천히 문을 열었다. 원장의 모습이 조금씩 드러나기 시작했다. 소파에 앉은 원장은…….

뜻밖에도 웃고 있었다!

'뭐야?'

그게 더 불안했다. 원래 폭풍전야가 더 조용한 법이니까.

"앉게나!"

주저하는 탁대에게 원장이 자리를 권했다. 이어 인터폰으로

'좋은 차'를 가져오라고 비서에게 지시하는 원장. 비서는 우아한 찻잔에 차를 가져와 테이블에 내려놓았다.

"들게."

"원장님……."

탁대는 좌불안석, 고슴도치를 깔고 앉은 기분이었다.

"왜? 바늘방석 같나?"

"솔직히……."

"어제 내 방에 다녀갔다며?"

"아무튼 죄송하게 되었습니다."

"자네가 왜?"

원장은 뜻밖의 말을 하며 고개를 들었다.

"제가… 괜히 오버하다가 원장님을……."

"그거야 내가 늙어서 운동신경이 엉망이라 그런 거지 자네야 교육에 충실한 죄밖에 더 있나?"

"네?"

놀라 눈이 둥그레지는 탁대.

"내가 자네에게 뭔가 조치를 하려고 부른 걸로 오해한 모양이군?"

"솔직히… 짐 싸라는 줄 알고……."

"내가 싸라면 쌀 텐가?"

원장이 온화한 미소로 탁대를 바라보았다.

"솔직히 그러라면 억울할 것 같습니다."

"당연하지. 자넨 과실이 없었네. 법으로 가도 정당방위야."

"그렇지만 괘씸죄라는 게……."

"괘씸죄?"

"네……."

"푸하하핫!"

탁대의 말을 들은 원장은 배를 잡고 웃었다.

"그런 건 죄다 기성세대들이 만들어놓은 적폐의 일환일 뿐이네."

표정을 보아하니 원장은 농담이 아니었다. 탁대는 기회를 놓치지 않고 벌떡 일어나 목례를 올렸다.

"고맙습니다."

"실은 내가 자네를 부른 이유는 다른 데 있다네. 짐작할 수 있겠나?"

"다른 이유라면……."

탁대는 얼른 머리를 작동시켰다. 족구 일이 아니라면 뭐가 있을까?

'혹시 이팔호?'

생각나는 건 그것뿐이었다. 그 인간이라면 원장을 찾아와 모함을 할 수도 있었을 것 같았다. 두 번째는 악성 민원 건. 하지만 그 일은 봉황시 국장이 찾아와 격려까지 했으니 이제 와서 문제가 될 것 같지는 않았다.

"잘 모르겠습니다."

탁대는 고개를 저었다. 하지만 만약 팔호가 모함한 거라면 진짜 본때를 보여줄 생각이었다. 하지만 원장이 던진 화두는 뜻밖의 것이었다.

"실은 개똥 때문이라네."

"개똥요?"

"생각나나? 입소하던 날……."

'아!'

어떻게 잊을 것인가? 입소하자마자 만난 두 덩어리의 푸짐한 개똥…….

"그 개똥은 내가 가져다 둔 거였네."

원장의 온화함이 진지함으로 바뀌기 시작했다. 동시에 탁대는 귀를 쫑긋 세웠다. 가져다 둔 거라니?

"어떻게 보면 우리 교육원의 전통이라네. 기수가 바뀔 때마다 일종의 테스트로 던져 놓는… 작년에는 오바이트한 토사물을 뿌려 놓았고 그 작년에는 죽은 쥐를 가져다 두었지."

"네?"

"왜 그랬다고 생각하나?"

원장의 눈에서 안광이 발사되었다. 한 치의 빈틈도 엿보이지 않는 진지함은 고위직이라는 경륜과 맞물려 위압감마저 들게 만들었다. 탁대는 그 묵직함에 압도될 것만 같았다.

"누가 치우나 보시려고?"

"맞았네. 바로 그거야."

"……."

"자네는 어떤 생각으로 개똥을 치웠나? 솔직히 들려주겠나?"

"저는……."

탁대는 원장을 바라보며 담담하게 당시의 느낌을 소탈하게 쏟아놓았다.

"눈에 띄는 자리인데 개똥 때문에 주차를 못하는 게 말이 안

된다고 생각했습니다. 그냥 두면 다른 사람들도 차를 몰고 왔다가 기분이 상해 피해갈 것 같아서……."

"옳거니! 공통의 이익을 위해 자네가 수고를 한 게로군."

"그렇게까지 거창한 건 아니고… 그냥 치우자……."

"개똥인데도?"

"개똥이 뭐 크레모어도 아니고 수류탄도 아니지 않습니까?"

짝짝짝!

원장은 대답 대신 박수를 쳐 주었다. 탁대는 어리둥절한 시선으로 원장을 바라볼 뿐이다.

"바로 그거라네. 진정한 봉사 정신을 가진 공무원의 모습……."

"원장님! 저는……."

"우리 공무원 교육원의 모토가 봉사하는 공무원 인재상을 지향하지 않는가? 하지만 그건 교육만으로 이루어지지 않네. 천성은 타고난 것이라 아름다운 인성만큼은 교육으로 이루기 어렵지. 그래서 매년 특별한 테스트를 거쳐 묵묵히 그걸 해낸 공무원이 어떤 길을 가는가를 지켜보면서 새 프로그램에 반영하고 있다네."

"……."

"하지만 저는 그날 원장님이 낙엽을 버려달라는 걸 외면했습니다."

"모든 게 완벽한 사람이란 없네."

"아무튼 좋게 봐주셔서 고맙습니다."

"자넨 왜 공무원이 되려는 건가?"

원장이 편한 자세로 바꾸며 물었다.

"솔직히… 다른 데 취직이 되지 않았습니다. 스펙도 변변치 않고 학교도 지잡대에 속하고……."

"진짜 솔직한 답이군."

원장은 온화한 표정으로 웃었다.

"남들처럼 멋진 신념을 가지지 못해 죄송합니다."

"천만에. 가식적인 것보다는 훨씬 좋군. 그럼 이제 공무원이 되었으니 뭐가 목표인가?"

'목표?'

탁대는 잠시 주춤거렸다. 로르바흐의 목표는 4급 서기관이 되는 것이다. 하지만 그건 직급이지 방향이 아니었다.

"저는 오직 주민만을 위하는 공무원이 되고 싶습니다."

"자세히 좀 말해 볼 수 있겠나?"

"면접 준비를 하면서 시사를 공부하기 위해 신문기사들을 봤더니 무책임한 공무원들이 너무 많더군요. 비리와 부정부패는 물론이고 지자체 단체장의 치적을 위해 홍보성으로 시작한 사업들이 공중에 떠서 수천억씩 피해를 입히는 일들 말입니다."

탁대는 잠깐 숨을 돌리고 말꼬리를 이었다

"저는 보시다시피 딱히 유식하지 못해서 어려운 말은 잘 못합니다. 그래서 거창하게 이론적으로 어쩌고저쩌고, 쫠쫠 말하지는 못하지만 한 가지는 알고 있습니다. 국민소득이 어떻고 일자리가 어떻고 해봤자 그건 전부 눈속임에 불과하다는 거… 저희 집을 예로 들면 부모님 학력 수준도 대한민국 보통이고 사고방식이나 행동 양식도 그렇기에 국민소득 2만 5천 불 시대는 남의 나라 이야기입니다."

여기서 탁대는 잠깐 생각했다. 또 너무 속내를 까보여서 유도 심문에 넘어가는 거 아닐까? 하지만 이미 직진한 몸. 탁대는 계속 액셀러레이터를 밟았다.

"간단히 우리 가족이 셋이니까 연소득으로 7만 불 이상을 벌어야 하지 않습니까? 그런데 실제는 2만 불을 조금 넘습니다. 제가 임용이 되어도 4만 불을 넘지 않겠지요. 그러니 그런 화려한 수사는 다 공염불에 불과하니 시민 한 분 한 분의 불편함에 초점을 맞춰서 불편함이 없도록 일할 생각입니다."

"소박하군."

"원장님 기대에 못 미쳤다면 죄송합니다."

"아닐세. 자네는 조탁대지 내가 아니야. 내 기준을 고려할 필요는 전혀 없다네."

"……."

"그럼 선배로써 내가 한마디 해줘도 되겠나?"

"영광으로 알겠습니다."

탁대는 앉은 채 가볍게 고개를 숙였다.

"그 마음을 잊지 말게."

"지금의 결심 말입니까?"

"아니, 개똥 치우던 마음 말일세."

"……?"

"공무원 생활을 하다 보면 무수한 개똥이 눈에 보일 걸세. 그때마다 자네가 수고를 아끼지 않으면 자네는 멋진 공무원이 될 걸세."

"원장님……."

"이번 기수에는 우수한 친구들이 많더군. 일류대학을 나온 친구도 있고 좋은 집안의 자제도 있고……."

원장은 다시 온화한 표정이 되어 말을 이었다.

"하지만 나는 자네를 기억할 걸세. 부디 개똥 초심을 잊지 말고 정진하길 바라네."

원장이 손을 내밀었다. 탁대는 공손히 그 손을 잡았다. 따뜻했다. 그건 대선배가 이제 갓 걸음마를 떼는 햇병아리에게 보내는 진심 어린 격려가 분명했다.

"내가 위로가 될지는 모르지만 공직생활을 하다가 누군가 의논할 사람이 필요하면 찾아오게나. 언제든 기꺼이 시간을 내겠네."

언제든 찾아오게나!

원장의 마지막 한마디는 오랫동안 탁대 귀에서 따뜻하게 맴돌았다.

*　　　*　　　*

사연 많은 교육원 생활도 종점을 향해 달려가고 있었다. 이제 남은 건 평가였다. 그때까지 내색하지 않던 교육생들 사이에 슬슬 눈치 작전이 시작되었다.

탁대는 큰 표시내지 않고 열공을 해왔다. 강의도 그날그날 정리해서 대비했다. 필기시험 때 깨달은 비기를 응용한 것이다.

티끌모아 태산!

사실 이 말은 공부에도 아주 유용하다. 그날그날 정리하고 이해를 하면 별로 할 게 없다. 하지만 몰아서 하려고 하면 양에 치인다. 그렇게 되면 나태가 칼날을 세운다.

'다음에 해, 다음에 해!'

나태는 힘이 세다. 마수를 뻗으면 보통 인내심으로는 당하기 어렵다.

쉬는 시간, 탁대가 방금 끝난 복지사회로 가는 길 과목을 정리할 때 창혜가 다가왔다.

"오빠!"

"어, 창혜 씨."

"어우, 열공."

창혜는 탁대 옆에 앉으며 애교성 목소리를 쏟아냈다.

"고수가 왜 이러실까?"

창혜는 스물일곱, 탁대보다는 두 살 어렸다.

"고수는 무슨 고수예요? 뭐부터 해야 할지 몰라서 머리 흔들려서 죽겠는데……."

창혜는 한숨과 함께 고개를 저었다.

"누가 그러는데 창혜 씨가 행정직 톱이라는 거 같던데?"

"누가 그런 헛소리를 해요? 간신히 합격한 사람에게."

넘겨짚은 말에 창혜가 목청을 높였다. 성적표를 이마에 달고 있는 건 아니니 창혜의 합격등수는 알 수가 없었다.

"그러지 말고 정리한 거 있으면 좀 보여줘요. 복지 강의 때 피곤해서 좀 졸았더니 무슨 소리인지 하나도 모르겠어요."

"그 거짓말 진짜야?"

"게다가 저번 시간에도 전날 밤에 캔 맥주 파티 벌이다 취해서……."

창혜는 계속 엄살을 떨었다.

"그쪽 분임도 빵빵하잖아? 시험 자료 안 돌려?"

"어우, 말도 말아요. 겉으로만 친한 척하지 공부할 때는 완전 살벌한 전쟁판이라니까요."

"그래?"

순간, 그럴 수도 있다는 생각이 들었다. 어쨌든 좋은 점수를 받고 싶은 건 누구나 같은 마음이니까.

"보여줄 거죠?"

"정리라야 별거 없는데……."

"이따가 돌려줄게요."

창혜는 탁대가 허락하기도 전에 노트를 낚아챘다.

"어이구, 내가 보여 달랄 때는 딱 잡아떼더니."

뒷자리에 앉은 은돌이 넌지시 핀잔을 주었다.

"그럼 어떻게 해요? 여자들은 자기 마음에 안 들면 밴댕이다, 쪼잔하다 멋대로 떠들고 다니는데."

"인기 관리 차원이다?"

"최소한 쪼잔하단 소리는 듣기 싫거든요."

"알았으니까 앞으로나 잘해."

"에이, 왕 형님이 그러니까 괜히 불안해지네. 이러다 꼴찌 하는 건 아닌지……."

"꼴찌야 내 차지 아니냐?"

"왜 그러세요. 공채를 단숨에 합격하신 내공의 소유자께
서……."

"걱정 마라. 교관들 얘기 들었는데 꼴찌해도 재교육은 없대.
꼴찌는 발표도 안 하고."

"정말요?"

탁대의 귀가 쫑긋 세워졌다. 꼴찌할 생각은 터럭만큼도 없지
만 부담에서 벗어날 수 있는 희소식이었다.

"자, 시작하세요!"

마침내 평가 일이 밝았다. 그동안 배운 과목의 시험지를 나눠
준 교관이 시작을 알렸다. 탁대는 시험지를 넘겼다. 문제는 그
리 어렵지 않았다. 공무원 필기와는 댈 것도 아니었고 어떤 과
목은 그저 명목상 평가를 위한 과목도 있어 만점을 맞기도 했
다.

하지만!

복지사회가 발목을 잡았다. 최초로 사회보장을 도입한 나라
가 어디인가? 보기로 나온 네 나라가 전부 답으로 보였다.

미국! 독일!

스웨덴! 뉴질랜드!

'진짜 헷갈리네.'

탁대는 고개를 저었다. 이것만 맞추면 이 과목도 만점을 바라
볼 수 있었다. 하지만 알쏭달쏭한 답은 머릿속에 갈래를 칠 뿐
확신이 서지 않았다.

'창혜에게 빌려 주는 게 아닌데.'

그녀는 그 노트를 오늘 아침에야 가져왔다. 다른 과목 때문에 마지막에 공부하느라고 돌려줄 시간이 없었단다. 탁대는 불편했지만 그날그날 머리에 담은 과목이라 크게 내색을 하지 않았었다.

'마지막으로 한 번 더 봤어야 하는 건데…….'

노트에는 강사가 말한 핵심 설명이 첨가되어 있었다. 그러니 그걸 한 번만 봤더라면 답을 콕 집어내는 건 어려운 일이 아닐 것 같았다.

거꾸로 매달아도 국방부 시계는 간다는 말처럼 시간은 흐르게 마련이다. 더구나 마음이 조급하면 더욱 빠르게 흘러간다. 처음에는 여유 있던 시간이었지만 답에서 막히자 총알처럼 지나가기 시작했다.

"그만!"

교관의 목소리가 시험시간의 끝을 알려왔다.

"자, 뒤에서부터 걷어오세요!"

교관이 손바닥으로 책상을 두 번 치며 말했다. 한두 명이 꾸물거리자 교관이 다가가서 시험지를 집어 들었다.

"앞으로 공무수행하실 분들이 이러시면 안 되죠."

웃는 얼굴이었지만 교관의 목소리는 단호했다.

"채점 결과는 잠시 후에 발표합니다. 1등, 2등, 3등은 부상이 있는 거 아시죠?"

부상?

교육생들이 눈을 크게 뜨고 교관을 주목했다.

"1등은 디지털 카메라, 2등은 자동차 블랙박스, 3등은 빵빵한 용량의 USB입니다. 기대하세요."

"와아!"

일부는 기대감에, 또 일부는 상품의 수준에 탄성을 터트렸다.

"그리고 반장!"

"네!"

교관의 지명에 팔호가 뒷줄에서 일어섰다.

"오후는 마지막으로 봉사 활동을 갈 겁니다. 총괄지원팀 가면 준비물 있을 테니까 수령해 두세요."

"알겠습니다."

팔호가 대답을 마치자 교관은 시험지를 옆구리에 끼고 강의실을 나갔다.

"행정실무 4번 답이 뭐야?"

"행정지도!"

"그럼 안전 8번 답은?"

"해양경찰."

여기저기서 헷갈린 답에 대한 질문과 답이 쏟아져 나왔다.

"복지 9번 답은?"

탁대가 궁금해 하던 질문은 농업직 성기갑이 해주었다. 탁대는 귀를 바짝 세웠다. 탁대가 쓴 답은 뉴질랜드. 그러니 그게 답으로 나오길 바랐다.

"독일!"

답을 말한 건 창혜였다.

"왜 독일이야? 미국 아니야?"

간호직 현지가 딴죽을 걸고 나섰다.

"사회보장이라는 개념을 최초로 확립한 나라라면 미국이 맞아. 하지만 여기서 묻는 답은 독일이 정답!"

창혜는 얄밉도록 자신만만해 보였다.

바로 사물함으로 달려간 탁대는 답을 확인했다.

'빌어먹을!'

욕이 저절로 나왔다. 탁대의 노트에는 그런 메모가 또박또박 적혀 있었다. 한 번 더 확인하지 못함으로써 답을 피해간 것이다.

'빌어먹을!'

이 말은 성적공개 때 또 한 번 튀어나왔다.

"1등 분임……."

교관이 성적표를 들고 교육생들을 바라보았다. 주목하는 교육생들은 숨소리도 내지 않았다.

'잘 하면 A+…….'

긴장한 탁대는 머리에는 A가 어지럽게 떠다녔다.

"제1분임!"

"……?"

순간 탁대의 상상이 펑 하고 찢어져 버렸다. 팔호의 잡포 패거리들이 와 하고 일어나 환호성을 터트렸다. 넷은 하이파이브로도 모자라 가벼운 포옹까지 하며 쾌재를 만끽했다. 눈꼴이 신 장면이었다.

"2등은 제2분임."

탁대네 분임이다. 나름 선방한 셈이지만 탁대는 하나도 기쁘지 않았다. 아직까지도 방방 뛰는 팔호를 보니 배알이 뒤틀릴 뿐이었다.

"이거 주최 측의 농간 아니야?"

재광도 못 마땅한 표정을 지었지만 어쩔 수 없었다.

"그럼 분임별 점수를 합한 개인 성적을 발표하겠습니다."

교관의 말에 잠시 술렁이던 실내가 다시 숙연해졌다.

1등 정단비!

수석은 보건직 정단비가 차지했다. 자그마치 평균 99점. 시험이 그리 어렵지 않았으니 그럴 수도 있으나, 배신감도 100점에 가까웠다. 행정직에게 유리한 교육과정이라 정신이 하나도 없다고 하더니 완전 내숭 100단이었다.

2등 노수애!

이때는 탁대의 귀가 활짝 열렸다. 점수는 97.5점. 짜포는 손바닥이 터져라 박수를 보냈다. 처음에는 힘들어하던 수애였는데 뒷심을 발휘한 모양이었다.

마지막 남은 3등. 그게 문제였다.

"3등!"

교관은 잠시 뜸을 들이다가 이름을 호명했다.

"행정직 이창혜!"

이창혜. 수석부터 나란히 여자들이다. 여자가 문제인 건 아니다. 요즘은 온갖 시험에서 여자들이 수석을 휩쓰는 세상이 아닌가. 게다가 어차피 3등 안에 들지 못한 거 그냥 넘어갈 수도 있었다. 그런데 누군가 뒤에서 4등은요 하고 영양가 하나도 없는 질문을 던진 것이다.

"4등은 조탁대 씨! 창혜 씨 하고는 총점 1점 차이네."

헐~!

총점 1점.

그건 보고서 차이였다. 그러니까 복지문제를 맞혔다면 거꾸로 탁대가 3등이 될 판이었다. 허탈해하는 탁대를 힐금 돌아본 창혜는 간교하게도 찡긋 윙크까지 날려 주었다.

'믿을 연놈 없다니까.'

탁대는 혀를 찼다. 까짓것 등수에 못 들어도 상관없었다. 하지만 저렇게들 열공해 놓고 징징거리며 내숭을 떤 행위만은 기가 찰 지경이었다.

"수애야 축하한다."

교관이 나가자 은돌은 다시 한 번 박수를 보냈다. 탁대도 기꺼이 박수를 보냈다. 비록 보건직에게 1등을 내주었지만 행정직만으로 치면 수석인 수애였다.

"나는 진짜 꼴찌만 면하려고 했는데……."

수애는 겸손했다.

"어휴, 난 92점 정도 되는 거 같아서 혹시 2~3등은 가능할까 생각했는데 점수들 한 번 대박이네."

재광은 인플레이션이 일어난 점수에 고개를 절레절레 저었다.

"조탁대. 창혜에게 노트 빌려준 거 후회하겠네?"

은돌이 기어이 아픈 곳을 찌르고 들어왔다.

"뭐, 그것 때문이겠어요?"

슬쩍 아무렇지도 않은 듯 대인배 행세를 하는 탁대. 그래도 속은 누가 쥐어뜯는 듯 아프고 쓰렸다.

"아무튼 여자들 진짜 대단하네. 그래도 남자에서는 탁대가 수석이잖아?"

은돌의 끝말이 그나마 탁대에게 위안이 되었다. 남자 수석. 정말 쓸데없는 위안이지만 그래도 아닌 것보다는 나았다.

살짝 상한 기분을 달래며 신규자 밴드 제안을 했다. 소위 말해 '우리끼리 뭉치자'였다. 팔호도 생각하고 있었던 건지 인상을 구겼지만 아무튼 신규자 회장은 은돌, 총무는 탁대로 결정되었다.

그러나!

여기가 가신자무(可信者無), 즉 '세상에 믿을 놈 없구나'의 끝은 아니었다. 교육의 마무리 코스인 봉사 활동, 거기서도 탁대의 뒤를 노리는 가신자무가 기다리고 있었다.

"자, 시작합시다!"

봉사 활동은 봉황시의 달동네 사랑의 연탄 배달이었다. 교육생들은 팔을 걷어붙이고 손에 목장갑을 끼고 나섰다. 방송 화면으로만 보던 연탄 배달 봉사. 괜히 마음이 따끈하게 달아올랐다.

촬영기사도 따라붙었다. 이제야 감을 잡은 일이지만 공무원들은 뭐든지 서류로 남긴다. 즉, 근거가 있어야 하는 것이다. 그러니 연탄 배달 촬영도 예외는 아니었다.

"자, 준비됐나요?"

연탄차 위에 선 탁대가 소리쳤다. 정규 교육이 끝나자 팔호는 슬쩍 꽁무니를 뺐다. 보아하니 뽀대 안 나는 일에는 나서지 않겠다는 뜻 같았다. 까짓것 상관없었다. 몸으로 하는 일이라면 자신 있는 탁대였다.

'나는 나대로!'

탁대가 막 연탄을 집어 들었을 때 차 아래에 있던 제갈경모가 손을 들었다.

"왜?"

"저기… 제가 이런 말은 웬만하면 안 하는 성격인데……."

"소변?"

"그게 아니고……."

"빨리 말해. 할머니들이 기다리잖아?"

언덕 위에는 할머니와 할아버지들이 우르르 나와서 바라보고 있었다. 병아리 같은 신규 공무원 임용후보자들. 그 파릇한 새싹들이 얼마나 기특한가 보려는 것이다.

"실은 제가 디스크라서……."

"디스크?"

경모는 처분만 바란다는 눈빛이었다.

고질병 디스크!

수많은 인간이 디스크를 빙자해 병역을 면제받았다. 그 덕분에 심사가 강화되어 과거 같으면 공익으로 갈 자원도 전부 현역으로 때려 버린다. 진짜 아프면 군대 가서 기어나오라는 처절한 배려(?)가 담긴 국가의 무대뽀 대응.

덕분에 선의의 피해자도 많이 생긴다. 진짜 아파도 그놈의 규정 때문에 군대를 가야 하기 때문이다.

"많이 아프냐?"

탁대는 디스크 후임을 데리고 있어 봐서 그 고초를 제법 잘 알았다. 느닷없이 쓰러지면 한 30분은 꼼짝도 못 하는 경우를 봤기 때문이다.

"죄송합니다."

"그럼 저리 가서 쉬어라. 아픈데 어쩌겠어?"

탁대는 재광을 불러 바로 밑에다 박았다. 이어 연탄이 춤을 추기 시작했다. 손과 얼굴이 까맣게 변할수록 연탄은 가난한 어르신들 부엌에 쌓여갔다. 쉬는 시간에는 할머니들이 빈대떡도 내왔다. 파를 숭숭 썰어 넣고 대충 부친 거였지만 꿀맛이었다.

"어유, 수애 씨. 여기 뭐가 묻었네?"

장난기가 발동한 탁대가 수애의 볼에 깜장을 문질렀다.

"탁대 오빠 코에도 파리가!"

장난은 암팡지게 되돌아왔다. 수애가 연탄재가 덕지덕지 묻은 장갑으로 탁대의 얼굴을 친 것이다.

"아하하핫!"

그 꼴을 보고 교육생들이 폭소를 터트렸다. 할머니들도 함께 웃었다. 땀 흘린 보람 속에서 주민들과 함께하는 시간, 탁대는 공무원이라는 직업에 대해 실감하게 되었다.

"제갈경모, 사진은 찍어야지."

배달이 끝나고 인증샷을 찍을 때, 탁대는 그래도 경모를 챙겨 주었다. 찰칵, 얼굴은 까맣지만 마음은 하얗게 찍히는 사진이었다.

그날 저녁, 내일의 수료식을 앞두고 회식이 열렸다. 이런 쪽으로는 머리가 팽팽 돌아가는 팔호가 얼마씩 갹출하여 마련한 자리였다. 당연히 교관들도 몇 명 참석했다. 간단한 선물도 증정했다.

식사 후에는 치맥까지 곁들었다. 기분이 오른 참에 노래방에도 진출했다. 노래는 간호직 현지가 압권이었다. 특히 소파 위에서 방방 뛰는 오도방정 춤이 인기를 끌었다.

수애도 차분한 가창력으로 남자 교육생들에게 선망의 눈초리를 받았다. 겉으로는 별로 드러나지는 않지만 알고 보면 숨은 재주가 많은 수애였다.

'그때!

가신자무 상황이 터졌다. 분위기에 취한 경모가 분위기를 띄운다며 댄스곡을 고른 것이다. 한잔 오른 기분에 열창이 시작되었다. 허리, 잘 돌아갔다. 스텝? 기가 막혔다. 곡의 후반부에는 현지와 함께 지랄발광 섹시 댄스도 선보여 주었다.

'저 새끼 저거……'

탁대의 눈에 불이 번쩍 들어왔다. 디스크라는 건 완전 구라였던 것이다.

'얌전한 강아지가 부뚜막에 올라간다더니……'

참아 넘길까 했지만 배신감이 가슴으로 올라왔다. 더럽고 귀찮은 일은 이런저런 핑계로 빠지고 표시 나는 일만 끼어드는 족속들. 그건 탁대가 가장 경멸하는 스타일이었다.

'다리몽댕이를 확 그냥!'

발끈한 탁대는 반지를 만지며 순간접착을 발현시켰다. 요상한 허리 자세로 지랄발광을 하던 경모는 아주 기묘한 자세에서 몸이 정지되어 버렸다.

"경모 씨!"

같이 발광하던 현지가 놀라 흔들었지만 경모는 움직이지 못했다.

"으악, 내 허리, 내 허리!"

그가 제정신이 돌아왔을 때 제일 먼저 짚은 건 허리였다. 비튼 자세로 발이 접착되는 바람에 진짜 '디스크'가 생긴 모양이었다.

소파에 기댄 탁대는 마법 발현에 기를 쏟은 탓으로 잠시 힘들었지만 취한 것처럼 가장하고 버텼다. 입으로는 고소를 금치 못하면서!

세상에 믿을 놈 없다.

탁대가 교육원에서 깨달은 또 하나의 진리였다.

*   *   *

"마셔라. 지방행정서기보 조탁대!"

임용 전 교육을 마치고 집으로 돌아온 날, 마더와 동환이 외식을 준비하고 있었다. 탁대는 봉황시에서 잘나간다는 한우 고깃집 '먹창'의 2층 창가에서 환영을 받게 되었다.

먹창은 먹거리 창고의 준말로 싸고 맛있었다. 한우 등심이 600그램에 24,000원. 갈비살 역시 같은 가격이었으니 제법 착한 식당에 속했다.

"그래, 교육은 어땠냐?"

동환이 소주를 부어주며 물었다. 탁대는 몸을 돌려 한 모금을 마셨다. 술은 참 이상하다. 다른 건 몰라도 부모님과 마시는 술은 늘 어색하기만 했다.

"뭐 제가 다 꽉 눌러 버렸죠. 원장님하고도 독대했다고요."

탁대는 명랑하게 대답했다. 아깝게 3등을 놓치지만 않았어도 USB를 흔들며 자식 노릇 좀 변변히 할 수 있었지만 원장님 건은 사실이니까.

"거기 원장님이면 높은 분 아니야?"

마더는 쌈을 내밀었다. 탁대는 그걸 받아 한 입에 넣었다. 뿌듯했다.

"높지요. 아마 이사관이나 관리관쯤 될 걸요?"

"그게 얼마나 높냐? 봉황시장보다 높냐?"

"예전 같으면 그렇대요. 우리 시장님 자리가 지자체 하기 전에는 3급 정도 되었다죠?"

탁대는 이미 공무원이 된 기분이다. 척척 대답하는 자신의 모습에 귀를 기울이는 부모님을 보니 몇 번을 생각해도 대견하기만 했다.

"아유, 우리 탁대도 그만큼 높은 사람이 되면 좋은데……."

"이 사람이! 말 타면 종 앞세우고 싶다더니, 합격한 것만 해도 어딘데 언감생심?"

"당신은 쫌팽이라서 몰라요. 아, 말이 났으니 말이지 남자라면 꿈은 크게 가져야죠. 그 영화에도 있잖아요. 뭐더라?"

마더는 답이 떠오르지 않자 탁대에게 눈빛 SOS를 보냈다.

"보이스 비… 소년이어 야망을 가져라. 그거 말이야?"

동환이 시큰둥하게 반응했다.

"아니에요. 알지도 못하면서 아는 척은?"

당장 마더의 눈에서 불꽃이 작렬했다.

"Always, set your dream high. 그거 말이군요."

"그래, 그래. 바로 그거야."

탁대가 답을 말하자 마더는 손뼉을 치며 환호했다.

"이 사람이 자꾸 허파에 바람을 넣기는… 요즘은 옛날 같지 않아서 5급 사무관만 되어도 별을 따는 거야. 6급도 못 달아서 빌빌거리는 공무원이 한둘인 줄 알아?"

"그런 사람들 하고 우리 탁대가 똑같아요? 우리 탁대는 잘할 거라고요."

마더는 죽어도 탁대 편이다. 죽어도 자기 아들이 잘난 줄 안다.

"괜한 욕심부리지 말고 주어진 일이나 잘하면서 성실하게 시작해라. 어딜 가나 성실이 최고야."

"김성곽 시장… 내 손으로 뽑은 사람인데 탁대 푸대접하기만 해 봐. 그냥 안 둘 테니까."

"어이구, 잘하면 시청에 쳐들어가겠네? 그만하고 술이나 마셔."

동환이 잔을 채워주자 마더는 겨우 입을 다물었다.

'시장님!'

그러고 보니 아무 데서나 입에 올리고, 비난하고, 친구 대하듯 불러대던 그 이름이 새삼 높아 보였다. 그건 9급 공무원이 넘볼 수 없는 지존의 자리였던 것이다. 그때 마더가 고기를 입에 문 채 창밖을 보며 버벅거렸다.

"또 뭔데 그래?"

동환이 고개를 들자 탁대도 돌아보았다. 주차장에 내리는 사람은 김성곽 시장이었다.

"시, 시장님… 봉황시장님이야. 캑캑!"

놀란 엄마는 고기를 뱉어내며 헛기침을 해댔다.

"이 사람이 정말!"

"탁, 탁대야. 너 내려가서 인사드려야 하는 거 아니냐?"

"제가 왜요?"

"너희 시장님이잖아? 눈도장도 찍을 겸."

"에이, 아직 정식 발령도 안 받았는데……."

"그만 좀 해. 봉황시장이 탁대 친구야? 그러다 괜히 눈도장은 커녕 눈 밖에 난다고."

마더와 동환이 티격태격하는 동안 탁대는 슬쩍 창밖을 보았다. 시장은 동행이 있었다. 비서실장까지 온 걸 보니 공무일 가능성도 높았다.

동환이 계산을 하는 동안 탁대는 어둠이 완연한 주차장으로 나왔다. 시장의 차는 그 자리에 있었다. 탁대는 시장 차 앞에서 가까운 미래를 그려보았다. 결재서류를 들고 시장 앞에 서 있는 조탁대. 막힘없이 업무를 브리핑하며 능력을 인정받는 조탁대.

거친 손이 달콤한 상상에 잠긴 조탁대의 어깨를 두드린 건 그때였다.

"대리 불렀죠?"

　　　　*　　　　*　　　　*

　집으로 돌아온 탁대는 영국에서 가져온 가짜 송아지 가죽을 꺼내보았다. 겉보기에는 여전히 그럴듯해 보였다.

　'60달러…….'

　돈을 생각하면 살짝 가슴이 아파왔다. 어째서 그렇지 않을까? 만약 로르바흐와 관련된 물건이 아니었다면 1달러에도 살까 말까 했을 것이다.

　'그래도 대단했어.'

　탁대는 신비의 동굴을 떠올렸다. 그 무량무한한 공간은 잊히지도 않았다. 로르바흐가 그 능력 그대로 등장한다면 어떻게 될까? 아마 남태평양을 살포시 들어다 강릉 옆에 붙인대도 믿을 것 같았다.

　타인환몽, 순간접착, 그리고 순간독심과 화염불덩이…….

　비록 대마법사 로르바흐에겐 껌에 불과한 일이겠지만 탁대에게는 보물과 같은 마법… 그런 것만 해도 엄청난 힘을 발휘하는데 로르바흐의 진짜 마법은 어느 정도일까 가늠조차 되지 않았다.

　탁대는 송아지 가죽을 뒤집었다. 뒷면의 글자들이 눈을 차고 들어왔다.

　'이건 아무 뜻도 없는 걸까?'

　그렇게 무시하기에는 뭔가 신비감이 느껴졌다.

　'이것도 뭔가 마법주문이면 좋을 텐데…….'

탁대는 송아지 가죽을 서랍에 넣었다. 그리고 침대에 누웠다.

로르바흐!

교육원에서도 그를 한두 번 만나기는 했다. 아주 고단한 날이 아니면 그를 만나는 게 하나의 기쁨이었다. 남들과 완전히 다른 삶. 그건 일종의 활력이기도 했던 것이다.

'로르바흐, 로르바흐, 로르바흐!'

탁대는 이제 익숙해진 이름을 세 번 부르며 눈을 감았다.

순간!

펑하는 폭음과 함께 지상이 무너져 내렸다.

"아악!"

탁내는 그 자리에서 꼼짝없이 지옥을 경험했다. 공포의 극한. 영혼까지 발기발기 찢어지는 느낌은 난생처음 맛보는 것이었다.

"어떤가?"

로르바흐는 허공 저 높은 곳에 있었다. 겨우 돌아보니 탁대의 몸은 멀쩡했다. 꿈이다. 그런데도 종종 꿈이라는 사실을 잊어버린다.

"깜짝 놀랐잖아요?"

탁대는 몸에 묻은 티를 털어냈다. 로르바흐는 미풍을 타고 부드럽게 내려왔다.

"이제 선발과정을 다 거친 것인가?"

"아마 그런 거 같네요."

"그대 시대의 선발과정은 복잡도 하군. 그렇다고 인재를 고르는 체계가 좋아보이지도 않으니 형식과 겉치레만 요란한 것인가?"

"마법사님이 살던 시대는 어땠는데요?"

탁대는 로르바흐를 이제 당신이라고 호명하지 않았다. 그건 그의 마법 세계를 엿본 직후부터였다. 하나의 세계를 창조한 대마법사. 그라면 원효대사나 사명대사 못지않게 높은 칭호를 붙여도 부족할 터였다.

"궁정집사들은 천거에 의해서 선발하는 게 원칙이었네. 한두 가지 시험을 하기는 하지만 하루를 넘기지는 않았지."

"응시생 입장에서는 좋은 시스템이군요."

"당연하지. 세상에 인간을 먼저 보지 않고 시험을 먼저 보는 인재선발이라니… 완전히 주객이 전도된 것 아닌가?"

로르바흐가 고개를 저었다. 그 말은 상당히 공감이 되었다. 하지만 지금은 로르바흐의 시대가 아니다. 일자리를 필요로 하는 청년 백수가 너무 많았으니 공정하게 인재를 선발하기란 쉽지 않았다.

빽!

소위 배경이라 불리는 권력들의 설레발.

언론과 SNS, 시민단체가 눈을 부릅뜨고 있어도 온갖 권력과 청탁이 판을 치는 세상이다. 그러니 로르바흐가 살던 로도혼 왕국식으로 공무원을 선발한다면 고위직의 잔칫상으로 전락할 게 분명했다.

"아무튼 그건 그렇고……."

로르바흐는 잠시 주저하다가 말을 이었다.

"정식 임용을 앞두고 선물을 하나 주려하네."

"선물요?"

"그대는 이미 내게 두 개의 선물을 주었지 않은가? 9급 공무원 합격과 사기당한 송아지 가죽… 그대 시대의 말로는 짝퉁이라고 해야겠지."

"에이, 그거야 뭐……."

"아까 보았겠지만 꿈속에서는 마법을 쓸 수 있다네. 그래봤자 깨어나면 아무것도 아니겠지만 그대를 왕으로 만들 수도 있고 억만금을 줄 수도 있네. 아니면 전처럼 여자도……."

"여자요?"

"기억하는가? 이 땅의 미녀들을 꽤 많이 안겨 주었는데……."

"그럼 전에 쭉쭉빵빵한 미녀들 꿈을 많이 꾸었던 게?"

"나였네. 그대의 스트레스를 풀어 주면 학문에 좀 더 매진할까 싶었지. 결국은 시간과 정력만 낭비하길래 걷어치웠지만……."

'헐~!'

꿈이지만 참담했다. 탁대 또한 팔호의 꿈에 들어가 보았다. 그때 그 인간이 여자 교육생들을 벗기고 희희낙락하는 표정이라니…….

"그건 인격 모독이에요."

탁대가 볼멘소리를 뱉었다.

"그럴 수도 있겠군."

"선물 주고 싶으면 한 가지 원하는 게 있어요."

"말하시게나!"

"천지를 개똥밭으로 만들어주세요."

"개똥? DOG POO?"

"네!"

"당혹스럽군. 황금도 아니고 웬 개똥인가?"

"교육원 원장님 말이 개똥 초심을 끝까지 유지하라고 하셨습니다. 원래 우리 아버지 신조에 첫 끗발은 개 끗발이라는 말도 있거든요. 현실에서야 말도 안 되는 일이지만 꿈이니까 광활한 개똥 대지에 서서 초심을 끈끈하게 다지렵니다."

"허헛!"

"뭐, 안 되면 상관없고요."

"안 될 건 없지만 해본 적은 없다네. 혹 냄새가 심하더라도 이해하시게나!"

"얼마든지요."

로르바흐는 먼저 자기 코부터 막았다. 그런 다음, 두 손으로 허공을 휘저었다. 허공은 이내 황금빛으로 변했다. 황금빛 공간에 오직 로르바흐만 또렷했다. 그럴 때는 흡사 창조자를 보는 느낌까지 들었다.

"천지여, 숙주의 명에 따르라!"

로르바흐는 메아리 닮은 주문을 영창했다. 허공이 후끈 다가오는 듯싶더니 다시 물러났다.

'뭐야? 똥벼락이라도 쏟아질 줄 알았더니?'

허공에서, 로르바흐가 사라졌다. 개똥도 쏟아지지 않았다.

하지만!

어디선가 냄새가 등천하기 시작했다.

'냄새 죽인다.'

탁대는 코를 막으려다가 다리를 타고 꿀럭꿀럭 올라오는 유동물을 보게 되었다.

'윽!'

개똥이었다. 그것도 갓 대장과 직장을 타고 나온 듯 모락모락 김까지 솟아나는. 대지는 이미 개똥 바다천지였다.

"이, 이제 그만……."

개 거시기가 허리까지 차오르자 탁대가 소리쳤다.

"이제 그만해요. 이러다 개 응아에 묻히겠어요!"

한 번 더 소리치지만 로르바흐는 대답이 없다.

"아, 씨… 여기까지는 아니었는데……."

허둥거리는 순간, 개똥 바다가 해일로 변하며 탁대를 덮쳐 왔다.

"으악!"

탁대는 비명을 지르며 깨었다. 아침이었다.

"무슨 일이니?"

소리를 들은 마더가 방문을 빼꼼 열고 물었다.

"아무것도 아니에요. 꿈이……."

"나쁜 꿈 꿨어?"

"그게… 세상이 온통 누런 개똥으로 변해서 나를 묻어버리지 뭐예요."

"황금색?"

"예……."

"어머, 그거 길몽이다. 로또 한 번 사봐라."

"예?"

"누런색이면 황금을 상징하는 거잖아? 전에 로또 맞은 사람 보니까 장롱에서 누런 똥이 쏟아지는 꿈꾸고 복권 사서 1등에 당첨됐대."

"마더!"

"공무원은 로또 당첨되면 안 되나?"

탁대가 소리치자 마더는 고개를 갸웃거리며 돌아섰다.

'로또?'

아침 식사를 마치고 신문을 뒤적거리던 탁대가 중얼거렸다. 그러고 보니 한국인의 현몽은 복권에 관한 게 많았다. 뭔가 좋은 꿈을 꾸면 행운을 기대한다. 행운의 첫 번째는 로또 당첨일 수 있다.

'하지만 내 꿈은 로르바흐가 만들어준 것이니……'

신문을 한 장 더 넘기는데 미끈한 모델이 섹시한 포즈를 취하는 사진이 보였다.

'요즘 잘나가는 애를 홀딱 벗겨서 안겨달랄 걸 그랬나?'

남자로서 그런 마음이 전혀 없는 건 아니었다. 이놈의 생리적 본능은 아무리 제어를 해도 순간적으로 풀려 버린다. 그래도 후회는 하지 않았다. 비록 9급 공무원에 불과하지만 국민의 공복이 되는 일이다. 그러니 반듯한 각오 하나쯤은 필요하지 않을까?

그때 탁대의 핸드폰이 울렸다. 모르는 번호였다.

"여보세요!"

혹시 보이스 피싱은 아니겠지? 하고 수화기를 귀에 대자 멋진

소식이 넘어왔다.

―조탁태 씨, 봉황시 인사과인데요. 정식 발령이 났으니 불러 주는 서류 갖춰서 모레 아침에 시청으로 출근하시기 바랍니다!

아아⋯⋯.

탁대는 수화기를 든 채 굳어버렸다. 눈앞이 개똥 바다의 황금색으로 변했다. 엘프들이 연주하는 듯 감미로운 음악도 들려왔다. 공무원이다. 정식 공무원⋯ 마침내 신은, 조탁태에게 9급 공무원 임용을 허락했다.

"마더! 나, 출근하래요!"

탁대는 주방의 마더를 향해 목이 터져라 소리쳤다.

*　　　　*　　　　*

"공무원 합격?"

"네, 교수님!"

다음 날 탁대는 대학생 때 지도 교수를 찾아갔다. 탁대의 말을 들은 교수는 반색을 했다.

"이야, 축하하네."

"고맙습니다."

보는 눈이 달라진다. 탁대의 성적을 문제 삼아 취업 추천도 안 해줬던 교수였다. 아니, 그보다는 교수의 능력이 문제였다. 이 교수는 제자들 취업과는 담을 쌓고 있다. 어쩌다 취업을 시켜 준다고 해도 별 볼 일 없는 회사들이라 조금 다니다 마는 졸업생이 대다수였다.

"이제 철 좀 들었나 보군?"

교수가 소파에 등을 기대며 웃었다. 학창 시절, 탁대는 나름 유명한 학생이었다. 총학생회장도 아니면서 온갖 학내 일에 참견하고 다녔던 것이다.

"눈칫밥 몇 년 먹다 보니……."

"그래. 어디 시험을 본 건가?"

"봉황시 지방직입니다."

"그렇잖아도 요즘 공무원 준비하는 학생들이 많던데 언제 와서 경험담이나 한 번 들려주게."

"제가 무슨……."

"아니야. 자네 알다시피 요즘 취업률이 바닥 아닌가? 공무원 합격했으면 대단한 거지."

'그 취업률 바닥의 중심에 교수님이 있거든요.'

그 말은 그냥 안으로 넘겼다. 지방대 중에도 알찬 대학은 많다. 하지만 탁대네 모교는 달랐다. 교수들이 취업에는 젬병들이다. 다른 학교 교수들은 단체로 기업도 방문하고 관련 단체 같은 곳에 가서 읍소도 한다는데 그저 할 줄 아는 건 학점 신공뿐이니…….

"아무튼 축하하네. 종종 놀러 오게나."

탁대는 교수가 내민 손을 잡고 복도로 나왔다. 옛날 생각이 났다. 취업 때문에 주저주저하다가 찾아왔던 교수의 방.

"이 성적으로는 곤란하네."

그날 탁대가 들은 말은 그게 전부였다. 교수도 탁대도 더 이상 말하지 않았다. 깊은 침묵, 그 지질리도록 무겁던 침묵…….

하지만 오늘은 그날이 아니었다. 어깨를 삶은 스파게티 가닥처럼 늘어뜨리고 걷던 그날이 아니란 말이다.

탁대가 왔다는 소식을 듣고 두 명의 후배가 달려왔다. 군대를 다녀온 예비역 졸업반이었다.

"노하우?"

그 둘도 공무원을 대비하고 있었다. 봄 시즌의 공시 전쟁에도 출전했던 모양이었다.

"좀 알려 주세요. 아주 죽겠어요."

둘 중 하나가 읍소를 한다.

"뭐가 문제인데?"

자판기 음료수 캔을 뽑아다 던져 주며 탁대가 물었다. 그저 그런 지잡대에서, 취업한 선배만큼 뽀대 나는 장면도 많지 않다.

"솔직히 뭘 어떻게 해야 할지 모르겠어요. 진도도 안 나가고……."

"넌?"

넌지시 또 다른 후배를 바라보는 탁대.

"저도 똑같아요. 수험서 쳐다보면 한숨만 나오고……."

"열심히 해. 하다보면 길이 보일 거야."

탁대는 후배들의 어깨를 두드려 주었다. 그것뿐이다. 노하우 같은 건 간단하게 전해 줄 수 있는 게 아니다. 처음에는 탁대도 그걸 몰랐다. 하지만 이제는 알고 있다.

노하우!

그건 장인이 되기 위한 수련의 길과도 같았다. 빼먹을 수 없는 과정이 있다. 씨앗을 심고, 필요한 날짜가 지나야 하며 필요한 만큼 비와 바람이 불어야 한다. 적절한 양분과 시련도 필요하고 때로는 타는 듯한 폭염도 감수해야 한다.

꽃은 그렇게 핀다. 급하다고 물을 많이 주고, 양분을 듬뿍 뿌린다고 피는 게 아니다. 서두르면 오히려, 썩는다.

"하다하다 안되면 전화해라. 이제 치맥 정도는 쏠 수 있으니까."

가뜬하게 캠퍼스를 나섰다. 늘어진 어깨로 나갔던 대학. 꼭한 번은 이런 기분으로 서고 싶었다.

'조탁대도 쓸 만한 인간이거든.'

그 작은 증명을 위해!

딩디리당당동!

집 근처의 도로에 내렸을 때 마더에게 전화가 왔다.

"언제 오니?"

"곧 도착해요."

"그럼 얼른 와라. 조촐하게 파티 해야지."

"옛썰, 마더!"

전화를 끊고 걸음을 서둘렀다. 그렇잖아도 출출하던 참이었다. 그때 뒤에서 경적이 울렸다.

빵빵!

탁대가 돌아보았다. 차는 최고급 BMW였다.

'지가 알아서 비켜 가면 되지. 좋은 차라고 재냐?'

나 대한민국 공무원이야. 탁대는 우뚝 버티고 서서 외제차를 쏘아보았다. 이제는 아무것에도 꿀릴 게 없는 탁대였다. 그런데 차가 탁대 앞에서 보란 듯이 멈춰 섰다.

'응?'

진짜 시비라도 걸려는 걸까? 진한 선팅을 한 세단이 탁대의 진로를 막고 선 것이다. 문이 열리더니 뒷문에서 한 신사가 내렸다.

"조탁대 씨?"

신사가 탁대를 바라보며 물었다.

"그런데요?"

"죄송하지만 시간 좀 내주시겠습니까?"

"누구… 신데요?"

탁대는 경계심을 가지고 물었다. 친척 중에도 이만한 외제차를 타는 사람은 없었다.

"가보시면 압니다."

"혹시 시청에서?"

"아닙니다. 나쁜 사람은 아니니 타시죠."

신사는 정중히 탁대를 대했다.

"무슨 일인지 모르지만 용건을 밝혀 주셔야……."

"가보시면 안다니까요."

"저는 지금 집에서 저녁을 먹기로……."

"저녁은 제가 내겠습니다."

신사가 탁대의 등을 떠밀었다. 탁대가 뭐라고 할 사이도 없이 세단이 출발했다.

"유괴하는 겁니까?"

탁대가 신사에게 물었다. 여차하면 화염을 한 방 안겨 줄 생각이었다.

"그럴 리가요? 나쁜 일은 아니니 마음 편하게 가지십시오."

"사람 잘못 본 거 아닌가요?"

"절대 아닙니다. 조탁대, 주소는 봉황시 봉황대로 399번길 9!"

신사는 거침없이 말했다. 그건 탁대의 주소가 분명했다.

"술 드시나요?"

"뭐, 조금요."

뾱!

탁대가 대답하자 신사는 세단의 냉장고에서 음료수를 꺼내 꼭지를 땄다.

"드시죠. 미리 마셔두면 좋을 듯합니다."

"됐습니다."

탁대는 사양했다. 차에서 낯선 사람이 주는 음료수. 영화나 소설을 보면 수면제나 마취제를 다량으로 투입해서 정신을 잃게 만든다.

"숙취해소제예요. 이상한 거 아닙니다."

탁대의 속내를 알아차린 신사가 웃었지만 탁대는 고개를 저었다.

"비싼 거라 꼭 조탁대 씨를 드리라고 하셨는데 하는 수 없이 내가 마셔야겠군요."

신사는 음료를 단숨에 마셨다. 그러는 사이에 세단은 산길로 접어들었다. 이상한 생각이 들어 신사를 힐끔 바라보았다. 신사는 처음처럼 여유로워 보였다.

'순간독심.'

그게 필요한 상황이었다. 살아오면서 원수를 진 일은 없지만 그렇다고 외제 세단으로 모셔갈 만큼 폼 나는 삶을 산 것도 아니었다.

'보여라. 그 마음……'

탁대는 신사 몰래 반지를 쓰다듬었다. 그러자 신사의 생각이 느낌으로 전해 오기 시작했다.

—자식, 쫄기는…….

—이놈아, 그 음료가 보통인 줄 아냐? 자그마치 15년 묵은 산삼을 갈아서 만든 거야.

—그나저나 사장님은 이런 놈에게 무슨 볼일이 있다고…….

몇 마디를 읽어내자 탁대는 몸이 나른해지는 걸 느꼈다. 수련도 없이 마법을 사용하는 대가를 치르는 것이다. 그리고 다음 순간, 탁대는 신사의 생각에서 피어나온 이름을 듣고 소스라치게 놀라고 말았다.

'오, 마이 갓!'

그 이름… 딱히 되뇔 필요도 없었다. 세단이 멈춘 거대한 별장, 잔디 정원에 그 이름의 주인공이 서 있었던 것이다.

'표강일.'

차가 서자 그가 직접 문을 열어 탁대를 맞아주었다. 탁대는 진이 쏙 빠져 맥없이 풀어진 몸을 간신히 세웠다.

"오랜만이네."

강일이 손을 내밀었다. 중후한 풍채에서 우러나는 위엄 어린 미소. 믿기지 않지만 식물인간으로 살아가던 그 표강일이 분명했다.

"당신은······."

탁대가 머뭇거리자 강일이 탁대를 가볍게 끌어안았다.

"고맙네. 내 생명의 은인."

'생명의 은인?'

탁대는 그때까지도 정신을 차리지 못했다. 그저 죽을 날만 기다리던 표강일. 그런 그를 두고 자행되던 마누라의 불륜. 거기에 열 받아 귀에다 대고 폭발시킨 탁대의 분노. 그렇게 병원으로 실려 간 그가 건강을 회복해서 탁대 앞에 등장한 것이다.

"어르신 나오십니다."

지켜보던 신사가 긴장된 목소리로 말했다. 별장 문이 열리며 100% 백발을 한 노인이 걸어 나왔다. 여든에 가까운 몸이지만 엄청난 위압감이 느껴지는 인물이었다.

"제가 말하던 조탁대 군입니다."

강일이 노인에게 목례를 올렸다.

"나 표도완일세."

노인이 손을 내밀었다. 우묵하게 패인 눈자위에서 뿜어져 나오는 강력한 눈빛. 그건 흡사 로르바흐에게서 느끼던 내공의 분위기와도 비슷했다.

"조탁대입니다."

탁대는 마치 홀린 듯이 그 손을 잡았다.

"내 아들의 생명의 은인이라기에 한 번 보고 싶어서 모셨네. 혹시 결례가 있었더라도 양해하시게나."

"저, 저는……."

"진작 한 번 보고 싶었는데 경황이 있어야 말이지. 법적인 절차를 마치고 치료도 병행해야 해서 이제야 모시게 되었군. 들어갈까?"

강일이 탁대를 바라보며 웃었다. 얼떨결에 따라 들어선 탁대는 그 안의 풍경에 또 한 번 압도되었다. 한옥풍으로 우아하게 장식된 실내 인테리어는 마치 궁궐을 옮겨 놓은 느낌이었다.

'지난번 별장도 으리번쩍했는데 그것과는 상대도 안 돼.'

탁대는 살짝 주눅이 들고 말았다.

"나 실장, 요리 들이게."

"예, 사장님!"

강일의 지시를 받은 신사가 왼쪽 문으로 나갔다. 잠시 후, 그 문으로 세 명의 요리사가 들어섰다. 그들의 카트에는 먹방 방송에서도 보지 못한 산해진미가 가득했다.

"취향을 몰라 한식, 양식, 중식, 일식을 다 조금씩 준비했네. 배가 터지지만 않게 많이 먹고 가게나."

음식은 표도완이 먼저 권했다.

"몸은 이제 괜찮으신 건가요?"

뜻밖의 상황에 할 말이 마땅치 않았던 탁대가 인사치레 질문을 하며 강일을 바라보았다.

"오랫동안 투병했기 때문에 단숨에 낫기는 힘들고 앞으로도 한동안 치료와 관리를 받아야 할 것 같네."

"아무튼 다행이군요."

탁대는 고개를 끄덕거렸다.

"자네 직업은 뭔가? 어떻게 보면 대학원생 같기도 하고……?"

껍질을 살짝 데친 도미회 접시를 밀어주며 표도완이 물었다.

"봉황시 공무원 시험에 합격해서 곧 근무하게 될 것 같습니다."

"봉황시면 김성곽이?"

정종 잔을 들던 표도완이 한쪽에 대기 중인 나 실장을 보며 물었다.

"그렇습니다."

나 실장이 부동자세를 갖추며 대답했다. 척 봐도 굉장한 거물인 모양이었다. 일단 외모에서도 그런 기가 느껴진다. 게다가 시장을 동네 애들 이름 부르듯 하다니.

"그 친구가 운이 좋지."

표도완은 알 듯 모를 듯한 말과 함께 정종 잔을 비웠다.

"많이 먹고 가시게. 병원에 있는 동안 꼭 한 번은 대접하고 싶었거든."

강일은 탁대 옆에서 알뜰하게 챙겨 주었다. 식사를 하는 동안에도 나 실장은 간간히 전화를 받았고 몇 번은 표도완에게 다가와 귀엣말을 나누었다.

별장과 차, 음식과 하는 행동들까지 소시민과는 완전히 차원이 다른 집안이었다.

그래도 불륜 사모님에 대한 말은 나오지 않았다. 탁대도 언급하지 않았다. 법적인 절차를 마무리했다고 했으니 아마 이혼을 했을 것이다. 게다가 사생활이니 물을 것도 없었다.

다만 궁금한 게 있었다.

"그때 제가 악을 쓴 말이 다 들렸습니까?"

탁대가 묻자 강일은 잠시 간격을 두었다가 대답했다.

"뭐, 대충."

"그럼 제가 욕을 한 것도?"

"글쎄……."

강일이 담담하게 웃었다. 탁대도 웃었다. 탁대를 배려한 대답인지는 모르지만 악감정은 갖지 않은 것처럼 보였다. 아무튼 다행이었다. 그때 나 실장이 다가와 조용하게 보고했다.

"송 의원님이 도착한답니다."

"그 친구 천천히 오랬더니……."

표도완이 마시던 보이차를 내려놓았다. 탁대도 내려놓았다. 귀한 차라지만 탁대 취향은 아니었다.

"오늘은 고마움만 전한 것으로 하고 다시 보세. 자네에게 할 말이 남았거든."

강일이 명함과 함께 악수를 청해 왔다.

"별일 아니었는데 마음 쓰지 않으셔도 됩니다. 그때 전해 주신 사례금으로 해외 배낭여행도 잘했고……."

"그건 자네 마음이고. 아무래도 우리는 다시 보게 될 걸세."

강일이 웃었다. 가끔은 약간의 병세가 남은 듯이 보였지만 호락호락한 표정은 아니었다.

탁대가 정원으로 나오자 또 다른 검은 세단이 들어섰다. 탁대를 태워다주려던 나 실장이 손님을 맞이했다.

"어르신은?"

"안에 계십니다."

손님은 그 말이 끝나기도 전에 성큼 별장을 향해 걸었다.

부웅!

탁대가 탄 세단이 출발했다. 어둠 속으로 멀어지는 별장은 한 편의 환상처럼 보였다. 다행이었다. 식물인간에서 깨어난 표강 일은 치료만 잘하면 오래지 않아 건강을 되찾을 것으로 보였다.

표강일과 표도완.

이때까지도 탁대는 그들이 어떤 존재인지 짐작하지도 못했 다.

5장
위대한 첫 출근

"양복요?"

아파트 베란다에서 탁대 작은어머니 서희아의 목소리가 도드라졌다. 막 예가체프 커피를 우아하게 한 잔 때리려던 희아는 커피 대신 멍을 때렸다.

"전화 받는 소리 못 들었어? 탁대가 모레 출근한다잖아?"

"그래서요?"

희아의 목소리 끝이 살짝 올라갔다.

"뭐가 그래서야? 말이 났으니 말이지 졸업할 때도 양복 한 번 안 해줬잖아?"

"아, 그거야 지가 취직 못하니까 그랬죠."

"공무원 시험 붙었으니까 해줘."

"생각 좀 해볼게요."

"뭐야?"

이번에는 동만의 목소리가 꼬리를 들었다.

"솔직히 우리 유리 취직했을 때도 그 집에서 꼴랑 30만 원밖에 더 내놨어요?"

"그거면 됐지 뭘 더 바래?"

"당신들 형제는 진짜 세상 물정 모른다니까. 요즘 30만 원 가지고 무슨 브랜드를 사 입어요?"

"브랜드만 옷이야? 젊은 애들 옷은 잘 고르면 한 벌에 10만 원짜리도 쓸 만하던데……."

"이이가 정말?"

"아무튼 준비해. 모레라는데 오늘밤에 시간이 더 있어?"

"아이구, 자기 딸보다 더 챙기네."

"그래도 형님 아들이잖아? 그리고 탁대가 어릴 때 우리를 좀 따랐어? 솔직히 유리를 끔찍이 챙긴 것도 탁대였잖아?"

"그놈의 중학교 때 얘기 또 써먹으려고요?"

"아니면? 유리가 중 2때 당신이나 나나 유리 인생 망치는 줄 알았잖아?

"그게 뭐 탁대 덕분이에요? 다 유리 운명이지."

"아, 노는 여자애들한테 찍혀서 살이 5킬로그램이나 빠졌었는데 그게 운명이야? 탁대가 친구 인맥을 동원해서 해결하지 않았으면 유리, 영영 망가졌을지도 몰라."

"치잇, 그 잘난 일진 여학생 친구들……."

"이 사람아, 지나간 일이라고 그렇게 말하면 안 돼. 그때 당신하고 나하고 얼마나 애가 탔어? 애는 말라가, 무슨 일인지 입은 안 열어… 그러다 저 베란다로 뛰어내렸어도 우린 꼼짝 못했어."

동만은 차복차복 희아를 닦아세웠다.

"알았어요. 가면 되잖아요."

마침내 희아가 백기를 올렸다.

"돈은 얼마 줄 거야?"

"이이가? 당신이 나한테 돈 맡겨 놨어요?"

"백만 원 줘!"

"뭐, 뭐라고요?"

"백만 원 주라고."

"이이가 미쳤나? 백만 원이 뉘 집 애들 이름인 줄 알아요?"

"자!"

동만이 봉투 하나를 던졌다. 희아가 열어 보니 50만 원이 들어 있었다.

"이제 한동안 챙길 일도 없잖아? 솔직히 아직도 백수여 봐. 형님이 얼마나 고민했겠어. 그런데 떡하니 공무원 시험에 붙었으니… 어휴, 자나가 생각해도 그놈이 고마워."

"쳇, 남들이 들으면 무슨 행정고시나 외무고시 붙은 줄 알겠네."

"큰 시험만 시험이야? 형님 입장에서는 행정고시 못지않은 일이야."

"이럴 때 보면 꼭 자기 아들처럼 군다니까."

"제발 그렇게 편 좀 가르지 마. 다른 사람은 몰라도 탁대는 우리나 우리 애들한테 무슨 일 생겼다고 하면 맨발로 뛰어올 놈이야."

"어이구, 내 옷 살 때도 저렇게 통 좀 컸으면……."

"당신 옷이 한두 벌이야? 지금 있는 것만 해도 죽을 때까지 다 못 입어."

"여보, 당신은 그러니까 여자 마음을 모른다는 거예요. 남자들은 잡은 고기에 먹이 줘요?"

"무슨 소리야?"

"여자도 이미 옷장에 들어온 건 예비용일 뿐이라서 신상이 필요하다고요. 신상!"

희아는 봉투에서 현금을 뽑아내며 구시렁거렸다.

그날 저녁 탁대네 집에서는 다시 조촐한 축하 파티가 열렸다. 동모하고 유리까지 합세하자 집안은 웃음이 넘쳤다.

"야, 이제 진짜 공무원 되는 거냐?"

동모가 맥주를 따르며 물었다.

"그런가 보네요."

탁대는 멋쩍은 듯 대답했다. 말이 발령이지 얼떨떨하기는 마찬가지였다.

"오빠, 축하해!"

"오빠, 우리도!"

유리가 잔을 내밀자 상미와 상아도 음료수 잔을 들며 귀엽게 합창을 했다.

"형님, 이거요."

술이 두어 잔 돌자 작은엄마가 봉투를 내밀었다.

"뭐래?"

"몇 푼 안 되는데 탁대 양복 사 입히세요. 첫 직장은 옷이 중요하다고요."

"고마워."

봉투를 받아들고 슬쩍 들여다보는 마더.

"어머, 이렇게 많이?"

"그럼 뭐 우리가 형님처럼 쪼잔한 줄 아세요."

마더의 반응에 바로 우아를 떨며 기선을 제압하는 희아.

"그게 무슨 말이야?"

슬쩍 기분이 상한 마더가 실눈을 뜨며 희아를 바라보았다.

"어머, 정색하시긴… 이 좋은 날에……."

작은엄마는 약삭빠르게 말꼬리를 돌렸다.

"그래. 동서 말투가 워낙 그러니까 내가 참는다. 아무튼 고마워."

마더는 그쯤에서 감정을 마무리하고 봉투를 탁대에게 건네주었다.

"오빠, 나도 선물!"

유리가 내민 건 넥타이였다.

"얌마, 이 삼촌도 금일봉 있다. 많이 못 넣었다."

질세라 동모도 봉투를 꺼내놓았다. 이런저런 선물을 받아드니 콧날이 찡해 왔다. 미우니 고우니 해도 역시 가족밖에 없는 것이다.

"그런데 너 임용 전 교육 받을 때 사고 한 번 쳤다면서?"

동만이 탁대를 바라보았다.

"사고가 아니고 시장님도 골치 아파하는 민원을 탁대가 해결한 거라니까요."

마더의 목소리에 활기가 붙었다. 그 사이에 또 친지들에게 자랑을 한 모양이었다.

"아무튼 출근하면 실세 쪽으로 줄 잘 서라. 듣자니 공무원도 줄이라더라."

안주를 집어든 동만이 의미심장하게 말했다.

"이제 첫 출근하는 애한테 무슨 줄?"

듣고 있던 동환이 동만에게 슬쩍 눈치를 주었다.

"물론 탁대가 알아서 잘하겠지요. 하지만 다 아는 사실을 숨길 필요 뭐 있어요. 대한민국이 온통 줄과 빽으로 연결된 마당에."

동만은 동환의 빈 잔에 술을 따라 주었다.

줄!

그게 뭔지 탁대도 안다. 스무 살 넘으면서 지긋지긋하게 들은 말이다.

학연!

지연!

혈연!

그 지난하게 얽힌 실은 사회에서는 더 큰 위세를 떨쳤다. 말하자면 공무원 특채도 그것의 연장이었다. 고위직과 막역한 사이다? 그렇다면 취직 가능성은 엄청나게 높아진다.

어이, 내 아들인데 이번에 자네 회사 면접가거든. 힘 좀 써줘.

나 참, 한자리 끼워주게나. 내 은혜 잊지 않음세.

대한민국은 이렇게 상부상조 정신으로 돌아간다. 위로는 대선이나 국회의원 선거에서 보은인사를 하고 아래로는 소주 한잔에 사사로운 정이 싹 터 '우리가 남이가' 서로 싸고돌며 살아간다.

탁대 또한 이런 풍경을 허다하게 구경하며 살아왔다. 그건 지자체도 마찬가지다. 누구 하나 요직에 입각하면 그 라인이 줄줄이 풀린다. 그러니 허투루 들을 수 없는 말이었다.

"우리 탁대는 관운이 있어요. 그러니 걱정 마세요!"

분위기가 가라앉자 마더가 끼어들었다.

관운은 무엇일까? 탁대는 잠시 생각했다. 보통 말하는 관운도 역시 줄이다. 그게 아니면 운이다. 제때에 딱딱 승진한 사람들 중에는 운이 좋은 사람도 많다.

승진 시기에 조직 개편이 일어난다. 조직이 확장되면 '자리'가 늘어난다. 지자체라면 시 승격이나 분구를 들 수 있다. 그렇게 되면 많은 인원이 한꺼번에 승진을 할 수 있다.

'하지만!'

탁대는 관운이라는 말을 잘 믿지 않았다. 9급 공무원이 되는데 자그마치 4수나 한 신세였다. 관운이 좋다면 첫해에 덜컥 붙었어야 옳았다.

"그게 바로 대기만성이라는 거다."

탁대의 소견을 들은 동모가 목소리를 높였다. 어느새 다들 취했다. 원두커피 한 잔을 들고 자리를 뜬 건 작은엄마뿐이다. 아마 안방에서 음악을 들으며 흥얼거리고 있을 것이다. 작은엄마는 참 실리적으로 산다.

"다음에는 형님이 시의원이라도 나가쇼. 그럼 탁대도 조직에서 대우 좀 받을 거 아니유?"

자리를 털고 일어선 동만이 동환을 바라보며 웃었다.

"야, 누가 나 같은 거 찍어준다던?"

"에이, 형님은… 우리 식구만 해도 얼만데요?"

탁대네 패밀리? 적지는 않다. 전부 더하면 열 명은 된다. 열 명이 백 명씩 포섭하면 천 표는 확보다. 하지만 그 정도로는 시의원 자리도 넘보지 못한다.

목청 높여 주장을 늘어놓던 손님들은 대리기사와 함께 떠나갔다.

"염장은 푹푹 질러도 작은엄마라고 할 짓은 하네."

마더가 멀어지는 차를 바라보며 구시렁거렸다.

"허헛! 우리 미자 씨도 돈 앞에서는 어쩔 수 없군."

"그러니까 당신이 좀 많이 벌어와 봐요. 나도 동서 앞에서 우아 좀 떨고 살게."

"어이쿠, 죄송합니다. 부인마님!"

동환이 장난스레 허리를 조아렸다.

"알면 술이나 따라 봐요. 우리끼리 오붓하게 한잔 더 하자고요."

동환을 잡아끄는 마더의 목소리가 밤하늘을 흔들었다.

관운!

두어 잔 더 술을 마신 탁대는 자리에 누워 그 단어를 곱씹었다. 예전이라면 딱히 생각해 볼 것도 없었다. 잔머리보다 매사에 몸으로 부딪치는 것. 그게 탁대에게는 더 잘 어울렸다.

하지만 지금은 그럴 수가 없다. 되는 대로 사는 삶의 종말을 고하게 한 사람, 로르바흐가 있었다.

4급 서기관!

그가 기생 삶을 마치려면 탁대가 4급이 되어야 했다. 9급 위에는 무수한 직급이 도사리고 있다.

8급.

7급.

6급.

5급.

그리고 4급.

솔직히 군대 같으면 크게 걱정할 일도 아니었다. 이등병에서―일병―상병―병장―하사―중사까지만 올라가면 다섯 단계다. 거기까지는 그럭저럭 올라갈 수도 있는 일이었다.

그러나 자그마치 서기관이다. 그건 어쩌면 이등병에게 소령이나 중령이 되라고 옵션을 거는 것과 비슷한 일. 그야말로 하늘의 별을 따야 하는 것이다.

'로르바흐!'

탁대는 딱 한 번만 그 이름을 불렀다. 진정한 공무원이 되는 순간마저 로르바흐를 불러 시시콜콜 징징거리고 싶지 않았다.

가만히 반지를 바라보았다. 로르바흐라는 이름이 반짝거린다.

탁대는 로르바흐와의 인연으로 달라진 몇 가지를 짚어보았다.

화염발현, 타자환몽, 순간접착, 순간독심.

마법사에게는 초보 수준도 되지 않는 쪽팔리는 비기라지만 탁대에게는 엄청난 아이템이었다.

'당장 점집 차리면 떼부자도 될 수 있는…….'

사실이 그랬다. 점집에 찾아온 손님의 마음을 읽는다면 만사 땡이다. 거기다 그 사람의 꿈에 들어가서 몇 천만 원짜리 굿을 한판 벌이라고 하면? 몇 년 안에 재벌이 될 일이었다.

참으로 기이한 인연!

그러나 누구도 믿지 않을 기연!

그러면서 한 몸으로 두 사람의 운명을 감당해야 하는 조탁대. 담담하게 반지의 글자를 바라보며 독한 결심을 했다.

'까짓것 빡세게 한번 살아보지 뭐.'

*　　　*　　　*

첫 출근 날, 날씨가 갑자기 매서워졌다. 아침 식사를 마치고 양복을 입을 때 마더가 들어왔다.

"날씨가 제법 쌀쌀해. 단단히 차려 입어."

"그래봤자 아직은 겨울도 아니잖아요?"

"그건 그렇지만 괜히 감기라도 걸리면……."

"마더, 내가 가진 거 몸뚱이밖에 없는 거 몰라요?"

"무슨 소리야? 엄마는 네가 세상에서 제일로 멋진데."

"진짜?"

"그래. 그러니까 처음이라고 꿀리지 말고……."

마더는 괜히 넥타이를 바로잡아 주는 척하며 옷깃을 쓰다듬었다. 셔츠 소매도 당기고 잘 잡힌 양복 옷고름도 만지작거리는 마더. 그러다가 슬쩍 본색을 드러내며 탁대를 당겨 안았다.

"넌 잘할 수 있을 거야. 암. 누구 아들인데."

토닥토닥 등을 두드려 주는 마더. 자식을 염려하는 엄마의 마음이 고스란히 탁대에게 전해져 왔다.

"꿀리긴. 내가 봉황시청을 죄다 접수해 버릴 테니까 걱정 마서."

탁대는 마더를 슬쩍 밀어냈다.

머리에 무스를 좀 바를까? 가르마 비율을 바꿔? 좀 있어 보이게 안경을 쓸까? 거울을 보자 이런저런 생각이 들었지만 결국 평소처럼이었다. 잔재주를 부린다고 인간 조탁대가 변할 건 없었다.

'그럼 개똥 초심 정신으로!'

탁대는 거울 앞에서 주먹을 꽉 쥐어 보였다.

"잘 다녀와! 시장님 만나면 인사 잘하고."

마더는 대문 앞까지 따라 나와서 손을 흔들었다. 탁대는 문을 나서는 순간부터 돌아보지 않았다. 첫 출근이다. 4급 서기관이 되어야 한다.

탁대가 걷는 걸음마다 비장한 신념이 묻어나왔다.

날씨는 진짜 쌀쌀했다. 거리의 사람들마다 잔뜩 웅크린 모습이다. 그런데 신기하게도 탁대는 하나도 춥지 않았다. 오히려 시원할 지경이었다.

버스에서 내려 씩씩하게 걸었다. 가슴도 쫙 폈다. 그토록 기다리던 공무원의 첫날.

'첫 끗발이 개 끗발……'

시원한 바람과 함께 동환의 신조가 스쳐 갔다. 날씨가 험한 걸 보니 딱 그쪽이다. 그렇다면 다음에 이어질 건 맑은 날뿐이었다.

'헤이, 봉황시청!'

탁대는 시청 앞에서 걸음을 멈췄다.

'정신줄 꽉 조여라. 이 조탁대가 너를 접수하러 오셨으니까!'

마침내 정식 출근길에 마주선 봉황시 청사. 탁대는 태극기 나부끼는 청사를 바라보며 후끈, 의지를 작렬시켰다.

"어서 오세요, 무엇을 도와 드릴까요?"

현관에 들어서기 무섭게 한 여직원이 허리를 굽히며 물었다.

"저, 저는 신입입니다. 선배님."

당황한 탁대.

오늘부터 근무하게 된 신참 주제에 넙죽 인사받기가 죄스러웠다.

"아, 오늘 임용받으실 분이시군요?"

"네, 네."

"그럼 6층 강당으로 가세요."

"그렇게 깍듯하게 안 하셔도……."

"저는 알바예요."

여직원이 하얀 이를 드러내며 웃었다.

"아, 알바……."

그제서야 마음이 놓이는 탁대.

'진작 말을 하지.'

라고 툴툴거려 보지만 그건 오롯이 탁대의 실수였다. 그녀의 명찰 위에 아르바이트라는 글자가 붙었던 것이다.

'침착하게!'

탁대 앞에 두 갈래 길이 보였다. 하나는 엘리베이터, 또 하나는 계단.

'군자는 폼생폼사!'

탁대는 엘리베이터를 택했다. 두 다리 튼튼하지만 시작만은 폼 나게 하고 싶었다. 하지만 사람이 많았다. 무슨 신고 마감일인 모양이었다. 늙수그레한 민원인 두 사람을 먼저 태우고 마지막으로 타니 우려하던 벨소리가 울렸다.

삐~!

'으악, 이렇다니까.'

뽀대나게 사는 것도 쉬운 일은 아니다. 탁대는 하는 수 없이 내렸다. 그때 낯익은 얼굴이 보였다.

"왕 형님!"

은돌이었다.

"조탁대!"

반갑게 악수를 나누는데 결재서류를 낀 공무원 둘이 다가왔다. 탁대와 은돌은 어색하게 인사를 하고 비켜서서 바른 자세를 갖췄다.

그래도 이번에는 벨이 울리지 않았다. 타는 사람도 꼴랑 넷이 전부였다. 탁대와 은돌, 그리고 고참 공무원 두 명…….

"오늘 신규들 온다고?"

좀 더 나이 먹은 공무원이 동료에게 물었다.

"그렇다던데요?"

다른 공무원이 대답한다.

"우리 과 배정 확인했어?"

"과서무가 알아서 요청했겠지요."

"아, 요즘 애들 말만 많지 일도 제대로 못하던데…….""

그 말과 함께 엘리베이터가 멈췄다. 두 공무원은 뒤도 돌아보지 않고 내렸다.

"괜히 기죽네요."

"그렇지?"

"왕 형님도 그래요?"

"야, 난 뭐 신규 아니냐? 게다가 영계도 아니라서 찬밥 신세가 뻔한데."

"그걸 누가 알아요? 왕 형님 관록을 높이 사서 빵빵한 부서로 데려갈지."

"빵빵한 부서가 어딘 줄은 알아?"

"글쎄요……."

탁대는 뒷덜미를 긁었다. 기업에서라면 힘 있는 부서가 기획실이나 총무부 정도라는 건 알고 있었다. 그러니 공무원도 비슷하려니 하는 생각일 뿐이었다.

"맞아!"

"맞다고요?"

"공무원도 감사실, 총무과, 기획실이 꿀보직이래. 거기 떨어져야 승진이 빠르다고 하더라고."

"그럼 우리 중에 누군가는 가는 건가요?"

"성적순이라니 행정 공채성적 톱이나 연수원 성적 톱이 유력하지 않을까?"

"그, 그렇죠?"

슬쩍 바람이 빠져나갔다. 임용순위 8번에 연수원 성적 4등. 행정직만으로 범위를 추려도 연수원 3등이니 좋은 부서라는 곳으로 떨어지기는 힘들 거 같았다.

"그래도 모르지. 탁대 너는 남자잖아?"

은돌이 은근 긍정의 불씨를 틔워 주었다.

"남자가 왜요?"

"연수원 성적만 보면 행정직 남자에서 1등이잖아? 그러니 누가 끌어 줄지도……."

닫혔던 문이 마침내 5층에서 열렸다.

"어, 탁대 형, 왕 형님!"

두 사람을 제일 먼저 환대한 건 재광이었다. 옆에서 문자를 하던 수애도 반색을 했다.

"와아, 반가워요."

수애는 언제 봐도 해맑다. 도서관에서 꼬질꼬질하게 공부할 때는 몰랐는데 조금 다듬고 조금 가꾸니까 순백의 히아신스를 보는 느낌이었다.

"조탁대 씨!"

강당 앞에서 두 여자가 손을 흔들었다. 내숭왕 이창혜와 노처녀 김상아였다. 하지만 자판기 앞에 서 있는 팔호는 아는 척도 하지 않았다. 분명 인식은 했을 테지만 시치미를 떼고 있는 것이다.

"야, 이팔호!"

보다 못한 은돌이 소리쳤다.

"어, 언제 오셨어요."

그제야 알은척을 하는 이팔호. 역시 정이 안 가는 인간이었다.

강당에 들어서는 아는 얼굴들이 죄다 보였다. 간호직 권현지부터 보건직 정단비까지.

가만히 보니 다들 반짝반짝 빛이 났다. 쫙 빼입은 모습들이니 교육원에서 보던 것과는 또 다른 느낌이었다.

"저기 조탁대 씨……."

팔호가 탁대를 슬쩍 건드렸다. 나이는 한 살 어리건만 절대 형이라는 말은 쓰지 않는다.

"왜?"

"정보 좀 없어요? 누가 어디로 가는지?"

"그거야 네가 더 전문가 아니냐? 지금 누구 간 보는 거냐?"

"에이, 그럴 능력만 되면 좋죠."

"능력 좋잖아? 꿈속에 미녀들도 쫙 데려다 벗… 읍!"

탁대는 말을 마치지 못했다. 팔호가 재빨리 입을 막아버렸기 때문이다.

"미안하지만 넘겨짚지 마시죠."

팔호가 인상을 구겼다. 시간이 지났으니 오리발을 내밀겠다는 속셈. 그때는 얼떨결에 넘어갔지만 지금은 자기 꿈에 탁대가 들어왔다는 사실조차 부정하는 것이다.

"증거 없다?"

"넘겨짚는 것도 어느 정도죠."

나름 정색을 하는 팔호.

탁대는 피식 웃어넘기고 말았다. 이놈아, 하느님은 속여도 나는 못 속인다. 탁대의 미소는 그런 의미였다. 그때 단비가 무리를 향해 물었다.

"혹시 그거 아세요?"

"뭐?"

왕 형님 은돌이 되물었다.

"이건 확실한 건 아닌데 올해 합격자 중에 엄청난 집안이 있대요. 아마 학벌도 SKY라죠?"

"정말?"

반응은 팔호가 전격적이었다. 탁대의 동기들은 한순간에 웅성거리기 시작했다.

"어머, 누구야? 자수해!"

김상아가 주변을 돌아보며 물었다.

"혹시 조탁대 씨?"

바로 깐죽거리는 건 역시 팔호다.

"진짜?"

권현지와 애숙도 장단을 맞춘다.

"뭐? 내가 빵빵한 집안 자식?"

탁대는 기가 막혀 웃음도 나오지 않았다. 그동안 고관대작의 혈육들이 뒷구멍으로 짜고 치는 고스톱 판을 벌이며 특채되는 걸 볼 때마다 수축기 혈압이 200도 넘어갔던 몸이다. 그런데 이젠 누명까지 쓰다니?

"나 그런 인간들은 전부……."

꽉 핏대를 올린 탁대.

"진심 부럽던 사람이다."

뒷말은 부드럽게 토했다. 솔직히 부모 잘 만난 것도 이 땅에서는 실력이었다. 그러니 쌍욕을 하면서도 부러운 마음이 든 것만은 진심이었다.

물론 지금은 절대 아니다. 탁대는 정정당당한 실력으로 공무원이 되었다. 그러니 실력도 없이 뒷구멍을 파는 특채자가 있다면 마구마구 비웃고 싶은 심정이었다.

"그럼 누구야? 정단비?"

팔호가 뽑은 의심의 화살은 조용한 인품의 종국을 지나 단비에게 옮겨갔다.

"빽이라고는 시장에서 산 3만 원짜리 짝퉁밖에 없어요. 그런 부모 있으면 소개 좀 시켜줘요."

단비 역시 확실하게 선을 그었다.

"그럼… 설마……."

남은 사람을 민망스러운 정도로 하나하나 돌아본 팔호의 시선이 은돌에게 향했다.

"정신 차려라!"

은돌은 대답 대신 팔호의 이마를 쥐어박았다. 어떤 대답보다 명쾌해 보였다.

"그럼 난가?"

마지막에는 자기 가슴을 가리키는 팔호.

"헛소문 아니겠어? 그 정도 어마어마한 빽이 있고 좋은 학벌이면 뭣 하러 지방 9급하겠어? 중앙에 가면 별정 7~8급도 널렸는데……."

나름 논리적인 정리를 한 건 경모였다.

"내 생각도 그래. 더구나 우린 다 공개경쟁, 공채잖아? 어차피 자기 실력으로 들어올 거면 빽이 무슨 상관?"

성기갑이 동의하면서 분위기는 급속도로 헛소문 쪽으로 기울었다. 소문이야 어디서든 근거도 없이 잘 뻗어가는 것. 공무원 경쟁률이 워낙 높다 보니 이런저런 소문이 있다고 해도 이상할 것은 없었다.

"아닌데… 내가 듣기로는 우리가 교육원에 있을 때도 부모님이 다녀갔다고 하던데……."

단비는 수긍하지 않는 듯 고개를 갸웃거렸다.

"그럼 탁대 형이네. 듣자니 원장님이랑 비밀 독대도 했다면서요?"

딴짓을 하던 용일이 다시 탁대를 돌아보았다.

"그래, 나다. 우리 아버지가 청와대 수석이고 작은아버지는 안행부 장관에 삼촌은 검찰총장이다. 됐냐?"

탁대는 아예 어깃장을 놓으며 소리쳤다. 사실, 그런 부모가 있다면 백번 땡큐지. 뭐.

"여기요!"

탁대네 동기들이 웅성거리는 중에 남직원이 다가왔다. 반듯한 양복에 반듯한 신분증 패용. 손에 든 명단철까지도 노련한 포스가 팍팍 우러나왔다. 탁대네는 소란을 멈추고 주목했다.

"곧 임용식이 시작될 겁니다. 그러니 차례에 맞춰 착석하세요."

직원이 명단으로 시선을 옮겨갔다. 탁대네는 숨을 죽이고 다음 지시를 기다렸다.

"간호 8급 권현지 씨!"

호명을 받은 현지가 대답과 함께 손을 들었다.

"권현지 씨가 대표로 임용장을 받고 공무원 선서를 하게 될 겁니다. 그러니 여기 앉아서 대기하세요."

직원은 맨 첫자리를 가리켰다. 현지는 거기로 걸어가서 다소곳이 앉았다.

간호 8급!

이 순간부터는 같은 신규가 아니었다. 아니, 신규라는 입장은 똑 같지만 그녀는 9급이 아니라 8급, 즉 상위직급인 것이다. 갑자기 그녀의 어깨에서 빛이 나는 것처럼 느껴졌다.

"다음은……."

탁대네는 직원의 호명에 따라 착석했다. 같은 직군에서는 가나다순에 의한 차례였다. 이어 행사 진행에 대한 안내가 시작되었다. 공무원이라 그런지 진행 순서는 딱딱해 보였다. 민간 기업들은 부모님 초청 행사나 꽃다발 증정식, 혹은 사내 멘토 선배 연결식 등이 있다고 들었지만 여기서는 감히 꿈도 꿀 수 없는 모양이었다.

잔뜩 긴장하는 가운데 김성곽 시장이 등장했다. 부시장과 간부들도 그 뒤를 이었다.

"그럼 지금부터 금년 신규 임용자 임용장 수여식을 시작하겠습니다."

사회자 직원의 말에 이어 국기에 대한 경례와 애국가 제창이 시작되었다. 그리고 기다리고 기다리던 임용장 수여식이 시작되었다.

'로르바흐!'

탁대는 가슴을 바로 폈다. 지금까지는 전부 예행연습에 불과했다. 임용장을 받은 이 순간부터가 진짜 공무원인 것이다.

"지방간호서기시보 권현지, 보건소 보건행정과 근무를 명함!"

임용장 역시 권현지가 먼저였다. 잠시 후에 행정직 차례가 돌아왔다.

"지방행정서기보시보 김인숙, 안전총괄과 근무를 명함!"

가나다순으로 시작된 임용장 수여로 김인숙이 먼저 보직을 받았다. 안전총괄과⋯⋯.

"노수애, 총무과 근무를 명함!"

'오, 총무과?'

탁대는 진심으로 박수를 보냈다. 수애라면 좋은 대우를 받아도 배가 아프지 않았다.

"⋯박용일, 보건소 건강증진과 근무를 명함!"

박용일의 보직은 의외였다. 아무리 시보라지만 행정직이 보건소로 가는 일은 흔치 않았다.

"이팔호……."

재광은 복지정책과 발령. 이어 팔호 차례가 되자 일동의 신경이 곤두서게 되었다. 신경이 쓰이는 건 탁대도 마찬가지였다.

"감사담당관실 근무를 명함!"

"……?"

탁대는 한 대 얻어맞은 기분이었다. 뭔가 불길한 느낌이 들긴 했지만 그렇다고 저 인간이 감사실이라니? 혼자 쾌재를 부르는 꼴을 보자니 속이 좌우로 뒤틀렸다.

"하종국, 규제개혁관실. 연수흠, 문화공보실."

늘 조용하고 말 한마디도 사려 깊은 두 사람도 나쁘지 않은 곳으로 배치가 되었다.

"조탁대……."

마침내 탁대의 차례가 왔다. 어딜까? 어디든 상관없지만 그래도 좋은 부서에 꽂히고 싶은 건 탁대도 예외가 아니었다.

"…시보에 임명함."

'…엥?'

옆에 서 있던 경모와 은돌이 탁대를 바라보았다. 탁대의 수습과가 불리지 않은 것이다. 하지만 그걸 물어볼 시간은 없었다. 아직도 임용장 수여가 끝나지 않은 것이다. 계속되는 임용장 수여에서 제갈경모는 문화공보실에, 은돌은 유일하게 동사무소로 발령이 났다.

시장의 치사에 이어 기념 촬영이 끝났다. 촬영은 주먹을 불끈 쥐고 파이팅 하는 자세가 콘셉트였다.

그때가 되어서야 신규들의 얼굴에서 희비가 엇갈렸다. 은돌은 조금 착잡한 얼굴이었고 팔호는 의기양양해 보였다. 다만, 무채색의 표정을 지은 사람은 탁대뿐이었다.

"자, 다들 사진하고 서류 가지고 온 거 있죠? 제출하세요."

탁대와 동기들은 사진과 서류를 건네주었다. 공무원증 발급과 직원 등록에 필요한 거라고 미리 통지를 받았던 것이다.

"그럼 소속 부서로 안내해 줄 테니까 다들 나를 따라오세요."

"저기요!"

남직원이 말할 때 탁대가 손을 들었다.

"뭡니까?"

"저는 발령 부서가 없는데요?"

"이름이 뭐죠?"

"행정직 조탁대입니다."

"조탁대 씨는 거기서 기다려요."

직원은 매정하게 잘라 말했다.

침묵!

탁대는 생애 그런 침묵은 처음 만났다. 물론 침묵을 요구하는 자리는 많았다. 처음 좋아하는 여자를 만나 고백했을 때였다. 그녀가 아무 말도 하지 않았다. 탁대는 그때 귀가 터져 나갈 것 같은 침묵의 소리를 들었었다.

살아가면서 침묵의 시기를 만나는 기회는 종종 있었다. 주로 어색한 자리일 때 침묵은 탁대의 어깨를 짓누르곤 했었다.

하지만!

이번 침묵의 강도는 달랐다. 동기들의 눈동자가 전부 탁대에게 쏠렸다. 마치 별 한 점 없는 사막에 동댕이쳐지는 기분이었다.

"조탁대 씨는 거기서 기다리고… 나머지는 갑시다."

직원은 탁대의 기분은 아랑곳없이 동기들을 인솔해 갔다. 잠시 후에 웬 아저씨 두 명이 들어와 강당 벽에 설치된 임용식 플래카드를 떼어갔다. 둘은 동시에 탁대를 바라보았다. 앉지도 서지도 못한 탁대는 뻘쭘할 수밖에 없었다.

"저기……."

뒤에 나가던 아저씨가 탁대를 돌아보았다.

"네?"

"여기 문 닫아야 하는데……."

'꺼지세요'의 완곡한 표현이었다. 말귀를 알아들은 탁대는 복도로 나왔다. 복도가 마치 경부선 고속도로처럼 길어 보였다.

'뭐가 잘못된 걸까?'

한참을 기다려도 아무도 오지 않았다. 갑자기 소변이 마려웠다. 그래도 움직이지 못했다. 그 틈에 누가 오면 곤란해지는 것이다. 오도 가도 못하고 기다리는 시간은 나무늘보가 세수를 하듯 느리게 흘러갔다.

─임용을 축하한다!

진동으로 해 둔 핸드폰이 울렸다. 꺼내보니 삼촌 동모가 보낸 문자였다. 그냥 주머니에 넣었다. 한가하게 답글을 보낼 처지가 아니었다.

'괘씸죄?'

교육원 과정 중에 겪은 고질 민원 해결책이 마음에 걸렸다. 그때 너무 오버했다. 9급 주제에 감히 시장님께 들이댔다. 그때까지만 해도 잘 몰랐는데 막상 임용식을 거치고 보니 시장이 얼마나 위대한 자리인지 알 것 같았다.

9급 신규와 시장. 그건 완전 하늘과 땅 차이였다.

얼마나 지났을까?

저만치서 50대 남자 하나가 걸어왔다. 탁대는 자세를 똑바로 했다. 누군지 모르지만 건물 안에 있는 사람은 다 하늘같은 선배이자 상관으로 보였다.

"저기……."

"네!"

탁대는 막 자대에 배치된 신병처럼 가슴을 내밀고 턱선으로 각을 잡으며 대답했다.

"신규들 다 어디 갔어?"

"죄송합니다. 어떤 분이 데려갔는데……."

"그것도 모르면서 서 있는 거야?"

남자는 탁대를 향해 대놓고 쏘아붙였다.

"그, 그게……."

"자네가 조탁대야?"

"그, 그렇습니다만……."

"뽑아 봐."

남자는 생뚱맞게도 타로카드를 내밀었다. 황당한 탁대가 남자를 바라보았다.

"한국 말 몰라? 뽑아 보라고."

"왜… 왜?"

"아, 이 사람. 무슨 말이 그렇게 많아? 안 죽으니까 그냥 뽑아!"

남자가 카드를 코앞까지 들이밀었다. 탁대는 하는 수 없이 맨 위의 것을 뽑았다.

"다시!"

남자는 카드를 가로채고는 착착 카드를 섞였다. 그런 다음에 또 카드 뭉치를 내밀었다. 탁대는 이번에도 맨 위의 것을 뽑았다.

"원래 취향이야, 아니면 귀찮아서 위에 걸 뽑은 거야?"

"원래 취향입니다만……."

"까 봐!"

남자의 말에 따라 탁대는 천천히 카드를 뒤집었다.

'윽?'

카드를 확인한 탁대가 주춤거렸다. 탁대가 뽑은 건 Death 카드. 카드에는 검은 후드를 입은 해골바가지 인간이 섬뜩한 반달형 칼을 들고 있었다.

"젠장, 이 자식들. 내가 이럴 줄 알았어."

"네?"

"뭐가 네야? 따라와."

남자는 무뚝뚝하게 돌아섰다.

"어딜……."

"어디긴 어디야? 자네가 일할 부서지. 뭐 그렇다고 카드처럼 죽을 만큼 빡센 부서는 아니니까 겁먹지 말고."

남자는 계단을 통해 4층으로 내려갔다. 그러더니 복도를 따라 걷다가 한 사무실 앞에서 멈췄다.

〈교통정책과〉

문 위의 팻말에서 녹색 바탕에 하얀 글자가 빛났다.

"컴 온!"

남자는 손을 까닥이고는 안으로 들어갔다. 탁대도 그 뒤를 따라 들어섰다.

"어, 과장님, 우리 방 신규입니까?"

창가 소파에서 뭔가를 검토하던 용석봉 팀장이 제일 먼저 소리쳤다. 그 말을 따라 사무실의 직원들이 일제히 고개를 들었다. 남자가 여섯에 여자가 셋이었다.

'젠장, 과장님이었어?'

탁대 뇌리에 낭패감이 쓰나미처럼 스쳐갔다. 과장이면 사무관이다. 사무관이면 공무원에서는 야전 사령관에 해당한다. 그런 줄 알았으면 처음부터 공손하게 대했을 것이다.

"인사해!"

과장은 심드렁하게 말하고는 자기 책상에 가서 앉았다. 교통정책과장 은광비. 명패가 반짝반짝 빛났다.

"오늘부터 근무를 명받은 9급 지방행정서기보시보……."

"아아, 여긴 군대가 아니니까 그런 건 말하지 않아도 돼. 그냥 간략하게."

탁대의 말을 가로막은 건 용석봉 팀장이었다.

"…조탁대입니다. 잘 부탁드립니다."

"그건 너무 간단하게 잘랐잖아?"

탁대가 인사를 하기 전에 다시 용 팀장이 웃으며 태클을 걸었다.

"안녕하세요? 이번 9급 공채에 합격한 조탁대입니다. 무남독녀 외동아들이지만 나름 붙임성 많고 적응력도 뛰어납니다. 열심히 일할 테니 많은 지도 부탁드립니다."

"오케이, 바로 그거야!"

박수도 용 팀장이 먼저였다. 그제야 다른 직원들도 기계적으로 박수를 쳐 주었다.

"거 처음 온 친구에게 대충 좀 하지……."

나란히 세 개 붙은 책상에서 황천수가 넌지시 말했다. 은 과장과 가까운 책상. 딱 보니 고참 팀장인 눈치였다.

"다 웃자고 이러는 거 아닙니까? 우리 황 팀장님은 너무 빡빡해서 탈이라니까."

용 팀장은 지지 않는다. 일단은 인상이 친절하고 싹싹해 보여 탁대는 마음이 놓였다.

"자리 알려 주고 분장한 업무 인계해요."

책상의 은 과장이 말했다.

"노래 한 곡 안 시키고요?"

용 팀장이 씨익 웃으며 은 과장을 바라보았다. 노래? 탁대는 귀를 의심했다. 회식 자리도 아니고 웬 노래? 그러자 은 과장이 건조하게 응수했다.

"농담할 기분 아니야. 혹시나 하고 기대했는데 저 친구가 해골을 뽑았거든."

"네? 해골을요?"

"그래. 데스, 해골!"

과장이 타로카드를 흔들었다. 저게 어떤 의미인지 모르는 탁대는 사무실 분위기를 살필 뿐이었다.

"내가 그럴 줄 알았다고 했지? 인사과 놈들이 또 장난질한 게 틀림없다니까?"

은 과장은 탁대를 배정받은 게 아무래도 못마땅한 눈치였다.

"과장님도… 신입이 듭니다."

듣고 있던 황 팀장이 굵직한 한마디를 던졌다.

"아무튼 용 팀장이 책임져. 굳이 그 친구를 찍자고 똥고집 부린 건 용 팀장이니까."

"걱정 마십시오. 제가 천리마를 알아보는 백락 아닙니까? 최고의 인재로 조련하겠습니다. 그건 그렇고 소 팀장님!"

용 팀장이 여자인 소미현에게 다가가 말을 이었다.

"어떻습니까? 신규가 쓸 만해 보이지 않습니까?"

"그렇긴 하네요."

소미현은 탁대를 바라보며 미소를 지었다.

"그러니까 신규는 팀장님이 거두시고 송 주임이나 채동치 중에 하나를 우리 팀에 주는 게……."

"그 얘기는 벌써 끝났잖아요?"

"그건 아는데 우리 팀 업무가 신규에게 맡기기에는……."

"아유, 안 돼요. 우리는 벌써 업무 분장 다 끝났는데……."

소미현이 손사래를 쳤다. 용 팀장은 황천수와 은 과장을 바라보았지만 아무도 그를 지지하지 않았다. 영문을 모르는 탁대는 여전히 구경만 할 뿐이었다.

"할 수 없지. 다 팔자랄 수밖에."

체념한 용 팀장은 탁대와 직원들을 정식으로 인사시켰다.

"잘 왔네."

황 팀장의 인사는 무뚝뚝 그 자체였다. 탁대는 이어 여자인 소 팀장과도 악수를 나눴다.

"아유, 호남이네. 영계가 오니 사무실 분위기가 다 밝아지는 걸. 잘 부탁해요."

소 팀장은 여자라 그런지 나름 싹싹해 보였다. 기타 교통정책 과의 인물 포진을 보면.

교통정책과장 은광비.

교통전략팀장 황천수.

교통시설팀장 소미현.

교통지도팀장 용석봉.

이상 네 명이 교통정책과의 간부들이었다. 타로카드의 맹신 자 은광비와 무뚝뚝한 황천수, 소미현은 여자라 잘 모르겠지만 싹싹한 용석봉을 제외하면 만만치 않은 면모로 보였다. 나머지 는,

주무관 7급 박웅.

주무관 7급 송강석.

주무관 9급 채동치.

계약직 주차단속요원 반혜자.

계약직 주차단속요원 전명하.

시보 조탁대.

공익요원 이완용.

그리고 8급 주무관 한 명이 육아휴직 중이었다. 인사를 하며 탁대는 생각했다. 공무원이라는 조직이 생각보다 경직되어 있다는 사실. 용 팀장을 제외하면 다들 사무적으로 탁대를 맞이했다.

그나마 채동치가 좀 나았다. 탁대와 같은 9급인 그는 밝은 목소리로 탁대를 반겼다.

"으아, 드뎌 내 밑으로도 하나 오는구나. 반가워요. 나 채동치입니다!"

작은 키에 순박한 전원형 자연산 얼굴. 탁대도 동치의 첫인상이 나쁘지 않았다.

탁대는 교통지도팀장 용석봉 아래로 배속되었다. 지도팀은 세 팀 중에서 가장 늦게 편성되어 있다. 공무원에서 가장 늦게 호명되는 건 서열상 뒤쪽이라는 의미다. 따라서 지도팀은 교통과 내에서 가장 힘없는 부서였다.

하지만 그런 건 탁대에게 아무 상관이 없었다. 아까만 해도 감사관실에 발령이 난 팔호가 부러운 마음도 있었지만 지금은 망각한 지 오래였다.

교통정책과.

어쨌든 탁대가 첫발을 내디딘 공직이니 여기서 멋진 출발을 해야 하는 것이다.

"아니, 그런데 이 친구는 아까부터 어디 갔어?"

두리번거리던 용 팀장이 여직원들을 향해 물었다.

"조 주임님, 물품 사러갔는데 곧 올 거예요."

맨 구석 책상에서 반혜자가 대답했다. 혜자와 명하는 주차단속원 복장이었다.

"일단 여기가 자네 책상이니 앉게나. 업무는 차차 알려 줄 테니까."

용 팀장은 의자까지 빼 주며 친절하게 대했다.

"제가 하겠습니다."

"괜찮아. 뭐 신입이라고 기죽을 거 없네. 우리 방은 다 가족 같은 분위기니까 편하게 임하게."

"감사합니다."

인사를 하고 막 자리에 앉을 때였다. 사무실 문에 들어서는 또 한 사람이 탁대의 눈을 폭풍처럼 박차고 들어왔다.

'저 사람?'

탁대의 눈이 휘둥그레졌다.

"어머?"

탁대 못지않게 놀라는 사람은 바로 윤아였다. 잠깐 자리를 비웠었지만 윤아도 교통과 소속이었던 것이다.

"둘이 아는 사이야?"

용 팀장이 물었다.

"뭐, 안다기보다 몇 번 안면은 있어요. 그나저나 진짜 신기하네? 우리 사무실로 온 거예요?"

용 팀장을 바라보던 윤아의 얼굴이 탁대에게로 향했다.

"이 친구가 숨은 보석이잖아? 그래서 내가 힘 좀 써서 빼왔지."

용 팀장이 웃으며 말했다.

"그건 뜻밖이네요. 팀장님은 잘나가는 사람에게만 관심 있지 않나요?"

윤아가 서랍을 열며 대꾸했다. 그런데 어쩐지 말투가 부드럽지 않았다.

"이거 왜 이래? 잘나가는 거 별로 중요하지 않아. 요점은 실력과 성실, 조직친화력!"

"네, 어련하시겠어요."

"잘됐네. 조탁대 씨가 우리 팀에 배정되었으니까 조 주사 옆에 앉혀 놓고 꼼꼼히 교육 시키라고. 3년 연속 S등급 최우수 직원이시니까 문제없겠지?"

"그래봤자 진짜 실속 있는 공무원은 팀장님 아니신가요?"

"에이, 나야 그저 운빨이 좋은 거고……."

용 팀장은 그 말을 남기고 자기 자리에 앉았다. 가만 뜯어보면 둘의 대화에는 뼈가 박혀 있었다. 탁대는 입을 바짝 다물었다.

"아무튼 축하해요."

윤아가 탁대에게 손을 내밀었다. 탁대는 그 손을 잡았다. 다소 어수선하던 기분이 정리되는 느낌이었다.

"소감은 어때요?"

탁대 옆자리의 윤아가 행정 프로그램을 열며 물었다.

"얼떨떨합니다."

"이번에도 한 100 대 1 정도 되었죠?"

"약 90 대 1이라고 들었습니다."

"공무원, 하면 제일 먼저 어떤 생각이 들어요?"

윤아는 말을 하면서도 노련하게 키보드를 두드렸다. 틀이 딱 잡힌 공무원, 그런 느낌이 저절로 다가왔다.

"안정성? 연금? 그런 거 묻는 겁니까?"

"뻔한 거 말고 본능적으로 드는 생각 말이에요."

"나인 투 파이브요?"

"으음, 칼 퇴근?"

"네……."

"또 뭐가 있어요?"

"주민에 대한 봉사?"

"오늘자로 조탁대 씨가 담당할 업무가 뭔지 아세요?"

"글쎄요……."

"앞으로 불법주정차에 관한 업무를 맡게 될 거예요. 업무 인계는 내일 전임자가 와서 해줄 거고요."

"아, 네."

"확인하세요."

윤아가 모니터를 슬쩍 젖혔다. 화면에 나온 건 업무 분장표였다. 교통과 직원들의 업무가 일목요연하게 눈에 들어왔다. 그 맨 아래에 탁대의 이름이 보였다.

〈지방행정서기보 조탁대─주업무 : 주정차업무 전반(민원, 과 태료 및 압류, 금지구역 지정), 주정차 이의신청 심의 및 단속차량 관리.〉

"확인했어요?"

"네."

"이대로 전자결재 올라갈 거예요. 그러니까 이제 우리 봉황시의 주정차업무 전반에 관한 업무는 조탁대 씨가 책임지는 거예요."

"네."

대답과 동시에 사무실 문이 박살 나듯 열렸다.

쾅!

놀라 고개를 든 건 탁대뿐이었다. 다른 직원들은 다들 자기 업무를 하느라 돌아보지도 않았다. 그때 문을 박차고 들어온 민원이 눈을 부라리며 소리쳤다.

"여기 주정차담당 직원이 누구야?"

직원들은 그래도 묵묵히 업무에만 열중이다. 어떻게 해야 하나 주저할 때 키보드를 두드리는 척하던 용 팀장이 무심하게 말했다.

"조탁대 씨 찾잖아?"

"저, 저요?"

당황한 탁대가 윤아를 바라보았다.

"맞잖아요? 주정차업무에 대해서는 오늘부터 탁대 씨가 시장님을 대행하는 거예요."

윤아는 또박또박 발음했다.

6장
어리바리 신규

"잠깐 저 좀 보시죠."

민원인이 고함을 치자 용 팀장은 은 과장의 팔을 잡아끌고 나갔다. 힐금 둘을 바라본 민원인은 더욱 기세를 올렸다.

"여기 부서장은 누구야? 누구냐고?"

"어떤 일로 오셨는데요?"

탁대가 우물쭈물거리자 윤아가 일어섰다.

"이거 말이야 내가 무슨 불법주차를 했다고 딱지를 붙인 거야? 엉?"

늙수그레한 민원인은 과태료 스티커를 흔들었다.

"이분이 담당자니까 이분에게 얘기하세요."

윤아가 손바닥으로 탁대를 가리켰다. 백화점 직원들이 하는 그 손짓이었다. 그러자 민원인은 성큼성큼 다가와 탁대가 앉은 책상을 두 팔로 내리쳤다.

쾅!

"당신이 담당자야?"

"네……."

탁대는 눈이 휘둥그레졌다. 임용되자마자 사건과 만난 것이다.

"이 딱지 당신이 붙였어?"

민원인이 눈을 부라리는 사이에 혜자가 일어섰다. 하지만 윤아가 혜자에게 눈짓을 보냈다. 그냥 두고 보라는 뜻이었다.

"그건 아닙니다만……."

탁대는 이마에 맺히는 식은땀을 느꼈다.

"방금 당신이 담당자라며?"

"그건 맞는 것 같습니다만……."

"아니, 이 친구가 지금 장난하나? 담당자라며?"

"맞습니다."

"그럼 딱지 안 붙였어?"

"저는 사실……."

오늘자로 임용된 신규입니다 라는 말이 혀에 걸리는 순간, 윤아가 일어섰다.

"그거 이리 줘보세요."

스티커를 받아 든 윤아가 키보드를 쳐서 단속 사진을 불러냈다.

"불법주차 맞네요. 인도를 침범하셨잖아요?"

"무슨 소리야? 나는 절대로 차도에 있었어."

"아마 잠깐 착각을 하셨겠죠. 안타깝지만 규정 때문에 저희도 어쩔 수가 없습니다."

"규정이 먼저야 사람이 먼저지!"

민원인은 사진을 확인하고도 오히려 핏대를 올렸다.

"죄송하지만 저희는 규정대로 할 수밖에 없습니다."

윤아도 보통은 아니다. 태도는 공손하지만 할 말은 다 하고 있었다.

"오냐. 그럼 대체 그 잘난 규정 좀 들어보자. 그거 누가 만든 거야? 그네가 만들었어? 맹박이가 만들었어?'

민원인은 끝장을 보려는 듯 팔까지 걷어붙였다.

"단속에 이의가 있으시면 증빙자료를 첨부하여 서면으로 의견 진술을 하세요. 그럼 심사를 거쳐 수용할 수 있어요."

"지금 이의가 있으니까 왔잖아? 사람이 직접 왔는데 무슨 서면? 그런 건 공무원들이 대신 써 줘도 되는 거잖아?'

흥분한 민원인의 입에서 파편이 튀었다. 탁대는 슬쩍 직원들을 바라보았다. 아무도 신경 쓰지 않는다. 다들 부처님이 따로 없었다. 마치 다른 공간에 존재하는 것 같았다.

"선생님께 해당될 만한 사유라면 응급환자의 수송이나 치료를 위한 경우, 장애인의 승하차를 돕는 경우가 있을 것 같습니다만……."

"그게 다야? 다른 게 있을 거 아냐?'

"물론 기타 부득이한 사유라는 조항이 있긴 합니다."

"그럼 그게 바로 내 경우야!"

윤아의 말을 들은 민원인은 딱 걸렸다는 듯이 잘라 말했다.

"그럴 수도 있겠네요. 어떤 경우인지 말해 보세요."

윤아는 얼굴 한 번 찡그리지 않는다. 엄청난 내공이었다.

"똥!"

"네?"

"똥 마려워서 급히 싸느라고 그랬다고."

"선생님!"

"왜? 공무원들은 똥도 안 싸냐? 네놈들은 급할 때도 철저하게 주차구역에 차 세우고 똥 싸냐고? 그렇잖아도 나 어제 빤쓰에다 몇 덩어리 흘렸어."

오, 쉿! 억지마왕 강림이다. 살다 살다 억지도 이런 억지가 없었다.

"알겠습니다. 그럼 제가 방법을 알려 드리죠."

윤아는 여전히 웃는 얼굴로 설명을 이어갔다.

"선생님의 건강상태상 그럴 수도 있을 테니 진료확인서 같은 거 끊고 대변보신 확인서 갖춰서 제출하세요. 그럼 과태료부과 심사해서 통보해 드릴게요."

"야, 대변을 누가 확인해? 내가 쌌다는데!"

"정 그러시면 빤쓰에 흘린 걸 사진으로 찍어 주시죠."

"……?"

민원인의 눈동자가 정지되었다. 보아하니 윤아의 판정승 같았다.

"오냐, 보아하니 세금 딸리니까 또 마구잡이로 주차딱지 끊어서 곳간 채우려는 모양인데 내가 그 꼴은 못 본다. 김성곽이 찾아가서 너희들 다 모가지 시킬 테니까 그런 줄 알아!"

민원인은 버럭 화를 내고는 사무실을 나갔다. 그러자 박웅 주임이 아무 일도 없었다는 듯 일어서며 말했다.

"밥 먹으러 가자고!"

직원들이 그를 따라 우르르 일어섰다. 탁대는 말도 나오지 않았다. 한쪽에서는 호통으로 뒤집어지는데 아무렇지도 않은 듯 밥 먹으러 가자니?

"오늘 신입 환영 점심 식사 안 잡았어?"

서류를 검토하던 황 팀장이 우묵하게 박웅을 바라보았다.

"과장님도 없잖습니까?"

박 주임은 당연한 일이라는 듯 과장의 빈 책상을 향해 턱짓을 했다.

"하여간 눈치 10단 용석봉."

황 팀장도 그 말과 함께 일어섰다. 주저하던 송 주임과 동치도 그 뒤를 따랐다.

"우리도 가요."

컴퓨터를 끈 윤아가 탁대를 보며 말했다. 사무실에는 명하가 남았다. 업무의 연속성을 위해 한 명은 남아야 한다. 마지막으로 나오던 윤아가 사무실의 등을 거의 다 소등했다.

"절전이에요. 점심때는 꼭 필요한 등만 빼고 전부 꺼야 해요."

"아니면 감사실 점검 때 걸려요."

혜자가 웃으며 뒷말을 이었다. 그 또한 햇병아리 탁대에 대한 현장 교육이었다.

"어때요? 주민에 대한 봉사 신념은 아직 여전하죠?"

윤아가 처음으로 웃었다. 아마 호된 민원인을 빗대는 모양이었다.

"솔직히 말해도 되나요?"

"그럼요. 여긴 자유의 나라 대한민국 봉황시예요. 아직도 일부 공무원들이 좀 권위적이긴 하지만……."

"우선 고맙고요, 다음으로는 무척 황당했습니다."

"왜요? 오자마자 그런 일을 떠넘겨서요?"

"네!"

"일부러 그랬어요."

윤아는 2층 복도에서 나온 직원들에게 인사를 하며 계속 계단을 걸었다. 탁대도 꾸뻑 인사를 하고 따라 걸었다.

"초장부터 따끔하게 시작하라는 건가요?"

"맞아요. 공무원은요, 업무 분장받는 것과 동시에 책임과 의무를 동시에 져야 해요. 나는 처음 왔으니까 모른다거나 초짜니까 봐달라는 말은 어디에도 통하지 않아요. 자리에 앉는 순간 거기가 바로 전쟁터고 모든 판단은 탁대 씨가 알아서 해야 해요. 일이 잘못되었을 때 그 누구도 탁대 씨를 돕지 않거든요."

"살벌하네요."

"혹시 면접 시사문제 대비할 때 기린시 공무원 비리에 대한 기사 읽었어요?"

"그렇습니다만……."

"거기서 최종적으로 책임진 게 누구죠?"

"8급 서기?"

"그것 보세요. 그 위로 팀장이 있고 과장에 국장까지 있었지만 결국 큰 책임은 전부 말단 서기가 졌어요. 그거 어쩌다 생기는 남의 일 아니거든요."

식당이 보이자 윤아가 걸음을 멈추고 탁대를 바라보았다.

명심해라!

그녀의 눈빛에서 엿보인 말은 그것이었다.

직원식당은 컸다. 그냥 크기만 했다. 넓은 공간에 덩그러니 놓여진 밋밋한 테이블들. 구내식당은 고등학교의 그것과 비슷한 느낌이었다. 하지만 자리는 많지 않았다. 직원뿐만 아니라 동네 할머니 할아버지에 일반인들도 자리를 차지하고 있었다.

"처음엔 직원이 먼저 먹고 나중에 일반인들이 먹었는데 지난 시장님 때부터 바뀌어서 아무나 먼저 오는 사람이 먼저 먹어요. 덕분에 삼계탕 같은 특식이 나오는 복날 같은 날에는 일반인들이 너무 몰려서 직원들이 못 먹을 때도 있어요."

줄에 맞춰 선 윤아가 말했다. 식권은 입구의 카운터에서 팔았다. 한 장에 3000원이었다. 공무원이 되어 처음으로 먹게 되는 3천 원짜리 밥. 그 작은 일 하나에도 가슴이 두근거렸다.

"오늘은 내가 낼 테니까 내일부터 식권 사세요. 미리 많이 끊어도 되고 날마다 사도 되니까 알아서 하시고요."

윤아의 목소리는 담담했다. 나이는 탁대보다 겨우 한 살 많지만 하늘같은 선배. 그래서 그런지 같은 말을 해도 합격 전에 보던 것과는 느낌이 판이하게 달랐다.

저만치 앞줄에서 수애가 살짝 손을 흔들었다. 수애도 같은 과 여직원들과 함께였다. 탁대도 슬쩍 손을 들어 인사를 받았다.

탁대는 직원들의 복장을 주목했다. 넥타이까지 맨 정장은 거의 없었다. 다들 그저 단정한 옷차림이다. 아니, 솔직히 말하면 구닥다리로 보였다. 슬쩍 걸친 양복들도 전부 '올드' 해 보였고 점퍼 등의 상의도 최신 유행은 별로 없었다. 특히 나이 먹은 직원들은 그저 동네 아저씨 복장이 많았다.

여자들도 별반 다르진 않았다. 남자들에게 비해서는 조금 나은 편이지만 서울 오피스 가(街)에서 보던 하이힐에 멋쟁이, 미니스커트는 찾아보기 어려웠다.

식사는 특별 반찬을 제외하고는 자유 배식이었다. 식단은 월요일부터 금요일까지 쫙 예고가 되어 있다. 오늘 특식은 갈치튀김이었다. 배식 아줌마가 서서 한 토막씩 나눠주었다.

3천 원짜리 시청 밥!

나름 착해 보였다. 국 하나와 갈치 튀김, 그리고 세 가지 반찬과 샐러드. 거기에 후식으로 귤 하나가 나왔다.

'여자 동기들은⋯⋯.'

탁대는 고개를 들었다. 예상대로 그들은 조심스럽게 인증샷을 찍고 있었다. 뭐든 찍어놓고 봐야 직성이 풀리는 여자들. 아마 머지않아 이 식단이 저들의 블로그나 까페에 올라갈 것 같았다.

"저분들도 공무원인가요?"

갈치 가시를 바르며 탁대가 윤아에게 물었다. 전부터 궁금하던 일이었다. 정부나 지자체 기관에 근무하는 사람은 전부 공무원일까?

"영양사만 빼고 나머지는 아웃소싱이에요."

"아웃소싱요?"

"전에는 기능직이었는데 예산절감 바람이 불면서 바뀌었어
요."

"그렇군요."

궁금증 하나가 가셨다. 시청에 근무한다고 다 공무원인 것은
아니었다. 그것과 동시에 오자마자 굉장한 경험을 했다. 잘은
모르지만 생각처럼 정이 넘치는 조직은 아닌 것 같다는 것.

'그래도……'

탁대는 식사를 마치고 나가는 윤아의 뒤통수를 바라보았다.
조금은 깐깐해 보이기도 하는 조윤아. 그래도 나쁘지 않았다.

중학교 때 생각이 났다. 배정된 학교에 가보니 아는 놈이 하
나도 없었다. 그때 눈에 띄인 게 하나도 안 친하던 친구였다. 최
악의 상황이다 보니 그 녀석이 다 반가웠다. 그러니 지금은 그
때보다 백배는 나았다. 게다가 윤아는 밉상도 아니었다.

사무실로 돌아온 탁대는 책상에 앉았다. 명하가 식사하러 가
고 윤아와 혜자는 양치질을 가는 바람에 사무실에는 탁대 혼자
였다. 탁대는 천천히 넓은 사무실을 바라보았다.

'내 책상……'

전화기를 꺼내 인증샷을 찍었다. 마더가 보면 얼마나 좋아할
까? 탁대 입가에 미소가 번져 갔다. 노인 민원인의 호통 따위는
잊은 지 오래였다.

'로르바흐……'

탁대는 가만히 대마법사를 떠올렸다. 그도 이 광경을 보고 있
을까? 과장의 자리를 보며 탁대는 생각했다.

'기다리세요. 머잖아 저 자리에 오르고 당신이 그토록 갈구

하는 서기관 자리도 보란 듯이 차지할 테니.'

탁대는 책상을 만지작거리며 잠시 감격을 누렸다.

오후가 되자 소미현은 출장을 나갔다. 혜자와 명하도 주차단속을 떴다. 탁대 책상에는 각종 주정차단속규정집과 조례, 법규, 기타 주정차사업에 관한 서류들이 산더미처럼 놓였다.

"일단 그거부터 숙지하세요!"

서류를 넘겨준 윤아가 한 말은 그게 전부였다.

'맨땅에 헤딩하기!'

그 말이 생각났다. 시보기간 동안은 옆에서 업무를 배우나 했던 탁대로서는 뜻밖의 상황에 직면한 셈이다. 여기서 잠깐 살펴보면,

행정서기보시보.

이들은 주로 어떤 업무를 맡게 될까? 대다수 공무원 합격생들은 마치 기업의 수습사원처럼 옆에서 잡일을 도우며 업무를 배우는 것으로 착각할 수도 있다.

하지만 공무원에는 그런 거 없다. 부서 상황에 따라 다소 다를 수는 있겠지만 그 결정은 전적으로 부서장의 권한이다. 혹시 인력이 널널한 부서라면 격무 직원을 보조할 수도 있다. 그러나 대한민국 모든 공무원의 길을 막고 물어보라.

'나, 일 없어서 널널해요.'

라고 대답할 공무원은 단 한 명도 없다. 이구동성으로 '일 많아서 미치겠다' 라고 대답한다. 그렇다면 답은 뻔할 뻔 자다. 부서장은 시보든 뭐든 상관없다. 인력이 한 명 오면 한 명이 할 업

무를 맡기는 것이다.

그러므로 시보도 부서의 모든 업무를 맡을 수 있다.

주지하다시피 6급 이하는 전부 '주무관'이라고 부른다. 그 말의 뜻은 6급 이하는 업무의 구분이 모호하거나 같을 수 있다는 뜻이다.

그러니 탁대 역시 어떤 업무라도 맡을 수 있다. 부서장이 판단하는 건 그 사람의 능력이지 7급이냐 9급이냐 하는 직급이 아니다. 다만, 한 가지 예외가 있다.

주무.

요건 거의 7급 자리다. 과의 전체 살림을 책임지는 자리인 까닭도 있지만 어떤 부서에서는 과의 요직으로 대표되기도 하기 때문이다.

주정차단속규정.

일단 법규집부터 넘겼다.

도로교통법 제32조 및 34조의 규정에 의거.

규정집의 문장은 딱딱했다. 마치 70년대 풍이랄까? 동시에 복잡했다. 과태료 규정만 해도 눈에 쏙 들어오지 않았다. 의견 진술과 이의신청 서식도 마찬가지다. 처음 보는 사람이라면 이걸 쓰느니 그냥 과태료 내고 말겠다, 라고 생각할 것 같았다.

'불법주정차 규정 하나도 이러니……'

처음 행정법 책을 잡았을 때가 떠올랐다. 까만 것은 글자요 흰 것은 여백이니… 하지만 탁대는 정신줄을 바짝 조였다. 오전에 들이닥친 민원인이 약이었다.

만약 지금이라도 또 다른 민원인이 쳐들어온다면? 또 멀쩡한 두 눈을 뜨고 고스란히 당할 판이었다.

따르릉!

탁대가 규정 검토에 몰입하는 중에 건너편 전화가 울렸다. 채동치가 받았다.

"감사합니다. 교통시설과 채동치입니다!"

그 옆의 전화가 울었다.

"열정으로 모시겠습니다. 교통시설팀 송강석입니다!"

이번에는 윤아 책상의 전화기가 따르릉거렸다.

"안녕하세요? 교통지도팀 조윤아입니다."

첫 인사말은 조금씩 다르지만 뒤의 복창은 똑같았다.

'감사합니다. 교통지도과 조탁대입니다.'

탁대도 전화받기 마인드컨트롤을 해보았다. 무지막지하게 어색했다. 대한민국 국민은 날 때부터 '여보세요?'에 익숙해 있다. 그런데 이 별천지에서는 참 길게도 받는다.

물론 이 분위기가 처음은 아니었다. 교육원에서도 전화응대 교육이 있었다. 하지만 그때는 멋모르고 지나간 격이었다.

멀뚱멀뚱 상념에 빠져 있을 때 탁대 책상의 전화가 울렸다.

따르릉!

탁대가 주저하자 윤아가 자판을 치며 말했다.

"빨리 받아요."

긴장이다. 어릴 때를 제외하고 전화벨 때문에 긴장하기는 처음이었다. 탁대는 마른 침을 꿀꺽 넘기고 벨이 한 번 더 울린 후에야 수화기를 들었다.

"여보세요?"

그 말과 함께 은 과장부터 공익요원 이완용까지 탁대에게 시선이 집중되어 왔다.

"저기… 부가세에 대해서 물어본다는 데요?"

탁대는 전화기를 막고 윤아를 바라보았다. 윤아는 손가락으로 책상 바닥을 두드렸다. 유리판 안에 있는 시청조직도를 참고하라는 뜻이었다.

"전화는 어떻게 돌리죠?"

"우물 정자 누르고 내선번호 누르면 되요."

탁대는 시키는 대로 내선번호를 누르고 전화기를 내려놓았다.

"조탁대 씨!"

자판 위에서 손을 멈춘 윤아가 돌아보았다. 윤아의 표정이 딱 굳어 있다. 뭔가 실수를 저지른 모양이었다.

"뭐가 잘못 됐나요?"

"전화는 벨이 세 번 울리기 전에 받아야 해요. 그리고 관등성명을 정확히 대지 않으면 징계감이고요. 또 해당부서나 담당자에게 돌려 줄 때는 그 경위를 말하고 만약 끊겼을 시를 대비해서 담당자 전화번호를 미리 민원에게 말해야 하고요."

"아!"

"벨 세 번, 관등성명, 꼭 기억하세요."

"네……."

피타고라스의 정리나 미분, 적분보다 복잡하다. 그냥 받아서 친절하게 말하면 되지 무슨 절차가 이리도 복잡하단 말인가? 그 말을 듣는 순간, 탁대는 전화 받기가 더 부담스러워졌다.

'감사합니다. 교통지도과 조탁대입니다.'

아무리 생각해도 낯간지럽다. 그리고 아직 시보인 탁대가 그렇게 말해도 되려나 싶었다. 그래도 다른 고참들은 능숙하게 전화를 받아낸다. 훈련소 입소한 훈련병이 상병이나 병장을 보는 느낌이었다.

'로마에 왔으니 로마법에 따르는 수밖에!'

따르릉!

다시 탁대 책상의 전화기가 울렸다. 두 번 울린 후에 수화기를 들었다.

"감사합니다. 교통… 과 조탁대입니다."

너무 긴장한 걸까? 지도과가 생각나지 않아 생략하는 바람에 이름의 발음을 너무 세게 외쳐 버렸다.

"×딱때?"

은 과장이 혼잣말처럼 중얼거리자 사무실에는 폭소가 터졌다. 탁대는 창피할 사이도 없었다. 민원인이 봉황시의 주정차 규정에 대해 물은 것이다.

'헉!'

방금 전까지 보고도 생각나지 않았다. 생각만 안 나는 게 아니라 머릿속이 하얗게 변해 버렸다. 서랍을 열고 관련 법규집을 뒤지는 사이에 등골은 벌써 진땀으로 홍수가 난 후였다.

"아, 네… 우리 봉황시 규정은요…….'"

겨우 전화응대를 마치고 나자 다리가 후들거렸다. 알고 보니 서서 전화를 받았던 것이다.

"닦아요!"

보다 못한 윤아가 휴지를 건네주었다.

초보 9급 조탁대. 볼을 타고 목까지 내려간 땀을 닦으며 한숨을 쉬었다. 합격만 하면 끝인 줄 알았는데 막상 실전에 투입되고 보니 투명인간에 불과한 처지… 남의 돈 먹기 어렵다더니 과연 세상에 공짜는 없었다.

그래도 시간은 갔다. 오후가 깊어가자 시장님께 업무보고를 끝내고 돌아온 은 과장이 탁대를 불렀다.

"뽑아 봐."

은 과장은 또 카드를 내밀었다. 탁대는 은 과장을 바라보다가 맨 위의 카드를 집었다.

"일관성 있어서 좋군. 까 보게."

Death!

이번에도 죽음이었다.

"헐~! 운도 초지일관이군."

"나쁜… 건가요?"

"그럼, 이게 좋아 보이나?"

은 과장이 카드를 흔들었다.

"또 해골입니까?"

책상에서 고개를 빼들던 용 팀장이 다가왔다.

"보면 몰라?"

"죽음이 좋은 의미일 때도 있잖습니까?"

용 팀장은 은 과장 옆에 서서 웃었다.

"죽어야 다시 태어난다는 거 말인가?"

"새로운 국면에 접어들었다는 뜻도 있다면서요? 이 친구 입장에서는 오늘부터 인생이 새로 시작되는 셈이니 자기 운명을 정확하게 집어낸 것 같은데요?"

"얼쑤! 꿈보다 해몽이 좋네 그려?"

은 과장이 카드를 챙기며 탁대에게 말을 이었다.

"자네 학교는 어디 나왔나?"

"최강 대학교 나왔습니다."

"대학 말고 고등학교."

"서울에서 한강일고 졸업했습니다."

"봉황종고가 아니고?"

용 팀장이 끼어들었다.

"네. 제가 쭉 서울에 살다가 몇 해 전에 봉황시로 이사 오는 바람에……"

"으음… 그래?"

용 팀장의 미간이 살짝 구겨지는 게 보였다.

"뭐가 잘못 됐나요?"

"아니야. 그냥 물어본 거야."

용 팀장은 탁대의 말꼬리를 잘라 버렸다.

"업무 인수인계는 다 끝났나?"

이번에는 은 과장이 물었다.

"예……"

"소감이 어때? 정신없지?"

"조금 그렇습니다."

"사실 차차 분위기 익히면서 업무를 주면 좋겠지만 공직 인력 사정이 그렇게 널널하질 못하네. 그래서 오자마자 실무에 투입되는 거니까 정신 바짝 차리고 임하게."

"예!"

"모르는 건 전임자나 조 주임, 용 팀장에게 물어보고."

"예!"

"아까 민원인 봤지?"

"예."

"그 양반보다 더 험한 민원인도 많을 걸세. 그런 줄 알고 업무에 관한 규정을 잘 숙지해서 민원인들과 마찰 없이 잘해나가길 바라네."

"알겠습니다."

"과장님, 부시장님이 주간업무 보고하러 오시랍니다."

전화를 받던 박 주임이 은 과장에게 말하자 은 과장은 그 길로 일어났다. 탁대는 벌떡 일어나 정중히 목례를 올렸다.

"됐어. 그쯤하고 앉아."

은 과장을 대신해 용 팀장이 탁대 앞에 앉았다.

"과장님 말이야, 섭섭하게 생각하지 말게."

"……."

"눈치챘겠지만 과장님이 찍은 신입은 자네가 아니었다네."

'역시…….'

"그런데 내가 보기엔 자네가 최고의 인재로 보이더군. 교육원 성적도 괜찮다고 들었거든."

"감사합니다."

"대개 신입들은 감사실이니, 총무과니, 기획예산실이니 하는 곳을 선호하던데 사실 일을 제대로 배우려면 우리 과 같은 데가 적격이라네."

"네⋯⋯."

"저기 황 팀장님 말이야⋯⋯."

용 팀장이 황 팀장을 가리키며 말을 이었다.

"우리 봉황시에서 행정의 달인 3인방의 한 분으로 꼽히는 분이시네. 저런 분 밑에서 일 배우는 것도 자네 복이야."

행정의 달인.

그 말을 들으니 무뚝뚝한 황 팀장이 다르게 보였다. 포스라고나 할까? 빈틈없는 모습에서 우러나는 카리스마는 가히 압도적이었다.

"거 왜 또 가만있는 사람 엉덩이를 띄우고 그러시나?"

업무를 검토하던 황 팀장이 건조하게 돌아보았다.

"너무 업무에만 몰두하지 마시고 우리 신입 좀 많이 지도해 주십시오. 곧 사무관 되실 분이 일에서 손을 떼질 못하니⋯⋯."

"자리 생기면 그건 용 팀장 몫 아닌가?"

황 팀장은 그 말로 용 팀장의 입을 막았다. 그걸 바라보던 용 팀장은 어깨를 으쓱하더니 이야기를 계속했다.

"시보 떼면 또 이동이 있을지 모르지만 열심히 해보게. 일은 처음이 중요하니까 제대로 틀이 잡히면 어딜 가든 대우받을 수 있을 거야."

"알겠습니다."

"애로사항 있으면 언제든 나한테 상의하고."

"예!"

용 팀장의 말은 여러 가지로 위로가 되었다. 역시 용 팀장뿐이었다.

자리로 돌아오려고 할 때 박 주임이 탁대를 불렀다.

"통장 사본 하나 제출해. 월급 이채용으로 만들어야 하니까."

'월급?'

그 말에 귀가 활짝 열렸다. 번듯한 직장에서 받는 첫 월급. 그 기분은 또 어떨까 궁금했다.

"결혼은 안 했지?"

"네……."

"그럼 가족 수당은 없겠고… 됐어. 가봐."

"예!"

박 주임은 간단하게 공지를 끝냈다. 자리로 오던 탁대는 가만히 사무실 풍경을 돌아보았다. 다들 자기 일에 분주하다. 하다못해 복사 심부름이나 서류 정리라도 시키면 좋겠는데 그런 것도 없었다.

'자판 커피라도 뽑아다 돌릴까?'

하는 마음이 들 때 용 팀장이 커피 한 잔을 불쑥 내밀었다.

"마시고 해."

"팀장님……."

"고참들이 말이야 신입이 오면 좀 챙기고 그러지. 사람들이 이렇게 낭만이 없어요."

용 팀장은 고참들 들으란 듯이 한마디 하고는 자기 자리에 앉았다.

커피 한 잔!

그 한 잔이 딱 탁대 책상 위에만 놓여 있었다. 힐금 윤아를 보았다.

"줄 때 마셔요. 저 마음 언제 변할지 모르거든요."

윤아의 목소리는 다소 빈정거리는 투였다. 일단 윤아와 용 팀장이 썩 좋은 사이가 아니라는 건 확실해 보였다.

혼자만 마실 수 없어 복도로 나왔다. 그런 다음 복도 끝의 자판기에서 사람 숫자대로 커피를 뽑았다. 한 잔에 200원. 그리 비싸지 않았다.

"땡큐!"

"고마워."

"이야, 탁대 씨, 센스쟁이!"

박 주임에 이어 송 주임과 소 팀장도 커피를 반겼다.

"잘 마실게요."

혹시나 아메리카노 같은 걸 찾을까 봐 걱정했지만 윤아도 군소리 없이 커피를 받아들었다. 공무원이 되어 마시는 첫 자판기 커피. 맛있었다. 돌아보면 지금 이 자리가 바로 도서관에서 꿈꾸던 탁대의 '꿈'이었기 때문이었다.

댕데댕댕!

퇴근 무렵이 되자 청사 마당이 시끄러워졌다.

"저 사람들 또 왔네."

창문을 내다본 용 팀장이 혀를 찼다. 직원들이 다들 일어나 창문으로 향했다. 탁대도 슬쩍 창문을 내다보았다. 시위대였다. 꽹과리와 장구로 무장한 시민 수십 명이 어깨띠와 피켓을 들고 구호를 외쳐댔다.

"김성곽은 선거공약 이행하라!"

"이행하라!"

"이행하라!"

"지역 숙원 개발사업, 창고에서 낮잠 자냐?"

"낮잠 자냐?"

"낮잠 자냐?"

꽹꽹괘갱갱!

꽹과리 소리는 자꾸 높아졌다.

"미치겠네. 저런다고 개발사업이 하루아침에 통과될 것도 아니고."

박 주임은 짜증을 내며 자리로 돌아갔다. 그러자 용 팀장이 탁대를 불렀다.

"어이, 조탁대 씨."

"네, 팀장님!"

"어때?"

"뭐가 말입니까?"

"저 시위대 말이야. 어떻게 생각하냐고?"

"글쎄요. 무엇 때문에 시위를 하는 건지 잘 몰라서……."

"뭐겠어? 자기들 이익 되게 시 정책을 바꿔달라는 거지."

"……."

"옛날이 좋았지. 요즘은 아예 공무원이 동네북이라니까."

"저럴 때는 어떻게 해결하나요?"

"어떻게 하면 될 것 같나? 좋은 생각 있으면 말해 보게. 그럼 자넨 바로 시장님께 총애받게 될 테니."

"일단 요구사항이 뭔지 듣고 대표자를 만나 이해를 시켜야 할 것 같습니다."

"그리고?"

"되는 일이면 되는 쪽으로 추진을 해주고 안 되는 일은 그 까닭을 설명하면 수긍하지 않을까요?"

"저 사람들은 개발제한구역을 해제해 달라는 거야. 그건 시장 권한으로도 마음대로 할 수 있는 일이 아니거든."

"그런데 공약을 하셨단 말인가요?"

"공약은 뭘 하든 법에 걸리지 않거든."

"그럼 나쁜 놈이군요."

"뭐라고?"

느닷없는 대답에 용 팀장이 탁대를 돌아보았다.

"시민들 말입니다."

"응?"

용 팀장이 눈을 부릅떴다. 아마 시장을 욕하는 것으로 오해했던 모양이었다.

"공약(空約)이 불확실한 것 같으면 찍지를 말았어야죠."

"이야, 역시 주관이 뚜렷하군. 암, 젊은 사람일수록 그래야지."

용 팀장이 큰 소리로 말했다. 어찌나 큰 소리였는지 다들 돌아보는 바람에 탁대는 머쓱해지고 말았다.

시위대들은 계속 목청을 높였다. 그래도 누구 하나 제지하는 사람은 없었다.

'시장님이 직접 만나야 하는 거 아닌가?'

탁대가 그렇게 생각할 무렵에 고위직 두 사람이 마당으로 나갔다. 둘은 시위대 대표와 이야기를 나누었다. 쩔쩔매는 모습이 애처롭게 보였다.

시위대는 한바탕 기세를 올리고 철수했다. 머물던 자리에 남았던 쓰레기와 음료수 병 등은 미화원과 방호원들이 동원되어 순식간에 정리했다.

퇴근이 가까울 무렵에 총무과에서 전화가 왔다. 이번에는 제법 자연스럽게 전화를 받았다.

"감사합니다. 교통지도과 주차담당 조탁대입니다."

—조탁대 씨? 공무원증 나왔으니까 받아가세요.

'공무원증?'

하루 종일 긴장해 있던 몸에서 에너지가 확 분출되었다. 꿈에도 그리던 공무원증이라니.

"저 총무과에 좀 다녀올게요."

탁대는 윤아에게 말하고 일어섰다.

"탁대 오빠!"

거기서 수애를 만났다. 수애도 공무원증을 받아들고는 감격에 겨워 눈이 빨갛게 젖어 있었다.

"이야, 사진 잘 나왔네."

"오빠도."

"할 만해?"

총무과를 나오면서 탁대가 물었다.

"뭐가 뭔지 정신 하나도 없어요. 퇴근하면 바로 뻗을 거 같아요."

"나도 그래."

"오빠는 어떤 업무 받았어요?"

"주정차담당… 받자마자 민원인이 쳐들어와서 호되게 신고
식 했어."

"어머! 벌써 실무 투입이에요?"

"수애는 아직이야?"

"우리 과장님이 이번 주는 규정 익히고 분위기 익히라고 업
무를 아직 안 주시던데요?"

"으아, 왕 부럽다."

"부럽긴요. 매도 일찍 맞는 게 낫겠죠."

"아무튼 나중에 보자."

"네."

수애와는 그렇게 찢어졌다. 마음 같아서는 커피라도 한 잔 때
리고 싶었지만 신입들 주제에 한가롭게 노닥거릴 형편이 아니
었다.

공무원증!

탁대는 창가에 서서 공무원증을 뚫어져라 바라보았다.

'누군지 인물 조오타!'

반듯한 얼굴 아래에 쓰인 직급이 보였다. 지방행정서기보. 이
름도 또렷하게 보였다. 조탁대. 탁대는 공무원증을 꼭 끌어안았
다. 뿌듯하다. 마치 지상 최고의 보물을 품은 것처럼.

그 감격의 여운은 오래 가지 않았다. 사무실에 들어갔을 때
팔호가 보였기 때문이다.

"웬일이냐?"

탁대는 팔호를 반갑게 대했다. 하지만 팔호는 지극히 사무적으로 말하며 서류를 내밀었다.

"조탁대 씨, 감사실에서 나왔습니다. 아까 전화응대 시험했는데 규정대로 받지 않았습니다. 여기 확인 사인하세요."

"엥?"

"빨리 하세요."

팔호가 서류철을 흔들었다. 거기에는 전화를 받은 시간과 받은 사람, 통화 내용 등이 빠짐없이 적혀 있었다. 이 인간이 감사실로 가더니 겨우 한다는 수작이 동기들 피를 빼는 것이다. 걸린 사람들 중에 동기들이 열세 명이나 포함되어 있었다. 이건 순진한 동기들을 타깃으로 삼았다는 반증이었다.

"이봐. 오늘 첫 출근인데 좀 봐줘."

용 팀장이 지원사격을 날렸지만 팔호의 대답은 더 걸작이었다.

"첫 단추를 잘 끼워야죠."

'이 야비한 쉐리, 잘 처먹고 잘 살아라.'

얼굴에 화염 한 방을 날려주고 싶은 걸 간신히 참았다. 탁대는 치를 떨며 확인란에 사인을 했다. 서류가 찢어질 정도로 꽉!!!

*　　　　*　　　　*

"여보, 나 어때요?"

탁대의 집 거실에서 마더가 동환을 보며 말했다. 그녀의 목에는 탁대의 공무원증이 걸려 있었다.

"어이구, 과거에 장원급제한 아들 사모님 같은뎁쇼?"

동환이 넉살을 떨며 장단을 맞췄다.

"앞으로 조심하세요. 나 이런 아들 둔 사람이니까."

마더의 목은 대나무보다도 빳빳하게 서 있었다.

"그러죠. 한 번만 봐주십쇼."

동환은 손까지 합장을 했다. 그걸 보는 탁대 마음이 뿌듯해졌다.

"어휴, 누구 아들인지 사진 좀 봐. 인물이 훤하네."

"우리 친구 놈들도 배앓이 좀 하더라고. 말로는 그까짓 9급 공무원 그러지만 요즘 공무원 되기가 좀 어려워야 말이지."

"다 내가 뒷바라지 잘한 덕인 줄 아세요."

마더는 앙가슴을 내밀며 공치사를 했다.

"그래, 막상 시청에서 근무해 보니까 어떻더냐?"

동환이 물었다.

"정신줄 놓는 줄 알았어요. 별일도 안 했는데 모든 게 다 서툴러서……."

"부서는 좋은 데로 받았냐?"

"교통과로 발령 났어요."

"교통과?"

듣고 있던 마더가 귀를 쫑긋 세우며 말꼬리를 이었다.

"사람들은 좋아?"

"아직은 모르겠어요. 과장님은 좀 괴짜시고……."

"괴짜라니?"

"타로카드 점을 좋아하시는 모양이더라고요. 나보고도 뽑으라고 했는데 그만 죽음 카드를 뽑았지 뭐예요."

"그까짓 카드가 무슨 상관이야? 일만 잘하면 되지."

"그래, 업무는 뭐 맡게 되었냐? 공무원들은 담당업무가 있는 것 같던데?"

이번에는 동환이 궁금증을 풀어놓았다.

"주정차 담당업무요."

"그럼 우리 동네 불법주차도 네가 담당하는 거냐?"

"아직 잘 모르지만 그런 거 같아요. 시 전체의 주정차 업무를 맡았거든요."

"어이쿠, 이거 아들 덕분에 주차는 마음대로 하게 생겼네."

"그게 무슨 소리예요? 탁대 믿고 아무 데나 주차하겠다는 건가요?"

마더의 목소리가 높아졌다.

"아, 우리 아들이 주정차 담당인데 뭐가 걱정이야?"

"이 양반이 누구 짤리게 할 일 있어요? 그럴수록 우리가 모범을 지켜야죠."

"아, 참… 조크야, 조크. 잘못하면 시보 기간에도 떨어질 수 있다는데 내가 설마 그러겠어?"

"만약 그러기만 해봐요. 당신, 국물도 없을 줄 알아요!"

마더는 동환을 향해 눈빛 레이저를 마구 발사했다.

식사를 마친 탁대는 방으로 향했다. 책상에 앉아 또 공무원증을 바라보았다. 보고 보고 또 보아도 질리지 않았다.

'꼭 행운의 부적 같단 말이야.'

거울 앞에 서서, 탁대는 잉크도 마르지 않은 공무원증을 가슴에 대 보았다. 가슴에 태평양이라도 들어앉은 기분. 탁대는 귀밑까지 올라간 입을 천천히 잡아내렸다.

다음 날 아침, 탁대는 일찍 일어났다. 출근 채비를 하고 거울을 보았다. 침대에는 넥타이와 양복이 놓여 있다. 넥타이를 집어 들면서 잠깐 주저했다. 안 하던 넥타이를 하자니 갑갑했다. 게다가 사무실 분위기도 정장 분위기가 아니었다.

'로마에 가는 거니까.'

그 핑계로 넥타이를 던져 버렸다. 탁대가 선택한 건 캐주얼풍이었다. 셔츠를 입고 그 위에 콤비를 걸쳤다. 넥타이를 맨 정장만큼은 아니지만 단정해 보이기는 했다. 마지막으로 공무원증을 챙겨들고 집을 나섰다.

큰길로 나가면서 로르바흐 생각을 했다. 지난 밤 꿈, 탁대는 로르바흐를 만났다. 그는 불꽃으로 만든 꽃다발로 축하를 안겨 주었다.

"우리 사무실에서 제일 높은 사람이 5급입니다."

그 말을 들은 대마법사가 조용히 웃었다. 이제야 시작된 탁대의 공직 생활. 어쩌면 빨리 진급하라고 채근할 것도 같지만 대마법사는 진중했다.

"달리 해줄 말은 없어요?"

탁대가 묻자 로르바흐는 메아리처럼 대답했다.

"나 때문에 서둘지는 마시게. 내 조급함은 이제 많이 무뎌졌으니… 높은 성취를 이루려면 정도가 필요하다네."

"다행이군요."

"뭐가 말인가?"

"혹시라도 대마법사님이 채근하면 어쩌나 했어요. 그렇잖아
도 좋은 부서에 떨어지지도 않았거든요."

"어떤 게 좋은 건지는 마지막이 결정하는 법이지."

마지막이 결정한다.

그 말은 탁대의 가슴에 쏙 박혀 왔다.

"이거……."

탁대는 꿈속에서 공무원증을 내밀었다.

"대마법사님에게 보여드려야 할 것 같아서요."

"멋지군. 나도 내 세계로 돌아가면 마법학원 수련생들에게
신분증 제도를 고려해 봐야겠어."

"9급, 8급 하는 식으로 말인가요?"

"사실 마법수련도 그대의 공무원 체계와 비슷한 명칭이 있긴
하다네. 마법사보에서 대마법사까지 아홉 단계로……."

"정말인가요?"

"푹 쉬시게. 숙면을 해야 맑은 정신으로 임할 수 있을 테니."

로르바흐의 말을 끝으로 탁대는 꿈에서 깨어났다.

*　　　*　　　*

마법사보.

마법박사보.

마법박사.

마법부국사.

마법국사.

마법부왕사.

마법왕사.

마법황사.

대마법사.

로르바흐가 알려준 마법사의 등급이었다. 신기하게도 공무원 체계와 유사했다. 하지만 맞비교는 불가했다. 공무원 조직에서 한 등급 올라가는 게 어렵다지만 마법사와는 댈 것도 아니었다.

막 버스정거장에 도착하기 전이었다. 작은 골목길에서 주차 분쟁으로 시비를 벌이는 두 남자가 보였다.

"차 빼."

목청을 높이는 남자는 잠옷에 러닝셔츠 차림이었다.

"그러니까 여기가 당신 땅이냐고?"

삿대질을 하는 남자는 소형 화물차 기사였다.

"내 집 앞이니까 내 땅이다, 왜?"

"이 인간이 개념은 안드로메다에 보내서 밥 말아먹었나? 여기가 시유지지 무슨 당신 땅이야?"

두 사람은 한 치의 양보도 없이 맞섰다. 사실 한두 번 보는 상황도 아니었다. 이런 경우는 경찰도 해결하지 못한다. 기껏해야 사이좋게 이용하시라는 권고를 두고 가는 게 보통이었다.

탁대는 잠시 고심했다. 다른 때 같으면 그냥 지나치면 그만이었다. 하지만 이제 봉황시의 주정차를 담당하는 공무원 신분. 그러니 둘이 알아서 하라고 외면하는 것도 직무 유기인 것 같았다.

탁대는 일단 편의점으로 가서 박카스 두 병을 사들었다. 그런 다음, 실랑이를 벌이는 두 사람에게 다가가 꾸벅 인사를 올렸다.

"당신 뭐요?"

잠옷 남자가 핏대를 올리며 물었다. 기사 역시 탁대를 바라보았다. 탁대는 박카스를 내밀었다.

"제가 시청 주차 담당 직원입니다."

탁대는 공무원증을 제시했다. 탁대의 돌연한 등장에 두 남자는 잠시 상황 파악을 하느라 빠르게 눈알을 굴렸다.

"오라? 당신이 담당 공무원이야?"

그러다 목청을 더 높인 건 잠옷 남자였다. 기사보다 나이가 많은 그는 나이 어린 탁대를 얕보고 기세를 올렸다.

"공무원들이 뭐하는 짓이야? 내 집 앞에 내 차 대는 법 하나 못 만들어서 아침부터 이 난리를 치르게 만들어?"

"죄송합니다."

"죄송으로 될 일이야? 가서 시장 오라고 해!"

"맞아. 출마할 때는 시민의 손발이 된다더니 당선되니까 이런 거 하나 정리 못하고 말이야."

옆에 있던 기사도 그 대목에서 합세했다.

판단 착오였다.

그것도 어마어마한.

두 사람의 고함을 들은 주민들이 몰려나왔다. 그들은 누구 하나 탁대 편을 들지 않았다. 오히려 이런 일의 원인이 탁대에게 있는 것처럼 이구동성으로 한마디씩 토해 냈다.

"공무원들이 뭐 하는 거야?"

"하여간 다 짤라 버려야 한다니까."

"저런 것들을 내가 세금내서 월급주고 있어요."

동네북이 된 조탁대.

주민들은 날 잡은 듯 스트레스를 쏟아냈다. 이럴 줄은 몰랐다. 담당 공무원이라고 하면 규정이나 잘잘못을 묻고 정리가 될 줄 알았던 탁대는 식은땀이 흘렀다.

'숫제 인간 취급도 안하잖아?'

탁대는 공무원과 시민 사이의 거리감을 뼈저리게 체험했다. 혼자만 고무되었지 주민들은 공무원에게 적개심까지 품고 있는 것 같았다.

탁대는 호되게 현장교육을 받고 자리를 떴다. 주차 문제는 미친 듯이 탁대에게 퍼부어댄 화물차 기사가 차를 옮김으로써 마무리가 되었다. 결국 목소리 크고, 자기 집 앞이라는 권리를 주장한 잠옷이 이긴 것이다.

다리가 후들거렸다. 잘못하면 맞아죽을 분위기였다. 불법을 저지르고도 당당한 주민들. 공권력의 권위가 땅에 떨어졌다는 보도는 일부 쓰레기들의 허튼 소리가 아니었다. 공무원도 쓰레기 취급을 받고 있는 것이다.

"하하핫!"

사무실, 탁대의 말을 들은 윤아와 혜자가 새우허리를 하고 웃었다.

"내가 잘못한 건가요?"

탁대가 물었다. 아직 다른 사람들은 출근하기 전이었다.

"아주 잘했어요. 너무 잘해서 탈이지요."

윤아는 눈가에 눈물을 머금은 채 계속 웃었다.

"그게 내 업무잖아요? 나는 공무원증 보이고 규정을 설명하면 알아들을 줄 알고……."

"어유, 진짜 순진하긴… 요즘 공무원증 잘못 내밀면 맞아 죽어요."

"그 정도로 공무원이 인기가 없어요?"

"그냥 사회적 분위기가 그렇다는 거예요. 공권력의 권위가 땅에 떨어지고 지자체가 되면서 공무원들이 국민들의 밥이 되었잖아요. 누구든 목소리만 높이면 시장도 쩔쩔매니 어떻게 안 그러겠어요."

"그렇군요."

갑자기 맥이 더 풀리는 탁대.

"좋은 경험했네요. 뭐, 앞으로 더 기막힌 경험도 하겠지만……."

그 말과 함께 걸레가 날아왔다. 탁대는 영문을 몰라 윤아를 바라보았다.

"책상 닦으세요. 설마 걸레질은 여직원이 해야 한다는 고정관념 플러스 보수주의자는 아니죠?"

"언니!"

옆에 있던 혜자가 눈자위를 찡그렸다.

"아, 아닙니다… 하죠."

탁대는 힘차게 책상을 닦기 시작했다. 사무실에서 제일 신입이었다. 그러니 딱히 창피할 것도 없었다.

'합격만 시켜 주면 화장실 청소를 시켜도 땡큐!'

공채 준비를 할 때 탁대와 스터디 멤버들은 밥 먹듯이 그 말을 했었다. 따라서 진짜 화장실 청소를 하라고 해도 할 판이었다.

그런데 웬일일까? 지켜보던 윤아가 탁대를 막아섰다.

"왜요?"

"됐어요. 그냥 해본 말이니까 이리 주세요."

윤아가 손을 내밀었다.

"더 닦아도 돼요. 힘도 세고…….."

"됐다니까요. 아무튼 오픈 마인드의 소유자 같아서 고맙네요."

걸레질은 혜자가 대신 했다. 나중에 안 일이지만 책상이나 소파 테이블 등은 혜자와 명하가 주로 맡고 있었다. 그건 딱히 계약직이라서가 아니라 둘이 가장 어린 까닭에 자처한 일이란다. 어디까지 믿어야 하는 건지는 모르지만.

"마셔요!"

멀뚱거리는 탁대에게 커피가 내밀어졌다. 혜자였다.

"고맙습니다."

혜자는 대답도 없이 돌아섰다.

"오늘 전임자가 인수인계차 올 거니까 많이 배워두세요. 나도 전에 그 일 맡은 적이 있어서 알기는 하지만 전임자만큼은 아니니까요."

윤아가 업무 지침을 알려주었다.

"그러죠."

커피를 마실 때 은 과장이 들어섰다. 그 바람에 입에 들어온 커피가 그대로 넘어가 버렸다.

"안, 안녕하세요?"

비명도 못 지르고 인사부터 챙긴 탁대. 겉은 웃었지만 속은 뜨거움 때문에 팔짝팔짝 뛰고 있었다.

"조탁대 씨."

업무가 시작되자 통화를 하던 용 팀장이 탁대를 불렀다.

"네, 팀장님!"

탁대는 용 팀장 책상 앞으로 다가갔다.

"어제 국장님이 바쁘시다길래 인사 못 시켰는데, 지금은 괜찮으시다는군. 같이 가자고."

"네!"

탁대는 용 팀장을 따라 복도로 나왔다.

"아이고, 나 과장님!"

"고 과장님, 신수가 훤하십니다!"

용 팀장은 보는 사람마다 인사를 하며 너스레를 떨었다. 붙임성 하나는 기네스북 등재감이었다. 국장실 앞에 도착하자 네 명의 국장을 보좌하는 여비서가 보였다.

"백 국장님 계시지?"

"지금 하 국장님이랑 같이 계시는데요?"

"그럼 더 잘됐군. 들어가세."

용 팀장이 탁대의 등을 밀었다.

"어이쿠, 이게 누군가? 우리 구면이지?"

백 국장과 담소를 나누던 하진욱 국장이 탁대를 보고 알은 체를 했다.

"아는 친구야?"

백 국장이 하 국장을 돌아보았다.

"그 있잖아? 고질 민원 해결했다는 신규 교육생……."

"그 친구는 감사실로 갔다며?"

"그 친구는 브레인이고 이 친구가 해결사였던 모양이야. 그렇지?"

"네? 네……."

하 국장의 질문을 그냥 얼버무렸다. 팔호의 알쌍한 잔머리가 이렇게 와전된 모양이지만 그렇다고 이 자리에서 구구절절이 설명할 수는 없었다.

"아무튼 반갑네. 교통과는 우리 용 팀장을 비롯해서 황 팀장이 유능하니까 제대로 행정을 배우겠나."

"네!"

"이 친구 어떤 업무부터 가르칠 생각인가?"

백 국장이 용 팀장을 바라보았다.

"워낙 기본이 된 친구라서 좀 난이도가 있는 주정차관리를 맡겨볼 생각입니다."

"그래도 신규니까 너무 무리하지 않게 천천히 적응시켜."

"걱정 마십시오. 제가 누굽니까?"

"환영식 잡으면 알려 주고."

"국장님도 오실 겁니까?"

용 팀장의 몸이 점점 더 나긋거리기 시작했다.

'이쯤 되면 좀 오번데?'

탁대는 용 팀장을 주목했다. 처음에는 친절한 것 같더니 지금은 완전 아부의 달인처럼 보였다.

인사를 마치고 나오다 반갑지 않은 인물과 마주쳤다. 팔호였다. 편안한 캐주얼 차림의 탁대와는 달리 잘나가는 팔호는 완전 말쑥한 정장 차림이었다. 칼날 주름이 잡힌······.

"선배님, 웬일이세요?"

용 팀장이 팔호 옆의 선우 팀장에게 물었다.

"우리 과 신규인데 국장님께 인사 시키려고."

"어, 그 친구 훤하네요."

"이 친구도 기대주잖아."

선우 팀장은 의미심장한 말을 남기고 국장실을 노크했다.

"또 보자."

"······."

그래도 동기. 전화 응대 사건을 잊은 탁대가 인사를 건넸지만 팔호는 대답조차 하지 않았다. 마치 뭐라도 된 듯이 구는 건방진 태도를 보자니 탁대는 오바이트가 쏠려왔다.

'감사실로 가더니 나 정도는 껌이다 이거지? 하지만 사람을 이렇게 무안 주면 곤란해.'

팔호는 절도 있게 손잡이를 잡고 문을 열었지만 손을 떼지 못했다.

"왜 그래?"

먼저 들어선 선우 팀장이 우두커니 돌아보았다.

"그, 그게."

팔호는 용을 써보지만 팔은 꼼짝도 하지 않았다.

"아, 얼른 문 닫고 들어와. 이 사람아!"

선우 팀장이 다시 채근했다. 하지만 팔호의 몸은 식은땀으로 젖어갈 뿐이었다. 탁대는 그쯤에서 마법을 해제시켰다. 그러자 버둥거리던 탁대가 중심을 잃고 나자빠졌다.

"저 친구 개그하나?"

보다 못한 백 국장이 한마디를 던졌다. 칼날 주름의 팔호 자존심이 송두리째 뭉그러지는 순간이었다.

'뭐 어차피 그게 네 본모습이니까.'

탁대는 소리 없이 휘파람을 불며 복도로 나왔다.

7장
검찰 잡은 신규 공무원

"자네 말이야……."

탁대를 복도 끝의 자판기 앞으로 데려간 용 팀장이 커피를 뽑아주며 말했다. 탁대는 이미 모닝커피를 마셨지만 거절하기도 그렇고 해서 일단 받아 들었다.

"진짜 시장님 등을 떠밀어서 악성 민원을 해결한 건가?"

용 팀장의 눈이 또렷하게 변했다.

"뭐, 그렇긴 합니다만……."

"시장님이 뭐라시던가?"

어느새 바짝 밀착하는 용 팀장이다.

"무슨 뜻인지……?"

"내 말은 시장님이 덜컥 자네 말을 들어 주시던가, 그걸 묻고 있는 거네."

"뭐, 그런 건 아닙니다."

"그런데 어떻게?"

"제가 딜을 했습니다."

"딜?"

"잘못되면 공무원 임용을 포기하겠다고 했거든요."

"그래?"

용 팀장의 눈이 휘둥그레졌다.

"그냥 멋모르고 한 일입니다."

"그러니까 아까 국장님 방에 온 그 친구가 바로 브레인 역할이었다?"

"그 건은 설명이 좀 깁니다."

"그건 그렇고 자네들 신규끼리 무슨 소문 같은 거 없었나?"

"무슨 소문 말이죠?"

"뭐, 말하자면 난놈이 있다거나… 수재가 있다거나 그런 거…….."

"그건 잘 모르겠습니다."

"자넨 어때?"

"무슨 뜻이신지?"

"겁 없이 시장님께 대시할 정도면 뭔가 믿을 만한 구석이 있냐 그 말일세."

"제가 믿는 거라고는…….."

"믿는 거라고는?"

용 팀장의 눈이 초롱거리기 시작했다.

"별거 없습니다. 대학도 그저 그렇고 교육원 성적은 선방했지만 공채시험 합격 등수도 뒤쪽이고…….”

“사람, 그런 게 문젠가? 일단 신규로 임용되면 그때부터는 다 백지에서 시작하는 거야.”

“말씀이라도 고맙습니다.”

“자넨 앞으로 나만 믿어. 내가 7급까지는 쫙쫙 키워 줄 테니까.”

“감사합니다!”

그때 사무실을 나오던 윤아가 탁대를 보며 외쳤다.

“뭐해요? 전임자가 와서 기다리는데?”

“그럼 저 먼저…….”

“그래, 그래. 가서 천천히 꼼꼼하게 배워. 서둘러서 좋은 거 없으니까 말이야.”

용 팀장이 탁대 등을 두드려 주었다. 그런 다음 탁대의 뒤에서 알 듯 모를 듯한 미소를 머금는 용 팀장. 탁대는 물론, 그 미소를 보지 못했다.

＊　　　＊　　　＊

“신규?”

전임자가 탁대를 바라보았다. 30대 중반의 7급 남자 직원이었다.

“그렇게 됐어요.”

대답은 윤아가 대신했다.

“이 업무는 신규가 하기엔 버거울 텐데…….”

전임자의 목소리가 낮아졌다.

"노하우 같은 거 하고 추진하던 사업 좀 꼼꼼히 알려 주고 가세요. 내가 도와주긴 하겠지만 오 주임님만이야 하겠어요?"

"이거 왜 이러시나? 봉황시 주정차 조례 뜯어고친 게 누군데?"

"그것도 다 옛날 얘기예요. 지금은 CCTV 단속 시대잖아요."

윤아는 자기 책상에 앉아 세올 프로그램을 띄웠다.

"젠장, 신규를 앉히면 대체 뭘 인계하란 말이야."

"단속 규정이나 관련 법규에 관한 건 내가 자료를 줬어요. 그러니 추진 사업하고 시장님 역점 사업, 주의점 같은 거 일러주세요."

윤아가 USB를 꺼내며 말했다.

"세올 프로그램은 쓸 줄 아나?"

전임자는 한숨을 쉬며 탁대를 바라보았다.

"교육원에서 배우긴 했습니다만……."

"우선 여기 봐요."

전임자가 탁대 책상에 앉아 프로그램을 띄웠다. 엊그제만 해도 자기 자리였던 터라 능숙하게 보였다. 탁대는 메모지를 들고 옆에 붙어 서서 주목했다.

"우선 출근하면 공람부터 확인해야 해요. 공람은 전체 공람부터 부서별 공람, 담당 업무별 공람이 있으니까 여기 지시대로 보고서며, 업무 계획을 짜야 하고……."

전임자의 외계어가 시작되었다.

"그런 다음에 전자민원 체크해요. 주정차는 워낙 민원이 많아서 어떤 때는 날마다 불만 글이 올라올 때도 있습니다. 괜히 시간 끌다 높은 분들이 먼저 보면 불호령 떨어지거든요."

외계어는 이후로도 계속 진행된다.

"그런 다음에 이 파일!"

전임자가 파일 하나를 오픈하며 말을 이었다.

"시장님 중점 사업의 하나로 주정차위반 중점단속 알림 서비스예요. 뭔지는 들어봤죠?"

"예."

들어본 것뿐만 아니라 체험도 했다. 그건 서울에서였다. 차를 가진 친구 놈이 핸드폰에 들어온 문자를 보고 오만상을 찡그린 것이다.

"젠장. 내 차 CCTV 단속 걸렸단다."

그때 SNS 문자단속을 처음으로 보았다. 그때는 그저 참 편리한 세상이구나 하고 생각했는데 그 업무를 맡게 된 것이다.

"내가 추진하던 건데 지금도 1인 1차량에 대해 계속 신청 접수가 이뤄지면서 데이터베이스가 구축될 거예요. 시스템은 외부 용역을 줬으니까 잘되는지 확인해서 진행 상황을 팀장님, 과장님께 보고하세요."

"예, 문자단속 알림서비스……."

"그 외에도 해야 할 사업이 많아요. 최근 들어 시 번화가에서 인도 침범 불법 주차 때문에 민원이 쇄도했으니까 그 대책도 시급하고, 사업용 화물 차량 밤샘주차 단속 대책도 마련해야 할 겁니다."

"네, 인도 침입… 사업용 화물 차량……."

탁대는 전임자의 말을 꼼꼼히 기록했다.

"주정차 위반 단속은 주로 혜자 씨 하고 명하 씨, 그리고 공익 애가 하지만 가끔 지원할 일도 있으니까 현장 파악도 필수입니다. 우리 시는 도농복합이라 상업지역과 농촌지역의 단속 기준이 다르기 때문에 그걸 이해 못하는 분도 많고 하거든요."

"예……."

"질문 있나요?"

"아직 뭐가 뭔지 몰라서……."

"신규니까 더 그렇겠지만 사실 누가 와도 이 업무는 처음에는 버벅거리게 되어 있어요. 그러니까 일단 규정부터 숙지하세요."

"알겠습니다."

"그럼 같이 현장에 나가 볼까요? 주로 민원이 많이 들어오는 곳 몇 군데 돌아보자고요. 나도 새 업무 인계 받느라 오늘이 아니면 시간이 없을 거 같네요."

"알겠습니다. 그리고……."

"왜요? 질문 있어요?"

"그게 아니고… 말씀 낮추셔도……."

"에이, 아무리 신규라도 같은 과도 아닌데……."

전임자는 탁대 어깨를 툭 치고 넘어갔다.

"혜자 씨, 우리 내려가니까 차 준비하세요. 아, 조탁대 씨는 내 차로 갈 테니까 같이 출발해요."

전임자가 전화를 하는 사이에 윤아가 책상 모서리를 톡톡 쳤다. 그녀가 화면에 띄운 건 출장명령서였다. 그걸 올려놓고 가야 한단다.

그 작성법 또한 윤아의 지도를 받았다. 그런 다음에 용 팀장에게 인사를 하고 전임자를 따라나섰다.

"지금 바로 출발이에요?"

미리 단속전용 차량 앞에 서 있던 혜자와 명하가 물었다.

"오케이, 봉황쇼핑센터 앞에서 만나자고."

전임자는 그렇게 대답하고 자기 차에 올랐다. 탁대도 그 조수석에 올랐다. 그런 다음 원칙대로 공무원증을 패용했다. 단속차량에 이어 전임자의 차가 출발했다.

'첫 출장……'

청사 정문을 나설 때 방호원이 경례를 해왔다. 탁대도 얼떨결에 경례를 했다. 그걸 본 전임자가 쿡 하고 웃었다.

"왜요?"

"그냥요."

헐~! 그냥 왜 웃는담.

"뭐 뽑았어요?"

시청을 나오자 전임자가 물었다.

"뭐 말입니까?"

"타로카드."

"어떻게 아시죠?"

"은 과장 타로점이야 봉황시청에서 모르는 사람이 없으니까요."

"전 데스 뽑았습니다."

"하핫, 그럼 괄시 좀 받겠네."

"네?"

"은 과장님 취향입니다. 무슨 샤머니즘 시대 사람도 아니면서 그걸로 사람을 평가하거든요. 자기하고 잘 맞거나 좋은 거 뽑으면 신뢰하고 아니면 좀 무시하는……."

"그게… 그런 겁니까?"

"그거 뽑을 때 느꼈죠? 뭔가 찜찜해 하는 눈치?"

"조금……."

"뭐 신경 쓸 거 없어요. 사실 나도 데스 뽑았는데 과장들이 갈구는 거 어느 부서나 다 있거든요. 마냥 좋은 과장은 없습니다."

"네……."

"좋게 보면 좋은 보직 받은 거예요. 우리 시 주정차업무는 아직 정착되지 않아서 할 일이 많거든요. 더구나 아파트 단지가 늘면서 인구가 유입되니까 시장님도 관심이 많은 업무고."

"열심히 하겠습니다."

대답하는 사이에 차가 봉황시 번화가에 다다랐다.

"자, 그럼 민원이 많은 구역 한 번 돌아보시죠."

공용 주차장에 차를 댄 전임자가 말했다. 차에서 내리니 혜자와 명도 뒤따라 내렸다. 안에서는 잘 몰랐는데 떡하니 제복을 입고 단속 스티커를 들고 있으니 위엄까지 느껴졌다.

'채증우선, 규정엄수, 단속마찰 최소화, 주민 이해!'

탁대는 몇 번이고 마음속으로 뇌이던 단속핵심을 단단히 상기했다.

4차선 도로로 접어들자 상가 앞에 불법 주차한 자가용 두 대가 보였다.

"규정은 잘 숙지했다고 했죠?"

전임자가 탁대에게 물었다.

"네."

"현장에 왔는데 한 번 해볼래요?"

권유를 받은 탁대는 명하가 들고 있는 노란색 스티커를 받아 들었다. 위반 차량을 발견하면 일단 노란색 단속 예고장을 붙인다. 그런 다음 정해진 시간이 지나도 이동하지 않으면 비로소 과태료 딱지를 붙이는 것이다.

"사진 먼저 찍어야죠."

스티커를 붙이려할 때 혜자가 디카를 내밀었다.

'아차!'

초보의 필수적인 실수였다. 머리는 알고 있지만 행동이 따로 노는 것이다. 탁대는 혜자의 디카를 받아 위반 상황을 찍었다. 그런 다음, 스티커를 받아 붙이려 할 때 다시 전임자가 고개를 저었다.

"규정에 없는 규정도 있거든요."

전임자는 상가를 바라보더니,

"××××, 차주님!"

하고 소리쳤다. 그러자 한 남자가 상가에서 기웃 얼굴을 내밀었다.

"버스정거장 구역이라 주차금지입니다. 옮겨 주시겠어요?"

"아이고, 죄송합니다."

남자는 즉시 차를 몰고 멀어졌다. 전임자의 목소리는 다시 이어졌다.

"××△△, 차주님!"

이번에도 중년 남자가 건물 옆에서 돌아보았다.

"아따, 거 잠깐 세워둔 걸 가지고 빡빡하게······."

중년 남자는 툴툴거리며 시동을 걸었다.

"규정대로 하면 위반 차량에 대해 예고장 붙이고 시간이 경과한 후에 과태료 부과하면 되지만 지역 주민의 편리와 마찰을 고려해서 융통성 있게 하는 게 좋아요."

차가 멀어지자 전임자가 이유를 알려 주었다.

"아, 네··· 융통성······."

"과태료가 장난 아니잖아요? 승용차는 4만 원이고 4톤 이상 화물차 등은 5만 원. 게다가 어린이 보호구역에서 걸리면 8만 원, 9만 원으로 높아지기 때문에 다들 예민합니다. 그러니 눈치껏 하는 게 필요해요."

"그렇군요."

주차 위반 과태료.

사실 운전하는 사람이라면 다 알고 있다. 이게 얼마나 꽁돈 나가는 기분인지. 더구나 잠깐 주차에 걸렸을 때는 마치 국가에게 강탈당하는 기분이 들 때도 있었다.

그때 혜자의 전화기가 울렸다.

"오 주임님, 저쪽에 아까부터 2중 주차가 있다고 주민신고가 들어왔대요."

"그럼 다녀와."

전임자의 지시를 받은 혜자와 명하는 즉시 자리를 떴다.

"아침에 그냥 나왔더니 배가 좀 아프네. 나 화장실 좀 다녀올 테니 여기서 기다려요."

"예."

전임자가 건물로 들어가자 남은 건 탁대 혼자였다. 탁대는 두툼한 단속 스티커를 보며 방금 전에 일어난 단속 상황을 복기했다. 그때였다. 한 아저씨가 허겁지겁 탁대 쪽으로 달려왔다.

"어, 방금 여기 있던 주차 단속원들 어디 갔지?"

"왜 그러시죠?"

"아저씨도 공무원이네? 주차 단속 나온 거 맞지?"

"그런데요?"

"그럼 이리 좀 와봐. 지금 저쪽 도로가 아주 난리라고."

아저씨는 다짜고짜 탁대를 잡아끌었다.

"저, 저기……."

"글쎄, 급하다니까요."

탁대가 끌려간 곳은 다음 블록이었다. 대형 오피스들이 밀집한 도로변 상황이 엉망이었다. 2중 주차는 물론이고 보도블록 위에 주차한 차까지 보였다. 더 어이가 없는 건 오피스 앞에 주차공간이 넉넉하다는 사실. 그러니까 생각 없는 운전자들의 단체 발광이 분명했다.

"공무원들이 밥 먹고 뭐하는 거야? 저런 거 단속하지 않고?"

아저씨는 대놓고 빈정거렸다.

2중 주차에 보도 침범.

게다가 건물 앞에 주차공간도 널널해 보인다. 그러니 예고장이고 뭐고 필요 없이 즉시 단속감이었다.

탁대는 전가의 보도, 즉 과태료 딱지를 뽑아들었다. 그런 다음 와이퍼에 끼우려는 순간, 누군가 뒤에서 탁대의 손을 잡아챘다.

"당신 뭐야?"

검은 양복의 사나이가 고압적으로 물었다.

"시청 주차 단속 공무원입니다만……."

"저리 비켜. 지금 검찰 공무집행 중이야!"

'검찰?'

탁대의 눈이 휘둥그레졌다. 말로만 듣던 검찰이 여기 왜?

"압수 수색 중이니까 비키라고!"

사나이가 탁대를 밀쳤다. 또 다른 사나이들은 건물에서 압수한 증거물품 박스를 들고 나왔다. 사나이는 탁대 정도는 발톱의 때로 보이는 모양이었다.

"하지만 민원이 들어온 데다 저 앞쪽 주차공간도 널널하고……."

"이 친구가 귓구멍이 막혔나? 비키라고 했잖아?"

사나이는 탁대는 안중에도 없다는 듯 가슴팍을 밀었다. 탁대는 벽으로 밀려나며 중심을 잃었다.

'검찰이면 지 꼴리는 대로 해도 되는 거야?'

조탁대표 오기+똥고집에 시동이 걸렸다.

"그러니까 제 말은 차를 좀 옮겨서 교통에 지장을 주지 않는 상황에서 집행하셔도……."

"이 새끼가 정말. 너 시청 어느 부서 소속이야?"

'화염탄!'

검찰 직원이 손을 휘두르는 순간 탁대가 화염탄을 작렬시켰다. 기세 좋게 들어오던 검찰직원의 손은 허공에서 화염탄을 후려쳤다.

"앗, 뜨거!"

검찰은 손목을 잡고 몸부림을 쳤다.

"왜 그래?"

박스를 들고 나오던 다른 직원이 뛰어왔다.

탁대는 뚜벅뚜벅 검찰 차량으로 걸어갔다. 영국 경찰은 총리에게도 딱지를 끊었단다. 게다가 이건 민원까지 들어온 일이다. 콧김을 뿜은 탁대는 정당하게 업무를 집행했다.

공무원으로써 처음으로 발부하는 과태료 스티커. 가히 역사적인 순간이다. 그래서 그런지 와이퍼에 달라붙는 소리도 매우 상쾌했다.

착!

*   *   *

"뭐야? 검찰 수색영장 집행하는 차에 딱지를 뗐다고?"

보고를 받은 용 팀장은 거품을 물고 넘어갔다. 은 과장도 똥씹은 얼굴을 하기는 마찬가지였다. 탁대는 그 앞에 묵묵히 서 있고 옆에는 혜자와 명하가 사시나무처럼 떨고 있었다.

"자네들은 뭐 한 거야?"

마침내 은 과장이 날린 핵탄두급 화살이 두 여자 단속원에게 날아갔다.

"두 분은 상관없습니다. 다른 데서 민원처리 할 때 제가……."

"누가 자네한테 물었나?"

은 과장이 탁대를 쏘아보았다. 사무관의 포스는 팀장과 사뭇 달랐다.

"그때 주민신고가 들어왔다는 연락이 와서……."

혜자가 기어들어가는 목소리로 대답했다.

"어이가 없군. 아무리 신규라지만……."

"죄송합니다."

용 팀장이 과장을 향해 허리를 숙였다.

"이게 죄송으로 끝날 일이야? 그렇잖아도 검찰에서 호시탐탐 걸고넘어지고 있는 판국에!"

용 팀장의 숙인 허리만큼이나 과장의 목청이 높아졌다.

"당장 대책 세워서 보고해."

과장이 일방적이고도 매정하게 결론을 지을 때 듣고만 있던 탁대의 입이 열렸다.

"죄송하지만……."

"데스를 뽑길래 내가 이럴 줄 알았지. 자네는 온몸의 땀구멍이 다 입이라고 해도 할 말 없어!"

은 과장이 호통을 쳤지만 탁대는 생각하던 말을 끝내 토하고 말았다.

"제가 잘못한 겁니까?"

"……?"

탁대의 말에 전 직원의 시선이 쏠려왔다. 특히 주목할 만한 건 황 팀장과 윤아의 눈빛이었다.

"자네 지금 뭐라고 했어?"

"제가 잘못한 거냐고 물었습니다."

탁대는 부동자세를 한 채 물었다.

"뭐라?"

"저는 규정대로 했습니다. 그들 차량은 2중 주차는 물론이고 보도 위에도 있었습니다. 규정상 즉시 단속에 해당하는 일 아닙니까? 더구나 건물 앞에도 공간이 많았는데 굳이 그렇게 차를 세운 건 아무리 공무집행이라도 권위적이고 악의적인 거라고 생각합니다."

탁대는 담담하게 과장을 바라보았다. 실수라면 과태료 부과 대상자가 검찰 직원들이었을 뿐이다.

더구나 그들은 폭력까지 행사했고 집행 자체도 촌각을 다투는 긴급한 사안은 아닌 것 같았다. 그렇다면 검찰 차원에서 항의는 할 수 있을지언정 탁대가 대역죄인 취급을 받을 일은 아니었다.

"이봐, 조탁대!"

흥분한 과장이 책상을 치며 일어섰다.

"네."

"젊은 인간이 그렇게 꽉 막혔어? 아예 대통령 차도 딱지 끊겠구만!"

"……."

"왜 말 못 하나? 아까처럼 좔좔 읊어보시지. 하룻강아지가 규정이 어쩌고 저째?"

"그럼 그런 거 단속 안 하면 누굴 단속하는 겁니까? 그냥 힘없고 가난하고 못 배운 시민들 차만 단속하는 건가요?"

"뭐, 뭐야?"

과장이 거품을 뿜을 때 황천수가 묵직한 발언을 들고 나왔다.

"신규 말이 맞습니다. 누구든 위반을 했으면 딱지를 끊는 거지 사람 신분이나 지위 보고 일한단 말입니까?"

"황 팀장!"

"아무튼 어차피 벌어진 일이면 신규가 아니라 용 팀장이나 과장님이 수습하는 게 맞다고 봅니다만……."

"내가 왜? 내가 사고 수습하려고 사무관 단 줄 알아?"

"예!"

거침없이 대답하는 황천수의 눈에서 강철 같은 무게감이 튀어나왔다. 핏대를 올리던 과장도 그의 기세만은 쉽게 누르지 못했다. 어색한 침묵이 흐르는 사이에 은 과장 책상의 전화가 울렸다.

"과장님, 전화……."

용 팀장이 눈치를 보며 말했다.

"내가 다른 과로 가든지 해야지. 여보세요? 아, 국장님!"

대충 수화기를 받았던 과장이 부동자세로 몸을 세웠다.

"조, 조탁대 말입니까? 네, 네……."

탁대의 이름이 나오면서 혜자와 명하의 얼굴이 창백하게 변했다. 비교적 담담해 보이던 윤아의 표정도 어둡게 물들었다.

"검찰에서 사람이 나왔다는군. 조탁대, 국장님 방으로 올려보내래!"

과장은 신경질적으로 수화기를 놓았다.

'검찰에서 사람이?'

한순간 탁대는 긴장했다. 일이 생각보다 커지는 것 같았다. 하도 어이없게 굴기에 붙인 주정차위반 스티커. 그게 시청을 흔드는 사건으로까지 비화될 줄은 짐작치 못했다.

은 과장의 조치를 지켜본 황 팀장은 불쾌한 표정을 지은 채 사무실에서 나갔다. 과묵해 보이지만 부하를 아낄 줄 아는 사람. 탁대는 황 팀장에 대한 생각을 바꾸게 되었다.

"이봐, 무조건 싹싹 빌어. 그리고 행정처분은 그냥 취소한다고 하고."

몸이 달아오른 용 팀장이 코치를 해왔다.

"취소하려면 의견진술이나 이의신청을 해야 하는 거 아닌가요?"

"어허, 이 사람이 정말!"

다시 묻는 탁대에게 용 팀장이 눈을 부라렸다. 어쩌란 말인가? 잘 숙지하라고 던져 준 규정을 들이대면 인상부터 찡그린다.

이제 보니 행정처분이라는 귀에 걸면 귀걸이 코에 걸면 코걸이 짝이었다.

문을 나왔다. 정당한 법 집행을 했는데 누구도 편들어주지 않는다. 아니, 죽일 놈이 되었다. 기분 더러웠다. 마치 도살장에 불려가는 소 꼴이다.

부아가 치미는 한편으로 공무원 사회의 어두운 그림자를 본 것 같아 서글펐다.

탁대는 적어도 과장이나 팀장이 심정적인 두둔이라도 해줄 줄 알았다.

"잘했어. 하지만 그놈들은 뒤끝이 있으니 없었던 일로……."

탁대도 그 정도는 짐작하고 있었다. 그런데 폭풍 질책을 쏟아 내다니.

몇 걸음 복도를 걸을 때 윤아가 따라 나왔다.

"조탁대 씨!"

탁대는 말없이 걸음을 멈췄다.

"혹시나 해서 하는 말인데 국장님 방에서는 아무 말도 말고 시키는 대로 하세요. 아니면 탁대 씨가 다칠 수도 있어요."

그녀의 말에는 진심이 담겨 있었다.

"그러죠."

"신규니까 이 순간만 넘기면 될 거예요."

"그런데……."

탁대는 윤아를 바라보며 말을 이었다.

"내가 정말 이렇게까지 잘못을 한 건가요?"

"아뇨. 탁대 씨는 아주 잘했어요. 다만 고위 공직자들의 가치 관이 미개할 뿐이죠!"

윤아가 환한 미소와 함께 엄지를 세워 주었다. 텅 비워졌던 마음이 살짝 차오르는 느낌이 들었다.

"파이팅!"

마지막으로 주먹을 불끈 쥐어 주는 윤아. 탁대는 그 응원을 등에 업고 국장 방문을 두드렸다.

똑똑!

끼익!

문이 열리자 두 명의 얼굴이 탁대에게 꽂혀왔다. 백기윤 국장과 함께 매의 포스를 뿜는 낯선 사나이. 탁대는 본능적으로 그가 검찰청 간부라는 걸 직감했다.

"이 친구가 바로 담당직원입니다."

백 국장이 사나이에게 말했다. 차가운 인상의 사나이는 탁대를 뚫어져라 쏘아보더니 작은 입술을 열었다.

"자네, 내가 누군 줄 아나?"

"모르겠습니다. 아직 신규라서……."

탁대는 가벼운 목례와 함께 대답했다.

"하긴 하룻강아지가 범 무서운 줄 모르는 법이지. 내가 바로 검찰청 어 계장이야!"

"공무원 비리 킬러시지."

사나이에 대한 소개는 백 국장이 대신해 주었다.

"자네도 한 번 탈탈 털어줘?"

사나이가 다시 탁대를 쏘아보았다.

검찰이라면 특정직 공무원이다. 무소불위의 권력기관이라 옛날부터 목이 부러져라 힘을 주고 다니는 사람들. 세상이 많이 변했다지만 여전히 사법기관으로서의 권력을 쥐고 있는 터라 느낌부터 달랐다.

"에이, 어제 발령받은 신규인데 너무 겁을 주시면……."

백 국장은 어떻게든 무마하려고 애쓰는 모습이 역력했다.

"신규면 신규답게 처신해야지. 중요한 수색영장을 집행 중인 차량에 딱지를 끊어? 내가 조탁대 인생에도 딱지 좀 끊어줄

까?'

백 국장의 노력과는 상관없이 어 계장의 눈빛은 점점 더 사나워졌다. 아무래도 검찰의 위신을 톡톡히 세우고 싶은 눈치였다.

"……."

"그리고 그 불덩이는 뭐야?"

"네?"

"자네 앞에 불덩이가 떨어졌다던데?"

"그, 그건 혹시… 날벼락 아닐까요?"

"날벼락?"

"그게 아니면 왜 불덩이가……."

탁대는 시치미를 잡아뗐다. 다른 건 몰라도 그건 걸릴 리가 없는 일이기 때문이었다.

"나 참, 어이가 없어서… 검찰이 공무 집행하는데 시청 신규가 방해를 하지 않나, 어디서 난데없이 화염덩어리가 날아들지 않나……."

어 계장이 콧등을 찡그렸다.

"이 사람아, 죄송하다고 말씀드려. 단속도 상황 봐가면서 해야지."

백 국장이 다시 끼어들었다.

죄송합니다.

그 말이 문제가 아니었다. 사실 탁대도 그렇게 앞뒤가 꽉 막힌 사람은 아니었다. 그런데 사람을 이렇게까지 몰아세우니 잘난 자존심이 꿈틀거렸다.

법을 준수하면서 집행해도 되는 일을 권력을 믿고 어긴 건 검찰이었다. 그때 그 직원이 오만하게 나오지만 않았어도 굳이 이런 일이 생기지는 않았을 테니까.

적반하장!

이 경우는 그게 딱 맞는 단어다. 원인도 검찰이 제공하고 불법도 검찰이 저질렀다. 그리고 이제 와서 괘씸죄를 적용하고 있는 것이다.

하지만!

이만한 일에 사표를 던질 탁대는 아니었다. 어떻게 들어온 공무원인가? 게다가 탁대 뒤에는 탁대에게 목을 매는 사람이 셋이나 있었다. 부모님과 로르바흐…….

'까짓것 더럽고 치사하지만 고개 한 번 숙이고 나가자.'

탁대가 결론에 도달했을 때 여비서가 노크와 함께 들어섰다.

"국장님, 손님이 오셨습니다."

"손님? 지금 검찰청 어 계장님 와 있으니까 잠깐 기다리라고 해."

"제가 말씀드렸는데 손님이 두 분 다 아는 사람이라고……."

여비서의 말이 끝나기도 전에 한 신사가 들어섰다.

"어이쿠, 표 사장님!"

백 국장이 놀라 일어섰다.

"표 사장님 아니십니까?"

뒤를 이어 건방을 떨던 어 계장도 선량한 목소리를 하며 일어섰다. 탁대는 뒤를 향해 고개를 돌렸다.

"……?"

탁대도 놀란 표정을 감추지 못했다. 말쑥한 정장을 갖추고 등장한 사람은 다름 아닌 표강일이었다.

"자네?"

표강일도 탁대를 알아보고 반색을 했다.

"아는 사람입니까?"

백 국장과 어 계장이 동시에 표강일을 향해 물었다.

"세상 참 좁군요. 조탁대 씨는 내 생명의 은인입니다."

"생명의 은인?"

이번에도 백 국장과 어 계장이 사이좋게 동시에 놀랐다.

"일단 앉으시죠. 이 주임, 여기 차 좀 부탁해."

국장은 황급히 상석을 비켜주고 문을 향해 소리쳤다. 표강일의 등장으로 분위기는 완전히 변했다. 그동안 기세등등하던 어 계장은 얌전한 공무원으로 돌아갔다. 말투와 표정도 온화하고 부드럽기 그지없었다.

"조탁대 씨가 검찰 수색영장 집행차량에 딱지를 끊었다고요?"

사연을 들은 표강일은 박장대소를 했다.

"표 사장님 생명의 은인이라니 더 혼내지는 못하지만 심하지 않습니까? 검찰 차량에 딱지라니……."

어 계장이 입맛을 다시며 말했다. 아까와는 완전히 다른 톤이었다.

"그 정도는 다행이죠. 나는 저 친구에 더 험한 말도 들었는데……."

"쌍욕이라도 들었단 말입니까?"

어 계장의 눈이 휘둥그레졌다. 탁대는 몸 둘 바를 몰라 고개를 살짝 숙였다.

"아무튼 조심하세요. 조탁대 씨는 정의의 사도라서 뭔가 잘못된 걸 보면 대통령도 그냥 두지 않을 겁니다. 그렇지?"

표강일이 탁대를 바라보며 찡긋 윙크를 날렸다. 탁대는 조용히 고개를 숙여 인사를 대신했다.

검찰 차량 딱지 건은 그렇게 수습되었다. 표강일 덕분이었다.

'대체 얼마나 대단한 분이기에…….'

탁대는 국장실을 나오며 다시 돌아보았다. 그리고 보니 별장에 갔을 때는 의원도 찾아왔었다.

"하하핫!"

안에서는 웃음꽃이 피고 있다. 치료를 받고 가던 길에 인사차 들렀다지만 표강일의 무게감은 상상을 불허하고 있었다.

"어이, 조탁대!"

복도로 나오자 서성거리고 있던 용 팀장이 손짓을 했다. 그를 따라 계단참으로 갔다.

"어떻게 됐어?"

"대충 넘어갔습니다."

"진짜야?"

"예!"

"다른 말은 없었어? 결재라인에도 책임을 묻겠다든지……."

"없었습니다."

휴~! 용 팀장이 내쉰 안도의 한숨은 오래도 이어졌다.

"그냥 넘어갔단 말이지?"

"예."

탁대는 간단히 응수했다. 용 팀장의 친절한 미소 뒤에 숨겨진 이중성을 엿본 이상 곧이곧대로 말하긴 싫었다. 게다가 그 사연이라는 게 이실직고할 일도 아니고……

"그게 다 내 덕인 줄 알게."

탁대의 말을 들은 용 팀장은 급돌변했다.

"네?"

"실은 내가 국장님께 손을 써놨거든. 자네가 잘못한 거 있으면 내가 다 책임질 테니까 한 번만 봐주시라고."

"……"

"그러니까 고마운 줄 알게나."

용 팀장이 어깨를 툭 칠 때 탁대는 어쩐지 소름이 쫙 끼치는 거 같았다. 마치 닿아서는 안 될 게 몸에 닿은 느낌이었다.

'이 인간 뭐야?'

순간 독심을 쓰고 싶었지만 참았다. 그걸 쓰지 않아도 살짝 인간성 파악이 되기 시작했다.

사무실로 돌아와서도 용 팀장의 무용담은 그치지 않았다.

"제가 손을 써서 깔끔하게 무마했습니다."

첫 발언의 목적지는 은 과장이었다.

"진짜 넘어간 거야? 국장님이 별말씀 없이?"

은 과장은 눈을 동그랗게 뜨고 되물었다.

"그렇다니까요. 이 일은 사건종결입니다. 끝!"

용 팀장은 점점 목청을 높였다.

"앞으로도 말이야 쫄지 말고 소신껏 일하게. 뒤는 내가 책임질 테니까."

이건 직원들 들으라고 탁대에게 하는 말.

"아, 이거 내가 안 나서면 되는 일이 없으니."

이건 그냥 자기 과시성 발언이었다.

"황 팀장님!"

탁대는 황천수 옆에 가서 섰다. 천수가 고개를 들었다.

"아까는 고마웠습니다."

"됐네. 어차피 아무것도 못해준 건 나도 마찬가지야."

천수의 얼굴은 여전히 굳어 있었다. 그래도 좋았다. 최소한 다른 팀장들보다는 좋은 사람이라는 걸 알게 되었으니까.

"우리 팀장님 저 쌩구라, 정말이에요?"

탁대가 자리에 앉자 윤아가 손으로 입을 가리며 나지막이 속삭였다.

"그냥 운이 좋았습니다."

"아무튼 잘 지나간 거죠?"

"네. 덕분에……."

"내가 한 게 뭐 있어요. 탁대 씨가 큰 경험한 거죠."

"그래도……."

"혜자 씨하고 명하 씨도 많이 놀란 모양이던데 저녁에 우리 넷이 간단하게 치맥 어때요? 내가 쏠게요."

윤아가 말했다.

"저야 무조건 콜이죠."

탁대는 기꺼이 수락했다.

그새 소문이 난 건지 초급 간부들 몇 명이 사무실로 달려왔다. 그때마다 용 팀장은 물 만난 고기처럼 우쭐거리느라 바빴다.

"이야, 역시 용 팀장은 봉황시 제갈공명이야."

간부들은 용 팀장의 쫄깃한 무용담에 엄지를 세워주었다. 그때마다 탁대는 엄지를 밑으로 내렸다.

솔직히 입담은 굉장했다. 얼굴 철판 두께도 이만저만이 아니었다. 이러니 사람은 겪어봐야 안다는 말이 나온다. 아무리 그렇다고 고작 이틀 만에 밑천을 드러내다니.

혀를 차며 출장복명서를 작성하던 탁대는 자판 위에서 문득 손을 멈췄다.

표강일!

그는 대체 어떤 사람이란 말인가? 으리번쩍한 별장에 외제차. 그거야 사실 돈만 있으면 누릴 수 있는 일이었다. 그런데 시청 국장은 물론이고 검찰청 간부도 그 앞에서는 나긋나긋하게 변했다. 탁대는 점점 표강일의 실체가 궁금해졌다.

'기회가 되면 한 번 알아봐야겠어.'

"조탁대 씨를 위해 건배!"

퇴근 후, 시청사 뒤편의 호프집에 모인 탁대와 윤아, 혜자와 명하가 생맥주잔을 치켰들었다. 안주로는 닭똥집이 섞인 프라이드치킨이 나왔다.

"맛 좀 봐요. 이 닭똥집이 시청에서는 유명하거든요."

혜자가 탁대에게 접시를 밀어 주었다.

"이야, 닭똥집에 이런 맛이?"

한 입 문 탁대가 감탄을 쏟아냈다. 바삭하면서 쫄깃한 게 아주 그만이었다.

"쫄깃하죠? 계, 과장들 씹을 때 안주로도 딱 이라니까요."

옆 자리의 윤아가 탁대를 보며 웃었다.

"그나저나 정말 어떻게 된 거예요? 국장님 방에서 일어난 일 좀 얘기해 줘요."

명하가 의자를 당기며 물었다. 다들 그 일이 궁금한 눈빛이었다.

"그거 정말 별일 아닌데……."

"뭐가 별일 아니에요? 거기 여비서 언니를 내가 아는데 검찰청 계장이 방방 뛰면서 들어왔었다는데?"

명하는 탁대에게 꽂힌 눈빛을 거두지 않았다.

"어, 그래요?"

"그냥 속 시원히 말해요. 이 좁은 시청 바닥에서 비밀이 어디 있다고… 조사하면 다 나와요."

윤아가 맥주를 마시며 명하를 거들었다.

"뭐 처음에는 좀 쪼더니 그냥 넘어가더라고요. 그 방에 중요한 손님이 오는 바람에……."

"손님이요?"

이번에는 혜자가 물었다.

"백 국장님하고 검찰청에서 온 분도 아는 분 같던데 그분이 오니까 분위기가 부드러워지면서 해결이 되었어요."

탁대는 그 정로로 설명을 끝냈다. 위로를 해주는 직원들이 고

맙긴 했지만 자칫하다간 표강일의 스토리가 죄다 나올 판이었
다.

"아무튼 우리 용 팀장님, 진짜 왕뺀질이라니까."

안주를 집어먹던 혜자가 짜증을 냈다.

"누가 아니래. 하여간 높은 사람들에게 비비는 건 국가대표
지만 자기 책잡힐 일은 어떻게든 책임을 안 진다니까."

"그러게 말이다. 아까도 말하는 것 들었지? 솔직히 자기가 팀
장이면 처음부터 탁대 오빠를 감싸 줘야 하는 거 아니야? 위반
차량 단속하다 생긴 일인데."

흥분하던 혜자의 입에서 '오빠'라는 말이 튀어나왔다.

"오빠?"

그 말을 들은 윤아가 고개를 들었다.

"뭐, 서류 보니까 명하나 나보다 네 살 많던데 그냥 편하게 오
빠라고 불러도 되죠?"

혜자가 고개를 살짝 숙인 채 탁대의 허락을 기다렸다. 탁대는
마시던 맥주를 급하게 넘기고 대답했다.

"캑캑! 그, 그래도 하늘같은 선배님들인데……."

"아니에요. 사실 아까 오빠 모습 멋졌어요. 신규라서 정신도
없을 텐데 우리까지 챙겨 주는 그 모습……."

대답하는 혜자의 볼이 발그레졌다.

"얘, 정신 차려라. 누가 보면 아이돌 쫓아다니는 열혈 팬인 줄
알겠다."

"그러든가 말든가? 난 아까 탁대 오빠 등짝이 넓어보여서 너
무 든든했거든."

혜자는 명하의 핀잔에도 아랑곳이 없었다.

"어유, 누구는 인기 좋네."

그걸 보던 윤아가 맥주를 홀짝 들이켰다.

"뭐 따지고 보면 제가 저지른 일이잖아요? 그러니 제가 책임지는 게 마땅하죠."

"어머, 말 낮추세요. 어차피 우리보다 나이도 많고, 우린 정규직도 아니에요."

혜자의 말속에는 작은 그림자가 배어 있었다. 어디서나 볼 수 있는 계약직의 비애랄까?

"그런데 탁대 씨, 혹시 용 팀장님이랑 전부터 안면 있었어요?"

윤아가 화제를 돌렸다.

"아뇨. 왜요?"

"좀 이상하단 말이죠. 탁대 씨를 배정해 달라고 작업하고 다닌 것도 용 팀장님이었거든요."

"아, 그렇잖아도 저도 그게 궁금했는데……."

"그러니까 모르는 사이다?"

"당연하죠. 제가 아는 시청 공무원은 조 주임님밖에 없다니까요."

"어머, 그리고 보니 둘이 어떻게 아는 사이예요? 혹시?"

듣고 있던 혜자가 수상한 눈초리를 던졌다.

"혜자 씨, 그런 이상한 관계 아니니까 꿈 깨. 그냥 오가다 만난 것뿐이야."

윤아가 선을 그었다.

"그럼 이제부터 관계를 맺으면 되겠네요."

"뭐야?"

"어유, 언니 화내는 거 보니까 더 수상하네. 혹시 탁대 오빠 찜한 거?"

"혜자 씨!"

윤아가 정색을 하며 말했다. 그제야 혜자는 말대꾸를 멈추었다.

난처해지기는 탁대도 마찬가지였다. 우연한 인연으로 얼굴을 알게 된 조윤아. 하지만 위대하고 존경하는 선배 공무원이었지 여자로는 감히 꿈꾸지도 않던 터였다.

"원래 용 팀장님이 약삭빠르기로 소문난 사람이거든요. 그런데 딱 탁대 씨를 찍어서 빼왔기에 둘이 무슨 커넥션이 있나 했어요."

"커넥션까지요?"

"뭐, 아니면 말아요. 그 양반이 절대 손해 안 보는 사람이라서 해본 말이니까요."

윤아는 남은 맥주를 단숨에 마셨다.

"그건 윤아 언니 말이 맞아요. 아마 우리 과 사람들도 다 그렇게 생각할걸요."

잠자코 있던 명하까지 말을 보탰다.

"아까도 오빠 나가고 난 후에 따라 나가던데… 그래서 진짜 오빠를 챙겨준 건가 했어요."

혜자도 잔을 비웠다.

탁대는 한 잔을 더 시키며 말꼬리를 물었다.

"국장님 방 앞 복도에 와 계시기는 했었어요."

그건 사실이었다. 다만 염탐을 하러 온 것 같아서 문제였을 뿐.

"아무튼 오늘 일은 액땜으로 생각하세요. 검찰 같은 벌집까지 건드려 봤으니 앞으로 겁날 일도 없을 것 같네요."

윤아가 노련한 고참답게 오늘 사건에 대해 마무리를 선언했다.

윤아가 1차를 계산하고 커피전문점으로 자리를 옮겼다. 커피값은 탁대가 내려고 했지만 혜자가 계산한 후였다.

"아, 좋다. 스트레스 확 풀리는 거 같아."

커피를 한 모금 문 혜자가 나른한 목소리로 말했다.

"나도. 커피 마실 때가 제일 편한 거 같아."

명하도 비슷한 표정이다.

주정차단속.

고작 맛을 봤을 뿐이지만 그 속을 알 것 같았다.

시 외곽은 몰라도 유흥가나 아파트 단지, 주택가 등은 주차 공간이 턱없이 부족하다. 그럼에도 차는 자꾸만 늘어나고 있다. 불과 얼마 전만 해도 주차 정책을 욕하던 탁대였지만 이제 그가 봉황시의 주정차 대책을 세워야 하는 입장이 되고 말았다.

한편으로는 기가 막히기도 했다.

쥐뿔도 모르는 주제에 한 시의 주정차를 책임지게 되다니… 당장 지금만 해도 유흥가 주변에 산재한 불법주정차 차량들이 한둘이 아니었다.

벌써 직업의식이 발동되는 걸까? 탁대는 그 차량들을 보며 속으로 벌금을 매기기 시작했다.

'당장 딱지를 끊으면 어떻게 될까?'

탁대는 머릿속에 상상을 그렸다.

술에 취한 취객들이 멱살을 잡고 악다구니를 쓸 것이다. 어쩌면 몇 대 맞을지도 모른다. 그러고 보면 우리 사회는 각종 불법이 만연해 있다. 어떤 때는 허용되고 또 어떤 때는 허용되지 않는 자의적인 잣대가 만든 결과였다.

"그만 가요. 나 내일이 탄력 근무라서……."

윤아가 셋을 바라보았다.

"탄력 근무요?"

그 말뜻을 모르는 건 탁대뿐이었다.

"일주일에 두 번을 정해서 일찍 나오고 일찍 들어가는 제도예요."

"그럼 저도?"

"당연하죠. 탁대 씨도 내일 나와서 요일 지정하세요."

"7시에 나오면 4시에 퇴근하는 건가요?"

"제도상 그렇죠. 하지만 나오는 건 의무고 들어가는 건 마음대로 못해요."

"……?"

"차차 알게 될 거예요. 공무원이 나인 투 파이브가 아니라는 거. 나인 투 파이브가 아니라 과장 투 과장이에요."

윤아가 가방을 챙겨들었다. 서른 살의 7급 공무원. 그 정도 경력이면 멋을 낼 형편도 될 것 같지만 옷차림과 가방은 수수하기 그지없었다. 마치 평범한 여대생들처럼…….

"무슨 말인지 저는 도통⋯⋯."

"과장님 나오기 전에 출근해야 하고 과장님 퇴근하면 퇴근한다는 말이에요."

탁대의 의문은 혜자가 풀어 주었다. 부서장이 좌우하는 근무 시간. 아, 이런 고리타분한 권위주의가 공무원 조직에 생생하게 남아 있다니⋯⋯.

"왕 매너, 오빠 내일 봐요."

탁대가 택시를 잡아주자 마지막으로 오르던 혜자가 손을 흔들었다. 택시에 태우고 번호판 찍는 건 기본이다. 아니, 습관이다. 초희를 태울 때 하던 버릇이 나온 것이다.

'그녀⋯⋯.'

술 한 잔이 멀어졌던 그녀의 추억을 가깝게 당겨주었다. 하지만 그것뿐. 그녀의 미련이 전화를 걸게 할 정도는 아니었다.

타박타박 걸음을 옮길 때 전화기가 울렸다. 화면을 본 탁대의 눈이 휘둥그레졌다. 비상연락망으로 입력해 둔 용 팀장 번호였다.

"감사합니다. 교통지도과⋯ 조탁대⋯ 여보세요?"

헐~!

단숨에 앵무새처럼 옹얼거리던 탁대는 얼른 말투를 바꾸었다. 며칠이나 됐다고 그놈의 말이 입에 익어버린 것이다. 전화를 받은 탁대는 또 한 번 놀랐다. 저만치 유흥가 입구에서 용 팀장이 손을 든 것이다.

"팀장님!"

"이어, 조탁대 씨!"

다가온 탁대를 본 팀장은 반색을 했다.

"여긴 어쩐 일로……?"

"뭐가 어쩐 일이야? 시의원님 모시고 저녁 먹고 가는데 탁대 씨가 보이지 않겠어?"

"아, 네……."

시의원이란다. 확실히 발은 넓은 모양이었다.

"어때? 간단하게 맥주 한 잔?"

"저는 집에 가려던 참인데요."

"따라와. 이 사람아. 낮의 일 때문에 위로주 한잔하자는 거야."

용 팀장은 탁대의 대답을 듣기도 전에 앞서 걸었다. 몇 발을 가던 그가 돌아보았다.

그의 눈이 탁대의 목을 잡아끌었다. 어이, 신규! 빨리 오지 않고 뭐해? 그 눈빛은 그렇게 말하고 있었다.

"마셔!"

용 팀장이 들어간 곳은 조용한 바였다. 지하실이었는데 비즈니스 바도 아니고 웨스턴 바도 아닌 허접한 분위기였다. 용 팀장은 수입 맥주세트를 시켜 탁대 앞에 내밀었다.

"낮엔 황당했지?"

"뭐, 조금……."

"누구랑 한잔한 거야? 조윤아 씨? 아니면 채동치?"

"조윤아 씨하고 단속 팀이랑……."

"나쁜 사람들이군. 팀장인 나만 쏙 빼고 말이야."

"죄송합니다."

"괜찮아. 원래 여자들이라 그런 성향이 좀 있어."

"……."

"여기 너무 허접한가?"

"아, 아닙니다. 좋은데요, 뭐."

"다 알고 있어. 낮에는 나한테 섭섭한 감정 있었다는 거."

"……."

"그런데 크게 봐야 하네. 안 그러면 남보다 앞서가기 힘들어."

"네……."

"조윤아 주임하고 단속원들이 나 안 씹던가?"

"아, 아니요. 그런 일 없었습니다."

일단 잡아떼는 탁대. 나이가 몇인데 이런 말에 장단을 맞출까?

"씹는 거 다 아니까 당황할 거 없어. 솔직히 나도 9급, 8급, 7급 때는 계과장들 줄기차게 씹었어."

알면서 왜 묻는데, 쳇!

"그런 말 아나? 불은 쇠를 단련시키고 역경은 사람을 단련시킨다."

"잘 모르겠습니다."

"세네카가 한 말인데 진짜 명언이지. 오늘 자네는 내가 연출한 정신단련 단막극의 주연이었네."

용 팀장이 단단한 시선으로 탁대를 바라보았다. 생뚱맞은 말에 탁대는 들었던 맥주병을 놓지 못했다.

"사실 처음부터 수습해 줄 수도 있었어. 하지만 그렇게 되면 자네의 단련을 막는 꼴이 되는 거지. 그때는 좀 섭섭했겠지만 지금은 큰 경험이 되지 않았나?"

"그렇긴… 합니다만……."

"그래서 국장님 복도에서 기다리고 있었던 거네. 혹시라도 자네가 위기에 몰리면 내가 수습하려고 말이야."

"……?"

탁대의 눈이 휘둥그레졌다. 그게 그렇게 돌아간 스토리였단 말인가?

"아무튼 자네, 대단했네. 신규지만 동료들 감싸는 자세며 자신의 행동에 대해 신념을 주장하는 거. 역시 내가 사람은 잘 본 것 같단 말이지."

용 팀장이 병을 내밀었다. 어느새 그의 언변에 사로잡힌 탁대는 손을 내밀어 병과 병을 부딪쳤다.

"솔직히 내가 좀 관운이 있었어. 그래서 동기들은 물론 앞선 기수들까지 다 제치고 초고속 승진을 하다 보니 곳곳이 적이 많네. 그걸 좀 감안해 줬으면 좋겠어."

용 팀장의 눈빛에 우수가 어렸다. 스물여섯에 들어와 10여 년 만에 6급 주사를 꿰어 찬 나름 입지전적인 인물. 어쩐지 승승장구하는 엘리트의 고뇌 같은 게 느껴졌다.

"그런데……."

잠시의 침묵을 틈타 탁대가 입을 열었다.

"할 말 있으면 해봐."

"듣기로는 팀장님께서 저를 찜했다는데 왜 그러셨는지……."

"왜? 그게 불쾌해?"

"그런 건 아닙니다만……."

"남자 대 남자로 말해 줄까?"

"네……."

"실은 교육원 원장님 때문이네."

'원장님?'

"그 양반이 추천을 하더군. 싹수가 있는 신규라고 말이야."

"아!"

"아무튼 말이야 조금이라도 서운한 감정이 있었으면 홀홀 털어버리고 앞으로 잘해 보자고."

용 팀장이 손을 내밀었다. 탁대는 그 손을 잡았다.

"자넨 행운아야. 봉황종고가 장악한 시에서 나 같은 비종고 출신을 첫 상사로 만났으니."

"봉황종고요?"

"왜? 서울의 SKY만 무서운 줄 알았나? 지방에서는 토착세력이 SKY보다 세다네. 여기서는 종고 출신이 아니면 여러 모로 힘들어."

"그런?"

"내가 집중 견제를 당하는 것도 그래서지. 하지만 걱정 말게. 나만 믿으면 승승장구하게 챙겨 줄 테니까."

"고맙습니다."

천변만화(千變萬化)!

천만가지로 변화한다는 사자성어. 어쩌면 지금 탁대의 마음이 그랬다. 완전 간신 모리배처럼 얄밉던 용 팀장에게도 남모를 애환이 있었다.

그렇게 야속하던 용 팀장에 대한 아쉬움이 강물에 떨어지는 눈처럼 녹고 있었다.

"앞으로도 나는 자네를 혹독하게 조련할 걸세. 종고 틈바구니에서 살아남으려면 나를 원망하지 말고 따르게. 나머지는 내가 책임지지."

"예."

용 팀장은 탁대의 어깨를 따스하게 두드려 주고 택시에 올랐다. 사회 초년생 조탁대. 얼떨떨하다. 너무 많은 일이 일어난 하루였다.

『9급 공무원 포에버』 3권에 계속…

이 시대를 선도하는 이북 사이트

이젠북

www.ezenbook.co.kr

- -

더욱 막강해진 라인업!
최강의 작가들이 보이는 최고의 재미.

이들의 "유료연재"가 시작됩니다!

김재한 『성운을 먹는 자』   태제 『태왕기 현왕전』
홍정훈 『월야환담 광월야』   전진검 『퍼팩트 로드』
이지환 『어린황후』   방태산 『완벽한 인생』
좌백 『천마군림 2부』   왕후장상 『전혁』
김정률 『아나크레온』   설경구 『게임볼』

검색창에 **이젠북** 을 쳐보세요! ▼ 🔍

즐거운 인생

미더라 장편 소설

FUSION FANTASTIC STORY

A Bittersweet Life

**삶의 의욕을 모두 잃은 주혁.
어느 날 녹이 슨 금속 상자를 얻는데……**

"분명 어제도 3월 6일이었는데?"

동전을 넣고 당기면 나온 숫자만큼 하루가 반복된다!

포기했던 배우의 꿈을 향해 다시금 시작된 발돋움.
눈앞에 펼쳐진 새로운 미래.

**과연 그는 목표를 이루고
인생을 바꿀 수 있을 것인가!**

Book Publishing CHUNGEORAM

유행이 아닌 자유추구 -
WWW.chungeoram.com

이모탈 퓨전 판타지 소설
FUSION FANTASTIC STORY

워리어
Warrior

최강의 병기 메카닉 솔져,
판타지 세계로 떨어지다!

서기 2051년.
세계 최초의 메카닉 솔져 이산은
새로운 세계에 발을 딛게 된다.

"나는… 변한 건가?"

차가운 기계에서 따뜻한 피가 흐르는 인간으로!
카이론의 이름으로 새롭게 시작하는
진정한 전사의 일대기!

Book Publishing CHUNGEORAM

유행이 아닌 자유추구 -
WWW. chungeoram.com

내일을 향해 쏴라

김형석 장편 소설

FUSION FANTASTIC STORY

1만 시간의 법칙!
'성공은 1만 시간의 노력이 만든다'는 뜻이다.

그러나…
사회복지학과 복학생 수.
전공 실습으로 나간 호스피스 병동에서
미지와 조우하다.

1만 시간의 법칙?
아니, 1분의 법칙!

전무후무한 능력이 수에게 강림하다!
맨주먹 하나로 시작한 수의
인생역전이 시작된다!

Book Publishing CHUNGEORAM

WWW.chungeoram.com

네르가시아 장편 소설
FUSION FANTASTIC STORY

THE MODERN
MAGICAL
SCHOLAR

현대 마도학자

나르서스 제국의 전쟁영웅이자
마나코어를 개발한 천재 마도학자 카미엘!

그러나 제국의 부흥을 위한 재물이 되어
숙청당하는데……

『현대 마도학자』

죽음 끝에 주어진 또 다른 삶.
그러나 그에게 남겨진 것은 작은 고물상이 전부였다.

**더 이상의 밑은 없다!
마도학자의 현대 성공기가 시작된다!**

Book Publishing CHUNGEORAM

유행이 아닌 자유추구 —
WWW.chungeoram.com

데일리 히어로

FUSION FANTASTIC STORY

인기영 장편 소설

DAILY HERO

지금까지 이런 영웅은 없었다!

『데일리 히어로』

꿈과 이상을 가진 평.범.한. 고딩 유지웅.
하지만……
현실은 '빵 셔틀' 일 뿐.

그러던 어느 날, 유지웅의 앞에 나타난 고양이.
그(?)로 인해 모든 것이 바뀌었다.

선행! 선행! 그리고 또 선행!

데일리 히어로 유지웅의 선행 쌓기 프로젝트!

Book Publishing CHUNGEORAM

유행이 아닌 자유추구 ~
WWW. chungeoram.com

우각 新무협 판타지 소설

FANTASTIC ORIENTAL HEROES

북검전기

2014년의 대미를 장식할,
작가 우각의 신작!

『십전제』, 『환영무인』, 『파멸왕』…
그리고,

『북검전기』

무협, 그 극한의 재미를 돌파했다.

북천문의 마지막 후예, 진무원.
무너진 하늘 아래 홀로 서고, 거친 바람 아래 몸을 숙였다.

살기 위해! 철저히 자신을 숨기고
약하기에! 잃을 수밖에 없었다.

심장이 두근거리는 강렬한 무(武)!
그 걷잡을 수 없는 마력이,
북검의 손 아래 펼쳐진다!

Book Publishing CHUNGEORAM

유행이 아닌 자유추구 -
WWW.chungeoram.com

The Record of Dragon's Return

재중
귀환록

푸른 하늘 장편 소설

FUSION FANTASTIC STORY

『현중 귀환록』, 『바벨의 탑』의
푸른 하늘 신작!

이계를 평정한 위대한 영웅이 돌아왔다!

어느 날 갑자기 찾아온 부모님의 죽음.
그리고 여동생과의 생이별.
모든 것을 감당하기에 재중은 너무 어렸다.
삶에 지쳐 모든 것을 포기할 때, 이계에서 찾아온 유혹.

"여동생을 찾을 힘을 주겠어요.
…대신 나를 도와주세요."

자랑스러운 오빠가 되기 위해!
행복한 삶을 위해!

위대한 영웅의
평범한(?) 현대 적응이 시작된다!

Book Publishing CHUNGEORAM

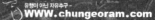

유행이 아닌 자유추구 -
WWW. chungeoram.com

용마검전
FANTASY FRONTIER SPIRIT
김재한 판타지 장편 소설

「폭염의 용제」, 「성운을 먹는 자」의 작가 김재한!
또다시 새로운 신화를 완성하다!

『용마검전』

사악한 용마족의 왕 아테인을 쓰러뜨리고
용마전쟁을 끝낸 용사 아젤!

그러나 그 대가로 받은 것은 죽음에 이르는 저주.
아젤은 저주를 풀기 위해 기나긴 잠에 빠져든다.

그로부터 220년 후……

긴 잠에서 깨어난 아젤이 본 것은
인간과 용마족이 더불어 살아가는 새로운 세상이었다.

Book Publishing CHUNGEORAM

뷰잉이 아닌 자유추구
WWW.chungeoram.com

문용신 新무협 판타지 소설

FANTASTIC ORIENTAL HEROES

절대호위

**한량 아버지를 뒷바라지하며
호시탐탐 가출을 꿈꾸던 궁외수.**

**어린 시절 이어진 인연은
그를 세상 밖으로 이끄는데……**

"내가 정혼녀 하나 못 지킬 것처럼 보여?"

**글자조차 모르는 까막눈이지만,
하늘이 내린 재능과 악마의 심장은
전 무림이 그를 주목하게 한다.**

"이 시간 이후 당신에겐 위협 따윈 없는 거요."

무림에 무서운 놈이 나타났다!

Book Publishing CHUNGEORAM

유행이 아닌 자유추구 -
WWW.chungeoram.com